“沙漠之树长着臂膀，全都舒展向上。”

——《美丽，当另一个舞蹈者是自己》

“这是什么？你身子下面什么东西在蠕动？”

——《养狗小记》

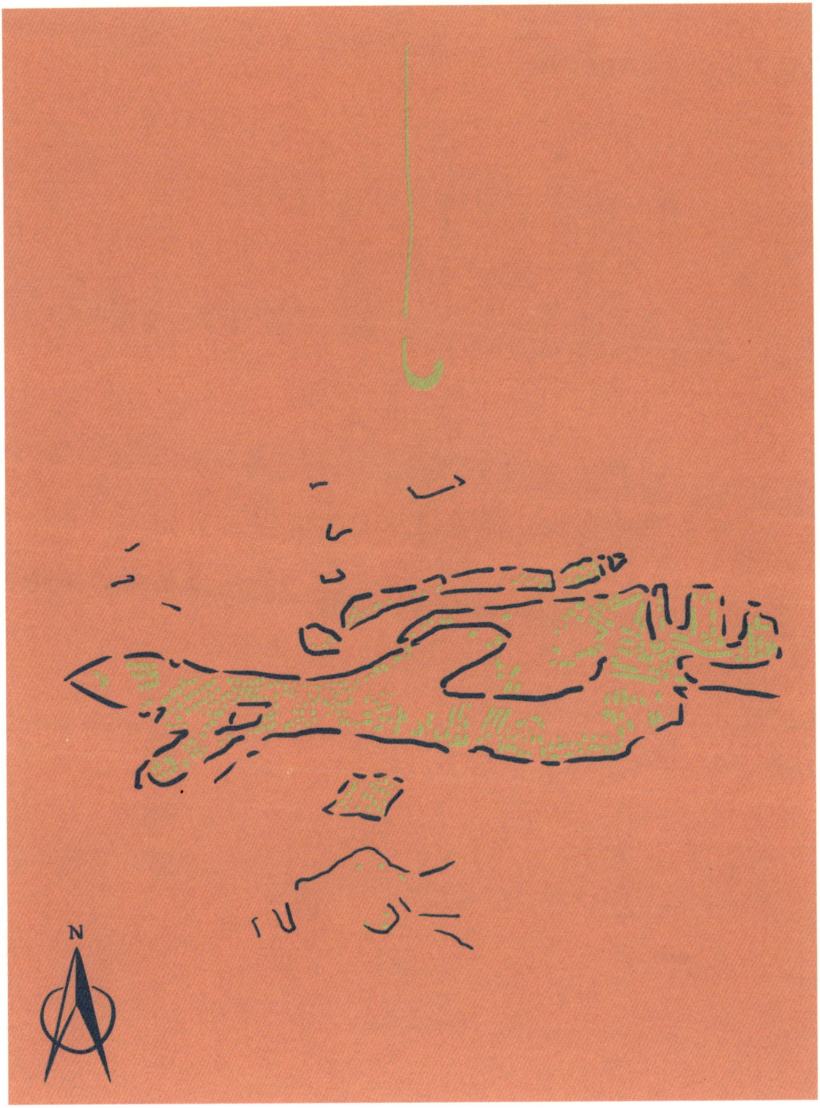
N

“这尾鱼的形状，简直像单角河豚或咸石鲷。”

——《威尼斯的市街》

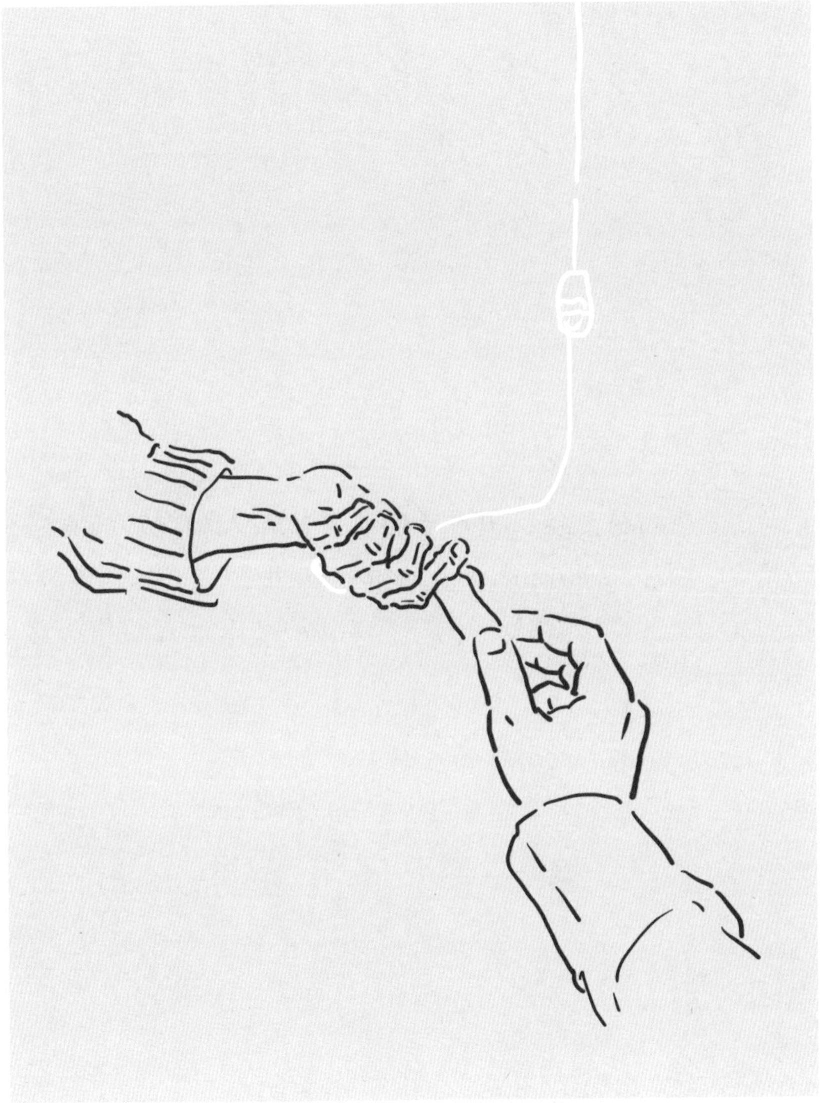

“拖着病弱之躯，出入于陋巷，眺望人们沉静的生活而绘其入画，恐怕是他活着的唯一证明了。”

——《以临终之眼注视后街小巷》

“一个普通人某天早晨初次见到一只布谷鸟
却喜出望外，仿佛天地都为之一新！”

——《无知的乐趣》

“作为作家，仍然有很多人让我佩服；
作为人，让我继续仰慕的唯有您一人。”

——《写给让-保尔·萨特的情书》

了不起的散文们

40

高兴——主编
叶丽贤 傅燕晖——编选

[日] 川端康成 等——著
朱光潜 等——译

中信出版集团 | 北京

图书在版编目（CIP）数据

了不起的散文们 /(日)川端康成等著；朱光潜等译；高兴主编；叶丽贤，傅燕晖编选．—北京：中信出版社，2021.10
ISBN 978-7-5217-3253-5

I. ①了… II. ①川… ②朱… ③高… ④叶… ⑤傅… III. ①散文集－世界 IV. ① I16

中国版本图书馆 CIP 数据核字（2021）第 116891 号

了不起的散文们
著者：［日］川端康成等
译者：朱光潜等
主编：高兴
编选：叶丽贤 傅燕晖
出版发行：中信出版集团股份有限公司
（北京市朝阳区惠新东街甲 4 号富盛大厦 2 座 邮编 100029）
承印者：河北鹏润印刷有限公司

开本：880mm×1230mm 1/32 印张：8.75 字数：180 千字
版次：2021 年 10 月第 1 版 印次：2021 年 10 月第 1 次印刷
书号：ISBN 978–7–5217–3253–5
定价：58.00 元

目　录

辑三

我想书写的普罗旺斯

辑四
懒惰哲学趣话

辑五
最好的书

辑一

此情可待成追忆

父亲与我

［瑞典］派·拉格奎斯特/文
李笠/译

原载《世界文学》1986年第4期

派·拉格奎斯特
（1891—1974）

瑞典诗人，剧作家，小说家。1940年当选为瑞典文学院院士。1951年获诺贝尔文学奖。他的作品主要表现善与恶的斗争，并坚信人类最终能战胜邪恶。《父亲与我》这篇自传体散文是他的名篇，以象征的手法、稚朴的语言描绘出作者童年生活的一幅奇妙的画面。

记得是一个星期天的下午，那时我快满十岁，父亲牵着我的手，一块儿去森林，去那里听鸟的歌声。我们挥手同母亲告别，她留在家里，因为要做晚饭，不能与我们同去。太阳暖暖地照着，我们精神抖擞地上了路。其实，我们并不把去森林、听鸟鸣看作一件了不起的大事，好像有多么稀奇似的。父亲和我都是在大自然的怀抱中长大的，熟悉了它的一切。去不去森林，是并不打紧的。当然，我们也不是今天非去不可，只是趁星期天，父亲休息在家罢了。我们走在铁路线上，这里一般是不让走的，但父亲在铁路工作，便享受了这份权利。这样，我们也就可以直接去森林，无须绕圈子、走弯路了。

我们刚走入森林，四周便响起了鸟雀的啁啾和其他动物的鸣叫。燕雀、柳莺、山雀和歌鸫在灌木丛里欢唱，它们悦耳的歌声在我们的身边飘荡。地面上铺满了一层厚厚的银莲花，白桦树刚绽出淡黄的叶子，松树吐出了新鲜的嫩芽，四周弥漫着树木的气息。在太阳的照射下，泥土腾起缕缕蒸气。这里处处充满了生机。野蜂正从它们的洞穴里钻出；昆虫在沼泽地里飞舞；一只鸟突然像子弹似的从灌木丛中穿出，去捕捉那些虫类，而后，又用同样速度拍翼而下。正当万物欢跃之时，一列火车呼啸着向我们驶来，我们跨到路基旁，父亲把两指对着礼帽，朝车上的司机行礼，司机也挥动一只手向我们回敬。这一切都是在瞬间完成的。

我们继续踏着枕木往前走，枕木上的沥青在烈日的暴晒下正在熔化。这里交杂着各种气味，有汽油的，有杏花的，有沥青的，也有石楠树的。我们迈着大步，尽量踩在枕木上，因为轨道上的石子太尖，会把鞋底磨坏的。路轨两旁竖着一根根的电线杆，人从旁边擦过时，它们会发出歌一般的声音。这真是一个迷人的日子！天空晶蓝透明，不挂一丝云彩。父亲说，这种天气是不多见的。

过了不久，我们来到铁轨右侧的燕麦地里。我们在这里认识的那个佃户，有一块以烧荒开垦的地。燕麦长得又整齐又稠密，父亲带着行家的表情观察着它们，随后脸上露出满意的神态。那时，我对农家之事不怎么懂，因为我长时间住在城里。我们走过一座桥，桥下的小河很少有过这么多的水，河水在欢腾着流动。我们手拉着手，以免从枕木间掉下去。过桥不一会儿，便到了护路工的小屋，小屋掩映在浓密的翠绿之中，四周是苹果树和醋栗。我们走进去，和里面的人打招呼，他们请我们喝牛奶。然后，我们去看他们养的猪、鸡和盛开着鲜花的果树。看完了，又继续赶路。我们想去那条大河，那里的风景比哪儿都好，而且很别致。

河流蜿蜒着北去，流经父亲童年的家乡。我们通常得走好长的路才返回，今天也一样。走了很久，几乎到了下一个车站，我们才收住脚。父亲只想看看信号牌是否放在不适当的位置，他真细心。

我们在河边停了下来，河水在烈日下轻缓地拍击着两岸，发出悠扬的声音。沿岸苍苍的落叶林把影子投在波光涟涟的河面上。这里，所有的一切都明亮、新鲜。微风从前面的湖上吹来。我们走下坡，顺着河岸走了一阵，父亲指点着钓鱼的地方。小时候，他常常一整天地坐在石上，垂着鱼竿静候鲈鱼，但往往连鱼的影子都见不着。不过，这种生活是很悠闲快活的，但现在没时间钓鱼了。我们在河边闲逛着，大声笑闹着，把树皮抛入河里，水波立刻将它们带走。我们接着又向河里扔小石块，看谁扔得远。父亲和我都快活极了。最后，我们感到有点累了，觉得已经尽兴，便开始往家里走。

这时，暮色降临了，森林起了变化，几乎快变成一片黑色。我们加快脚步，母亲现在一定焦虑地等待我们回家吃饭。她总是提心吊胆，怕有什么事会发生。这自然是不会的。在这样好的日子里，一切都应该安然无事，一切都会叫人称心如意的。天空越来越暗，树的模样也变得奇怪，它们伫立着静听我们的脚步声，好像我们是奇异的陌生人。在一棵树上，有只萤火虫在闪动，它趴着，盯视黑暗中的我们。我紧紧抓着父亲的手，但他根本不看这奇怪的光亮，只是走着。天完全黑了，我们走上那座桥，桥下可怕的声响仿佛要把我们一口吞掉，黑色的缝隙在我们的脚下张着大嘴，我们小心地跨着每道枕木，使劲拉着手，怕从上面坠下去。我原以为父亲会背我走的，但他什么也不说。也许，他想让我和他一样，对眼前的一切置之不理。我们继续走着。黑暗中的父亲神态自若，步履匀稳，他沉默着，在想自己的事。我真不懂，在黑暗中，他怎会如此镇定。我害怕得环顾四周，心扑通扑通地狂跳着。四下一片黑暗，我使劲地憋着呼吸。那时，我的肚里早已填满了黑暗。我暗想：好险啊，我们一定要死了。我清楚地记得那时我确实是这样想的。铁轨徒然地斜着，好像陷入了黑暗无底的深渊。电线杆魔鬼似的伸向天空，发出沉闷的声音，仿佛有人在地底下喁语，它上面的白色瓷帽惊恐地缩成一团，静听着这些可怕的声音。一切都叫人毛骨悚然，一切都像是奇迹，一切都变得如梦如幻，飘忽不定。我挨近父亲，轻声说：

“爸爸，为什么黑暗中，一切都这样可怕呀？”

“不，孩子，没什么可怕的。”他说着，拉住我的手。

“是的，爸爸，真可怕。”

“不，孩子，不要这样想，我们知道上帝就在世上。”

我突然感到我是多么孤独，仿佛是个弃儿。奇怪呀，怎么就我害怕，父亲一点也没感觉，而且，我们想的不一样。真怪，他也不说帮助我，让我不再担惊受怕，他只字不提上帝会庇护我。在我心里，上帝也是可怕的。呵，多么可怕！在这茫茫黑暗中，到处有他的影子。他在树下，在不停絮语的电线杆里——对，肯定是他，他无处不在，所以我们才总看不到。

我们默默地走着，各自想着心事。我的心紧缩成一团，好像黑暗闯了进去，并开始抱住了它。

我们刚走到铁轨转弯处，一阵沉闷的轰隆声猛地从我们的背后扑来，我们从沉思中惊醒，父亲蓦地将我拉到路基上，拉入深渊，他牢牢地拉着我。这时，火车轰鸣着奔来，这是一辆乌黑的火车，所有的车厢都暗着，它飞也似的从我们身旁掠过。这是什么火车？现在照理是没有火车的！我们惊惧地望着它，只见它那燃烧着的煤在车头里腾扬着火焰，火星在夜色里四处飞蹿，司机脸色惨白，站着一动不动，犹如一尊雕像，被火光清晰地映照着。父亲认不出他是谁。那人两眼直愣愣地盯视前方，似乎要径直向黑暗开去，深深扎入这无边的黑暗里。

恐惧和不安使我呼吸急促，我站着，望着眼前神奇的情景。火车被黑夜的巨喉吞掉了，父亲重新把我拉上铁轨，我们加快了回家的脚步。他说：“奇怪，这是哪辆火车，那司机我怎么不认识？”说完，一路没再开口。

我的整个身子都在战栗，这话自然是对我说的，是为了我的缘故。我猜到这话的含义，料到了这欲来的恐惧，这陌生的一切和那些父亲茫然无知、更不能保护我的东西。世界和生活将如此在我的面前出现！它们与父亲那时安乐平安的世界截然不同。啊，这不是真正的世界，不是真正的生活，它们只是在无边的黑暗中冲撞、燃烧。

杂忆录

〔日本〕夏目漱石/文
文洁若/译

原载《世界文学》1996年第3期

夏目漱石
（1867—1916）

日本作家，代表作有《我是猫》等。《杂忆录》中的这两篇，分别回忆了作者小时候对家中藏画的欣赏，以及他后来病重时女儿来探望的情景。

二十四

小时家里有五六十幅画。有时在壁龛前，有时在堆房里，抑或在晾晒东西时，我曾轮流看到过。于是，我独自蹲在字画前，默然打发光阴，引以为乐趣。至今与其看那像是把玩具箱翻倒了一般色彩花花搭搭的戏，不如面对着自己中意的画，心情要愉快得多。

画中最令我感兴趣的是使用彩色的南画。可惜我家的藏画中南画不多。孩提时我当然不懂得画的好坏。至于好恶，只要构图上有中意的天然色彩与形状，我就高兴了。

我从未有机会增添鉴赏方面的修养，以后，我的趣味并没有起什么新变化地发展下去。所以，尽管或许有因山水之故而爱画的弊病，倒也未干过凭着名字而论画这类值得非议之事。正如大约与画同时爱上的诗一样，不论是出于何等大家之笔，也不论是何等不可一世之作，凡是不中意者，我一向不屑一顾（我把汉诗按内容一分为三，深爱一部分，对其余三分之一则谈不上喜欢还是厌恶）。

有一次，我看到一栋房子——当然是在画绢上——对面有座青翠的圆山，院子里种着熠熠生辉的梅花，一道小河沿着篱笆缓缓绕过，并在柴门跟前流淌。于是，我就对身旁的友人说：哪怕一回也罢，这辈子想法儿能够在这么个地方住住才好。友人端详着我那一本正经的脸，深表同情地说："你知道住在这样的地方有多么不方便吗？"这位友人是岩手人。我这才察觉出自己的无知，感到羞愧，同时又恨友人过于讲求实际，在我的牧歌情趣上涂了层泥。

这是二十四五年前的事了。其间，我也像那位岩手出身的友人似的渐渐不得不讲求实际了。如今，即使走下悬崖，从溪流中汲水，我也认为不如在厨房里装上自来水管更为便当。然而，南画般的心境仍不时现于梦中。尤其是自从仰卧病榻以来，心里不断地描绘着绮丽的云彩与天空。

这时小宫君寄来一张印有歌麻吕彩色版画的明信片。天长日久，这幅画的色调已失去光泽，自自然然地变得那么古雅，我简直着了迷，目不转睛地观赏着，可偶然翻过来一看，竟写着自己想托生为画中人等话，这话跟我当时的心绪毫无共同之处。于是我托旁人回复道："我最讨厌这种黏糊糊的美男子啦。"我喜欢温暖的秋色，以及从其中飘逸出来的大自然之清香。然而这回小宫君本人坐到枕边对我这个病人说起陈词滥调来了，什么“大自然固然好，但必须是给人做背景的大自然才行”等等。于是我跟小宫君抬起杠来，骂他是个愣头青——病中的我就是如此眷恋大自然的。

天空晴朗得就像沉到苍穹尽底似的。目力所及的碧处，整个儿都被太阳高高地照耀着。反射下来的阳光遍布大地，我独自在其间静静地取着暖，并看到无数的红蜻蜓在眼前成群地飞着。于是在日记里写道：“天胜似人，默胜似语……恋人红蜻蜓，飞来肩上停。”

这是回到东京后的景色。因为返京后，美丽的大自然之画，一如儿时，不断地占据我的思绪。

秋露下南砚，黄花粲照颜。
欲行沿涧远，却得与云还。

二十五

妻子把嘴凑到我耳边说，孩子来了，瞧瞧他们吧。我没有力气挪动身子，所以不曾改变姿势，仅将视线移过去，只见孩子们坐在离枕头相距约两米的地方。

我睡着的这间八铺席屋子的壁龛，位于我的脚那一头。与邻室相间的纸隔扇被拉开了一截，我的枕头就堵在那儿。所以我是越过敞着的纸隔扇的门限看到孩子们的。

也许是因为隔屋而看高于头部的东西，两眼必须不自然地使劲看，所以坐在那里的孩子们的身姿显得意外的远。我勉强瞥了一眼，映在我眼帘中的那几张脸，相距那么远，与其说是见了面，毋宁说是眺望到了更为合适。我只瞥了眼孩子们的身影，一对眼珠马上就恢复了自然的角度。然而经这短短的一瞥，我便什么都看到了。

一共是三个孩子，按照十二岁、十岁、八岁的顺序被安排在屋子中央，坐成一溜儿。三个都是女小囡。为了未来的健康，兄弟姐妹五个原是奉父母之命到茅崎消夏去的，直到昨天她们还在海滨跑来跑去的呢。接到父亲危笃的通知，她们就由亲戚领着，离开沙子积得老厚的小松原，专程到修善寺来探望。

然而她们还太小，无从理解危笃意味着什么。她们记得“死”这个词儿。然而死亡的可怕与恐怖，尚未在她们那稚气的头脑里留下任何阴影。她们无从想象被死神缠住的父亲的身体今后会起怎样的变化。父亲死后会给自己的命运带来怎样的后果，这些她们当然都揣想不到。她们只不过是为了慰问病中的父亲，跟着别人搭乘火车来到父亲养病之处的。

她们脸上丝毫也没有那种由于意识到这也许是最后一次见面而泛起的愁容。她们的表情中有那么一种超乎父女死别的天真烂漫。这里有各式各样的人，她们三人被并排安顿在其间特别的座位上，在严肃的气氛下，规规矩矩、装模作样地端坐着，好像是因受拘束而感到憋闷似的。

我只是吃力地瞥了她们一眼而已。我认为把这些并不理解什么叫作生病的小可怜虫大老远地特意拖到这里，让她们一本正经地坐在枕畔，倒是件残酷的事。我把妻子叫过来，吩咐她说，既然好不容易来了一趟，就领她们在这一带参观一下好了。倘若当时我曾担心这就是父女之间最后一次见面，也许我就会更亲热一些地端详她们了。然而，我对自己的病情并不像医生和旁人那样感到危险。

孩子们立即回东京去了。约莫一星期后，她们各自写了慰问信，装在一个信封里，寄到我下榻的旅店里。十二岁的笔子写的是夹杂了方块字的不规范的文言体书信：“祖母大人风雨无阻，每日拜佛百次祈愿父亲大人早日康复。闻听高田的伯母大人也到某神社进香。阿房、清美与武女等三人，每天换猫坟前的水，供上鲜花，祈愿父亲大人及早痊愈。”十岁的恒子所写的信很一般。八岁的英子全是用片假名写的。为了便于阅读，填上汉字如下：“爸爸的病好了吗？我们生活得平平安安，请放心。爸爸也不要挂念我，早点把病治好，早点回来吧。我每天上学，没请过假。还有，问妈妈好。”

我躺着从日记本中撕下一页，在上面写道：“父母不在家期间，你们要乖乖地听奶奶的话。不久有便人的时候，会给你们送些修善寺的礼品去。”写毕，立即叫妻子投了邮。我回东京之后，孩子们依然漫不经心地玩耍着。她们大概已经把修善寺的礼品给弄坏了。她们长大后，倘若有机会读到此文，会做何感想呢？

伤心秋已到，呕血骨犹存。

病起期何日，夕阳还一村。

此情可待成追忆

〔波兰〕切斯瓦夫·米沃什/文
袁洪庚/译

原载《世界文学》1996年第5期

切斯瓦夫·米沃什

（1911—2004）

波兰诗人，后定居美国，1980年获诺贝尔文学奖。在这篇《此情可待成追忆》中，作家深情地回忆了自己孩提时代对生物的兴趣。

孩提时，我对会跑、会飞、会爬、会生长、能看到触到的东西都非常好奇，却对词语毫无兴趣。我贪婪地念完一本本书，可只是把它们看作有关真实事件和历险的见闻录。如果遇到一些其意义“不辩自明”的词语（纵使那时我尚不会这样称呼它们），亦即一些有关情感或风景的描绘，我便认为那全是蠢话，便会跳过那一页。一本诗集不时会在我手中捧读完毕，其中的虚伪会立即引起我的厌恶。同样的虚伪常常见于成人交际中的点头哈腰、微笑和不着边际的闲扯之中，尤为荒唐可笑的是，他们还以为谁都不会注意到，这一切只不过是逢场作戏罢了。

然而从另一方面来看，我也是一个词语的崇拜者，尽管不是那些已构成短语和句子的词语崇拜者。我是一个博物学家。我采集因福尔马林的气味而窒息的金龟子，再用大头针把它们固定住。我把植物标本收藏进标本集。我钻进灌木丛中去拾鸟蛋，结果划破了脸和赤裸的双脚。我笃信自己的行动具有特别重要的意义，倘若有人说体验到这类激情的同龄人绝非只有我一个，我准会把这种说法视为一种侮辱予以痛斥。我是罗密欧，我的朱丽叶既是多得不可胜数的种种不同的形态和色彩，也是使我好多天、好多个星期为之心醉神迷的一只昆虫、一只鸟儿。我当时竟如此沉迷地坠入了爱河，还是让我们持恰如其分的怀疑态度吧。

真正使我为之着迷的是自然课本和图画册中的彩色插图，不是自然中的朱丽叶，而是由绘图人或摄影师再现出的她的肖像。为此我真经受了不少磨难，这痛苦是由太多的无法占有的事物引起的。我一直是一个得不到报偿的浪漫恋人，直到我找到了消除种种欲望侵扰的方法，找到了把渴望得到的东西据为己有的方法，那就是把这件东西称为自己的。我在厚厚的笔记本上画出栏目，在其中填上学究气十足的分类——科、种、属，直至名目，即由名词称谓的种及由形容词称谓的属，它们合起来代表一个物种，故鸸鸟不是生活在灌木丛里，而是置身于时间以外的一个理想空间之中。那种要分门别类的意愿，有激进的亚里士多德哲学的意味。我在重复设计自己周围世界的程序，仿佛自己的儿童时代、少年时代和青年时代真的与人类经历过的各个阶段相对应。更有甚者，我的激情显然具有雄性的特色，表达了对各种界线、定义以及比现实更有力的概念的雄性渴求，这种渴求用利剑将一些人武装起来，而把另一些人投入地牢，引导宗教徒去参加圣战。

这种爱恋之情像许多爱恋一样可悲地结束了。我们的双眼似乎突然被药水清洗干净了，它们解除了魔力，于是被我们高举到众人之上的那个独一无二的人开始客观地受人审视，须屈从对所有长着两只胳膊、两条腿的生物发生作用的一切规则。疑惑、批判性反思——早先的一片色彩、一缕光的共振——立即变为一套特质，在统计数字的支配下分崩离析。于是连我的活生生的鸟儿也变成解剖图上虚幻的漂亮羽毛遮掩下的插图，花朵的芳香不再是奢侈的礼物，倒成了一个不受人的情感影响、精心制订的计划的一部分，成了某项宇宙法则的范例。我的童年也在那时结束了，我把笔记本扔掉，我拆毁了那座纸做的城堡，美好的事物就藏在这座城堡里由词语构成的方阵后面。

我这番激情带来的实际结果是使自己增加了许多有关我的北方故乡的植物、动物和鸟类的词汇。在对名称的眷恋丧失了很久之后，我迁出了欧洲。意识到美国的物种与这些欧洲物种的亲属关系只会令我想起自己的一生——从种种冷酷无情的分类和定义向变化不定、模糊不清的和谐的迁徙。可实情是，用新方法演奏出的音乐主题总会使我烦恼。我向来只认得一种松树，松树就是松树，可是此处突然出现了糖松、西黄松、辐射松等——一共有十七种之多，都有名称。还有五种云杉，六种冷杉，其中最高大的一种冷杉可与红杉相媲美。这不完全是一种冷杉，故它的拉丁名称既不是云杉属也不是冷杉属，而是黄杉属。雪松、落叶松和刺柏也各有好几种。橡树在美国竟繁衍成大约十六种之多，从那些一望即知是橡树的品种到十分扑朔迷离、说不上它们究竟是月桂树还是橡树的品种，而从前我一直以为橡树就是橡树，橡树的性质应始终如此，在各处都永恒不变。似像非像，同类却不同一，这一切只会使人产生荒谬的想法。可是为何不认可这些想法呢？比方说，是什么力量在此发生作用？起源于何物——普遍规律、树的本质？它也包含松树、橡树的秉性和本质吗？啊，分门别类！它们仅仅存在于人脑中呢，还是也固执地存在于人脑之外？蓝鸦在窗外锐声尖叫，它们要么是加利福尼亚蓝鸦，要么是斯特勒蓝鸦，黑色的头顶、蓝色的胸脯与黑色的冠——只有叫声、偷窃的习性和放肆的行为是它们共有的，与数千英里之外我故乡中它们的亲戚一样。什么是蓝鸦的特性？我觉得，它们短暂的生命周期以及几千、几万年以来周而复始的重复包含着某种令人惊诧的东西，却并未觉察到世间存在“做一只蓝鸦”或“做一只斯特勒蓝鸦”之类的事物。

美丽：当另一个舞蹈者是自己

［美国］艾丽丝·沃克/文
欧阳昱/译

原载《世界文学》2017年第5期

艾丽丝·沃克
（1944— ）

美国黑人小说家、诗人、活动家。她最著名的长篇小说《紫色》1982年出版后，获得美国国家图书奖和普利策小说奖。早年她被自己的一个兄弟打伤了眼睛，因为家中无车，一周后才上医院，错过医治机会，从而造成永久失明。《美丽：当另一个舞蹈者是自己》（*Beauty: When the Other Dancer is the Self*）讲的就是这件事。

这是一九四七年一个阳光灿烂的夏日。我父亲，一个幽默的胖男人，长着一对漂亮的眼睛，挺会说些暗里带刺的俏皮话，这时正欲决定八个孩子中究竟带谁跟他一起去县里赶集。当然，我母亲是不会去的。她光为我们大多数人做准备工作就已经累得筋疲力尽了：我支着脖子，承受着她指关节的压力，她匆忙地为我扎好辫子，又给我在发上结一条饰带。

父亲是住在路边的那位富有的白人老太婆的司机。她名叫梅小姐。周围方圆几英里的土地，以及我家住的房子都归她所有。关于她我只记得一点，就是有一次她打算付我母亲三十五美分，请母亲为她清理房屋，把她院里成堆的木兰花叶耙在一起，替她家洗衣服，而我母亲——她当时身无分文，家里有八个孩子，自己还患着慢性耳炎——却没有接受。可一九四七年时我还想不到这个。那时我才两岁半。凡是爸爸去的地方，我都想去。一想到可以坐车出去，我就感到兴奋。有人告诉我，赶集很好玩。虽然车里只能坐三个人，但我并不为此而烦恼。我身穿浆洗过的罩衣，快活地旋转着身子，炫耀着脚上穿的那双用褥絮擦拭过的漆皮鞋和淡紫色的短袜，晃动着我的小脑袋，使头上扎的丝带也随之蹦蹦跳跳，背着双手，站在父亲面前。“带我去吧，爸爸，”我很自信地说，“我最漂亮！”

这之后，我一点也不奇怪地发现自己钻进了梅小姐那辆亮闪闪的黑色轿车，和其他几个幸运儿一起坐在后座上。也不奇怪自己在集市上玩得那样痛快、尽兴。那天夜晚回到家里，我把我所记得的一切都告诉了家里几个没福气的人，什么旋转木马呀，吃活鸡的人呀，玩具熊呀，直到最后他们说：“够了，宝贝艾丽丝，快闭上嘴睡觉吧。”

那是一九五〇年的复活节。我穿一件棉屑衬里、扇贝壳形镶边的绿色裙装（那是十分喜欢我的露丝姐姐亲手缝制的），它里面有柔滑的缎子衬裙，裙边上的每一个扇贝壳里都结着一朵极小的红玫瑰。我脚上穿了一双崭新的丁字漆皮鞋，这一次又用褥絮擦得发亮。我已经六岁了，已经学会了那一天人们将要听到的最长的一段复活节演讲词，跟我两岁时说的完全不一样：“复活节的百合花/纯净而洁白/晨光之中/朵朵盛开。”我起身致演讲词时，不觉感到心潮澎湃，充满了爱、自豪和期望。教堂里带衬架的新裙子的窸窣声也停止了。人们似乎屏息静气。看得出来，他们很欣赏我的裙装，但叫他们暗暗称奇的是我的那种近乎时髦的（小大人似的）神气。

“瞧那毛丫头样。”大伙儿都乐了，互相耳语道。

不消说，我演讲起来一个结巴没打，一下也没停，压根儿不像那些说话结结巴巴，甚至说了前面忘了后面的人。那时候，人们的词汇中还没有“美丽”这个词，但“哎呀，她可真招人喜欢”这句话不时向我这边飘过来。他们还令人愉快地补充道：“讲得头头是道哩！”为了后面这句有心补上的话，直到今天我还对他们感激不尽。

招人喜欢可真好玩呀。可是，突然有一天，这种情况结束了。

八岁时，我成了一个顽皮的姑娘。我有一顶牛仔帽，一双牛仔靴，一件格花衬衣和一件短衬裤，清一色是红的。我的玩伴是我的两个哥哥，一个大我两岁，一个大我四岁。他们穿的衣服是黑绿两色，这是我们衣服的唯一区别。每个星期六晚上，我们都去看电影，连我妈也去，西部片是她最爱看的。回到家里，在“大牧场”，我们装扮成汤姆·米克斯，荷巴朗·卡西地[①]，拉什·拉鲁（我们甚至给我们的一只小狗取名为拉什·拉鲁）；我们成小时地互相追逐，当盗马贼，当逃犯，救大家闺秀于危难之中。跟着，父亲决定给我两个哥哥买枪。不是真枪，而是那种能射铜子弹的气枪，哥哥说可以打鸟。我是女孩子，所以得不到枪。眨眼之间，我就被降级为印第安人了。现在我们之间有了很大距离。他们拿着新枪，见什么打什么。我不甘示弱，想用我的弓箭赶上他们。

一天，我站在我们临时搭成的一座“汽车房”顶上——那是用几块铁皮钉在柱子上搭起来的——手里拿着弓箭，正向田野方向看去，这时，我的右眼突然感到被什么东西猛地击了一下。我向下看去，正好看见我哥哥把枪放下。

两个哥哥冲到我的身边。我眼睛刺痛，便用手捂着。“你要是告诉大人，”他们说，“那我们就会挨打。你不想这样做吧，对吗？”我不想。

---

① 卡西地，美国西部片中的英雄人物，极受儿童欢迎。——编者注

“这是一根铁丝，”大哥说，从房顶上把铁丝捡了起来，“就说你踩着了这一头，那一头弹起来打着了你。”眼睛开始痛起来了。“好，”我说，“好，我就说是这么回事。”如果我说不是这么回事，我知道两个哥哥会有办法让我感到后悔的。可现在，只要能使母亲相信，我什么都肯说。

我们当着父母的面按事先说好的那样撒了个谎。他们把我放在门前一张长凳上，让我闭上左眼，给我检查右眼。门廊下种了一棵树，它越过栏杆，一直长到屋顶。这是我右眼所看见的最后一个东西。我一边注视，血一边涌上来，依次抹去了树干、树枝，以及树叶。

我晕了过去。先是发高烧，母亲用百合花叶子缠住我的脑袋，想给我退烧。跟着又发冷：母亲想让我喝汤驱寒。最后，我也不知道是怎么搞的，父母知道了是怎么回事。“出事”一个星期后，他们带我去看医生。“你怎么这么久才来？”他问，一边查看我的眼睛，一边摇头。“眼睛是富于同情心的，”他说，“一只眼睛瞎了，另一只眼睛很可能也会瞎的。”

医生说的这句话把我吓坏了，但其实最令我担心的还是我的模样。在我眼睛被气枪子弹击中的地方，有一团浅白色的疤痕组织，一层难看的白内障。现在，当我盯着人看时——到目前为止我最喜欢的消遣——人家也盯着看我。不是看那个“招人喜欢”的小姑娘，而是看她的疤痕。之后的整整六年我没盯着看过人，因为我没抬过头。

多年之后，在一次中年危机的痛苦煎熬中，我问母亲和姐姐，那次“出事”后，我有没有变化。“没有，”她们感到茫然不解，“你这是什么意思？”

我这是什么意思？

我八岁，平生第一次学习成绩下降了，而从我四岁起，我在学校一直是很出色的。我们刚刚搬到“出事”地点。周围的人我们一个也不认识，因为这是另一个县。我唯一能见到老朋友的机会是在回我们的老教堂的时候。新学校从前是一座州立监狱。这是一座很大的石制建筑物，四面通风，冷飕飕的，吵吵闹闹、不守纪律的孩子把里面挤得水泄不通。三楼有一个拆除隔墙留下的巨大的环形印记。

“原先这儿是什么？”我们去吃午饭时从这儿经过，我问身边一个闷闷不乐的女孩。

“电椅。”她说。

夜里，我做电椅的噩梦，还梦见所有那些据说被它“烤焦”的人。我很怕这所学校，那儿的学生似乎全都是些少年犯。

“你的眼睛怎么了？”他们问，故意找碴儿。

如果我不回答（我无法确定那是不是“事故”），他们便揍我，要和我打架。

我哥哥，就是杜撰了铁丝故事的那个，赶来救了我。可他太爱吹牛，老说是他“保护”了我，真叫我恶心。

在学校受了几个月的折磨之后，父母决定把我送回我们原来的社区，我原来的学校去。我和爷爷、奶奶以及在他们家搭伙的一个老师住在一起。可我的小猫菲比没地方住。等到爷爷奶奶给它找好了位置，它却找不到了。搭伙的那个老师雅巴勒小姐收留了我，并开始教我弹钢琴。可不久她便嫁给了一个非洲人——一个“王子”，她说，且很快就要到他的那个大陆去了。

我原来那个学校里至少有一个老师是爱我的。这个老师“在我还没出世时就认识我”，还给我买了第一套婴儿服。是她使得我生活不那么难熬。是她的在场，使得我终于敢反击那个在学校老喊我“独眼龙”的孩子。一天，我揪住他的衣领，把他狠揍了一顿，直到我满意为止。是老师告诉我，我才知道母亲病了。

大白天我母亲卧床不起，这种事我可从来没有见过。她痛得连话都说不出来。她耳朵化脓发肿了。我站在床头朝下看着她，心里知道如果她死了，我也不想活了。她耳朵敷了热油，一边脸还贴在热砖头上。终于来了一个医生。可我得回爷爷奶奶家去了。几个星期就那么过去了，我几乎没意识到。我只知道母亲可能要死，父亲不那么快活，两个哥哥还在玩他们的气枪，而我则被送出了家门。

“你没变。”他们说。

我想象得出永不抬头的痛苦吗？

我十二岁了。家里只要有亲戚来，我就躲进自己的房间。我表姐布伦达来找我玩，她和我年龄相仿，父亲在邮局工作，母亲是个护士。“你好。”她说。她看着我最近在学校照的那张相片，那相片我原本就不愿照，而现在在相片上，我想那块“白斑”清晰可见。她问我：“你那只眼睛还是不能看东西吗？”

“不能。”我说着，“砰”的一声倒在床上，把书压在了下面。

那天晚上，就像我每天晚上做的那样，我骂我的眼睛。我对着镜子把它臭骂了一通。我苦苦哀求，希望它明早天不亮就重见光明。我对它说，我恨它，厌恶它。我并不祈求视力。我祈求美丽。

“你没变。”他们说。

我十四岁，为我哥哥比尔当保姆，他当时住在波士顿。我最喜欢我这个哥哥了，有一根强大的纽带把我俩维系在一起。他理解我的屈辱和怕丑的心理，他和妻子把我带到一家地方医院看病，在那儿，一个名叫欧·亨利的医生把“白斑”去掉了。原来瘢痕组织的地方依然有个淡蓝色的小坑，但那难看的白斑已经消失。顷刻之间，我好像变成了另一个人，不再是那个不敢抬头的小姑娘了。或许这是我的感觉。自从我抬起了头，我便赢得了我梦寐以求的男朋友。自从我抬起了头，我便结识了很多朋友。自从我抬起了头，课堂作业从我的唇间流出就如复活节演说词一样无可挑剔。高中毕业时，我作为学生代表致告别词，我成了最受欢迎的学生，成了校花，简直不敢相信我还有这样的运气。具有讽刺意味的是，我们班上推选出的那位最漂亮的姑娘（实际上也的确如此）后来怀孕时，被一个男同伴用“真”枪照胸口连开了两枪。不过，这件事本身是另一个故事了。

“你没变。”他们说。

从“出事”到现在，已经过了三十年了。一个美貌的女记者来采访我。她准备为她的杂志写一篇封面专题报道，集中介绍我的一本新书。“你自己决定你在封面照片上的模样，”她说，“富于魅力，或随便怎样都行。”

别去管“富于魅力”了吧，我只听见“随便怎样都行”这句话。突然，我脑子里只有一个问题，那就是为我拍摄照片的头天夜里我是否能有足够的睡眠：如果没有，我那只眼睛就会疲倦、走神，跟盲人的眼睛一样。

夜里和情人躺在床上，我为自己不想在杂志封面上露面寻找各种理由。“我的那些最平庸的评论家会说我的书一售而空，”我说，“家里人会意识到我现在尽写些耸人听闻的书。”

“可你不愿这么干，真正的原因又是什么呢？”他问。

“因为很可能，”我急匆匆地说，“我的眼睛不好看。”

“已经够好的了，”他说。接着他又说：“再说，我还以为你已经不再把这事放在心上了呢。”

突然我想起来，事情的确如此。

我记得：

我跟哥哥吉米聊天，问他是否记得我被枪打的那天有什么不寻常的地方。他并不知道我把那天看成父亲偏爱我的最后一天，那天他还用家传秘方给我冷敷白荷花叶呢，他也不知道我心中正为此痛苦和愤怒。“唔，”他说，“我只记得当时和爸爸一道站在路边，想拦一辆汽车。一个白人停下了，可当父亲说需要请人帮忙把我的小女儿送医院，那人便开车走了。”

我记得：

我第一次来到沙漠。我完全爱上了它。我为它的美而倾倒，平生第一次清楚地体会到那位大夫多年前说过的话的含义：“眼睛是富于同情心的。一只眼睛瞎了，另一只眼睛很可能也会瞎的。”我意识到，我曾满世界疯狂地横冲直撞，一会儿瞧瞧这个，一会儿看看那个，为的是积累种种形象，以防视力消失。可我差点错过了目睹沙漠的机会！震惊之余——同时也为我拥有二十五年以上的视力而感激不尽——我不觉跪下双膝。诗歌一首接一首地来了——这也许就是诗人们祈祷的方式吧。

视力

我由衷地感激我看见了
沙漠
沙漠中的生命
和沙漠本身。
沙漠有它自己的月亮
我也曾
亲眼看见。
那儿没有旗帜飘扬。

沙漠之树长着臂膀

全都舒展向上
那是因为月亮在上
太阳在上
以及天空
群星
云彩
全都没有旗帜飘扬。

假如有旗帜，我怀疑
沙漠之树不会直立。
你呢？

但我记得的主要还是这个：

我二十七岁，我的女儿快满三岁了。从她出生起，我就担心她会发现她母亲的眼睛与别人的眼睛不同。她会因此而难堪吗？我想。她会说什么呢？每天她都看一个名叫《蓝色大弹子》的电视节目。节目开始是一张从月球上看到的地球的照片。它呈淡蓝色，样子有点儿破损，但充满了光明，周围浮动着淡白色的云彩。每当我看到这个景象，我都流下眼泪，仿佛那是一张奶奶家的照片。一天，我正要把瑞贝卡放在床上睡午觉，她突然目不转睛地看着我的眼睛。我的心收紧了，准备设法保护我自己。我凭经验知道，所有的孩子对人身体差别的感知都是很残酷的，也许他们并非总是有意如此，那是另一回事。我料想瑞贝卡也会是一样。

可是，情况并非如此。我俩站在那儿，她在小床上，我在小床边，她紧盯着我的脸不放。她甚至伸出带有肉涡的小手慈母般地捧住我的脸。接着，她神情庄重，活像一个律师，跟她父亲一模一样，好像不这样我就很可能疏忽了她的话。她说："妈咪，你的眼中有一个世界。"（那情景就好像是说："别吃惊，也别做傻事。"）然后柔声柔气，而又带着极大兴趣说道："妈咪，你的眼睛是从哪儿得到那个世界的呢？"

这时，我的痛苦基本上烟消云散了。（就算我的两个哥哥长大后为他们的儿子买更强大的气枪，他们自己也随身携带真枪，那又怎么样呢？就算有一次一个年轻人以为他看见我的眼睛是碧蓝的而差点从特莱佛·阿奈特图书馆的阶梯上掉下来，那又怎么样呢？）我又哭又笑地跑进洗澡间，与此同时，瑞贝卡喃喃地自己唱着歌儿入睡了。我向镜中看去，是的，千真万确，我意识到了。我的眼中确有一个世界。我看到我是可能爱上它的。事实上，尽管它教我学会了屈辱、愤怒和内心的梦幻，我还是爱它的。我甚至可以看见它因为无聊而漂离了眼窝，或因疲倦而翻了起来，更不消说由于激动而专注地浮现出来（这叫出庭作证，一个朋友曾这样说），非常适合我的个性，甚至就是我的特点。

那天夜里，我梦见自己随着斯蒂维·旺德的那首名叫《永远》的歌在翩翩起舞（那首歌名其实是"As"，但我总把它听成"Always"）。当我快乐地旋舞着，比我一生任何时候都更幸福时，另一个满面春风的人和我一起跳了起来。我们一边跳一边接吻，通宵达旦地搂在一起。另一个舞蹈者和我一样也是过来人。她完美而自由。她就是我。

童年逸事

[德国]赫尔曼·黑塞/文
张佩芬/译

原载《世界文学》1985年第6期

赫尔曼·黑塞
(1877—1962)

德国作家、诗人。出生在德国，1919年迁居瑞士，1923年入瑞士籍。黑塞一生曾获多种文学荣誉，包括冯泰纳奖、歌德奖等，并于1946年获诺贝尔文学奖。爱好音乐与绘画，是一位漂泊、孤独、隐逸的诗人。作品多以小市民生活为题材，表现对过去时代的留恋，也反映了同时期人们的一些绝望心情。主要作品有《彼得·卡门青》《荒原狼》《东方之旅》《玻璃球游戏》等。

…………

我们卧室的窗户都已关闭，我迷迷糊糊地躺在黑暗中，静听身边酣睡着的小弟节奏均匀的呼吸。我很惊讶，虽然我闭着眼睛，眼中却不是一片漆黑，而是看见了各种色彩，先是紫色和暗红色的圆圈，它们持续不断地扩大，然后汇入黑暗之中，接着又从黑暗深处持续不断地重新往外涌出，而在每一个圆圈边缘都镶上了一道窄窄的黄边。我同时还倾听窗外的风声，从山那边吹来的洋洋的暖风，轻轻吹拂着高大的白杨树，树叶簌簌作响，屋顶也不时发出沉重的吱吱嘎嘎的呻吟声。我心里很难过，因为大人不允许孩子们夜里不睡觉，不允许他们夜里出去，甚至不允许待在窗前，而我想起的那个夜晚，母亲恰恰忘了关闭我们卧室的窗户。

那天半夜时分我惊醒过来，悄悄地起了床，胆怯地走向窗户，我看见窗户外面罕见的明亮，完全不是像我原先所想象的那样，一片漆黑和黝黯。窗外的一切都显得朦朦胧胧，模糊不清，巨大的云块叹息着掠过天空，那些灰蒙蒙的山峦也似乎是惴惴不安，充满了恐惧，正竭尽努力以躲避一场逐渐逼近的灾难。

白杨树正在沉睡，它看上去十分瘦弱，几乎就要死去或者消亡，只有庭园里的石凳、井边的水池以及那棵年轻的栗子树仍是老样子，不过也略显疲惫和阴暗。

我坐在窗户前，眺望着窗外变得苍白的夜世界，自己也不知道过了多长时间；突然附近响起一只野兽的嗥叫，是一种令人毛骨悚然的号哭声。那也许是一只狗，也许是一只羊，或者是一头牛犊，叫声使我完全清醒过来，并在黑暗中感到恐惧。恐惧攫住了我的心，我回到卧室，钻进被窝，心里思忖着，是不是应该哭一场。但是我还没有来得及哭泣，便已沉沉入睡了。

如今外界的一切大概仍然充满神秘地守候在关闭的窗户之外吧，倘若再能够向外面眺望眺望，那该是多么美丽而又可怕啊！我脑海里又浮现出那些黝黯的树木，那惨淡模糊的光线，那冷清清的庭园，那些和云朵一起奔驰的山峦，天空中那些苍白的光带，以及在苍茫的远处隐约可见的乡村道路。于是我想象着，有一个贼，也许是一个杀人犯，披着一件巨大的黑斗篷正在那里潜行；或者有一个什么人由于害怕黑夜，由于野兽追逐而神经错乱地在那里东奔西跑；也许有一个和我年龄相仿的孩子在那里迷路了，或者是离家出走，或者是被人拐了，或者干脆就没有父母，而即使他非常勇敢，也仍然会被即将到来的夜的鬼怪杀死，或者被狼群攫走，也许他只是被森林里的强盗抓去而已，于是他自己也变成了强盗，他分得了一柄剑，或者是一把双响手枪，一顶大帽子和一双高筒马靴。

我只要从这里往外走出一步，无意识的一步，我就可以进入幻想王国，就可以亲眼看清这一切，亲手抓到这一切，所有目前仅存在于我的记忆、思想和幻想中的一切。

但是我却没法入睡，因为就在这一瞬间，一道从我父母的卧室射出的淡红色的光芒，透过我房门上的钥匙孔向我照来，颤动的微弱的光线照亮了黑暗的房间，那闪烁着微光的衣橱门上也继而出现了一道锯齿形的黄色光点。我知道父亲正回房去睡觉。我还听见他穿着袜子在房间里来回走动的轻轻的脚步声，同时还听到他那低沉的说话声。他在和母亲说着什么。

“孩子们都睡了吧？”我听见他问。

“啊，早就睡了。”母亲回答说，我感到害羞，因为我还醒着。然后静默了片刻，可是灯光仍然亮着。我觉得这段时间特别长，渐渐地睡意爬上了我的眼睛，这时我母亲又开始说话了。

“你听说布洛西的情况了吗？”

“我已经去探望过他，”父亲回答说，“黄昏时我去了一下，那孩子真是受尽了折磨。”

“情况很严重吗？”

“坏极了。你看着吧，等到春天来临，他就要离开人世。死神已经爬到了他的脸上。”

“要不要让我们的孩子去看望看望他？也许会对他有些好处。”母亲问。

“随你的便吧，”父亲回答说，“不过我看也没有必要。这么点儿大的小孩懂得什么呢？”

“那么我们休息吧。”

“嗯，晚安。”

灯光熄灭了。空气也停止了颤动。地板上和衣橱门上又归于黑暗。可是我一闭上眼睛便重又看见许多镶着黄边的紫色和深红色圆圈在旋转翻滚，并且越转越大。

父母都已入睡，周围一片寂静，而我的心灵在这漆黑的深夜突然变得激动起来。父母所说的话，我虽然似懂非懂，却像一枚果子落进水池而荡起的涟漪，于是那些圆圈急速而可怕地越转越大，我这不安的好奇心也为之颤动不已。

我父母谈到的那个布洛西，原来已经在我的视野内几乎完全消失，至多也只是一个淡薄的、几近消逝的记忆而已。我本来已忘记这个名字，苦苦思索后终于想起了他，慢慢地在脑海中浮现出他那生动的形象。最初我只是想起，过去一度常常听到这个名字，自己也常常喊叫这个名字的。我好像记得，有一年秋天，曾经有一个人送给我一个大苹果，这时我才终于想起来了，这个人就是布洛西的父亲，猛然间，我便把一切都清楚地回忆起来了。

于是，我面前浮现出一个漂亮的孩子，他比我大一岁，个儿却比我矮小，他名叫布洛西。大概一年前他父亲成了我们的邻居，而布洛西也成了我们的伙伴，然而，我的追溯并非由此开始。他的形象又清楚地在我眼前重现：他经常戴一顶凸出两只奇怪尖角的手织的蓝色绒线帽，口袋里经常装着苹果或面包片，只要大家开始感到有点儿无聊时，他常常会想出新点子、新游戏和新建议。他即使在工作日也总穿一件背心，这使我十分羡慕。从前我猜想他力气不会很大，直到他有一次揍了村里铁匠家的儿子巴兹尔，因为巴兹尔竟敢嘲笑他母亲亲手织的那顶尖角帽，揍得狠极了，以致我很长一段时期看见他就害怕。他有一只驯养的乌鸦，秋天时由于喂了过量新收获的土豆而撑死了，我们为它举行了葬礼，棺材是一只盒子，因为盒子太小，总也盖不严。我致了一遍悼词，活像一个牧师，当布洛西听得哭泣出声时，我那小弟竟乐得哈哈大笑，布洛西便动手揍我的小弟，我当即又回揍了他。小弟吓得在旁边大声哭号，我们就这样不欢而散了。后来布洛西的母亲来到我们家，说布洛西对这事很后悔，希望我们明天下午去他家，她准备了咖啡和点心，点心都已烘烤好了。喝咖啡时布洛西给我们讲了一个故事，讲到一半又开始从头讲起，这个故事我虽然已完全忘记，但想起当时的情景却常常忍俊不禁。

这仅仅是开始而已。我当即又想起了上千件我和伙伴布洛西在那个夏天和秋天里的共同经历，而这一切在他和我们中断来往的几个月中几乎被忘得干干净净。如今又从四面八方向我涌来，如同人们在冬天时抛出谷粒，鸟群云集而至一般。

我想起了那个阳光灿烂的秋天上午，木匠家的鹰从停车棚里逃走了。它那剪短的翅膀已经重新长出，终于挣脱锁住双脚的黄铜链子，飞离了黝黯狭窄的车棚。如今它悠闲自在地停在木匠家对面的苹果树枝上，共有十来个人站在大街上仰头望着它，一面议论纷纷地商量着对策。我们这群小孩子，包括布洛西和我，也都挤在人堆里，心里特别担心害怕，战战兢兢望着那只依然安坐在树枝上的大鸟，而这只鹰也威武凶悍地俯视着底下的人群。

“它不会飞回来了。”有一个人说。可是雇工高特洛普说：“倘若它能够高飞，早就飞过山峰和峡谷了。”那只鹰一面仍用爪子紧紧抓住树干，一面好几次扇动翅膀试图飞起来，我们都紧张得要命，我自己也不明白，我究竟更喜欢它被人们重新捉住呢，还是喜欢它远走高飞。最后，高特洛普搬来了一架梯子，木匠亲自登上梯子，伸手去抓他的鹰。那只鹰松开树枝，猛烈地鼓动双翼。这时我们这些小孩子的心咚咚咚地直跳，几乎都要窒息了。我们着魔似的瞪着那只美丽的、不断振动翅膀的老鹰。于是最精彩的时刻来临了，那只鹰猛烈扇动几下翅膀后，好似发现自己尚有飞翔能力，然后慢慢往上飞去，傲慢地在空中画了一个大圆形，便越飞越高，直至小得好似一只云雀，无声无息地飞向闪烁的蓝天，终于在天际消失得无影无踪。人群早已走散，而我们这些孩子仍旧呆呆地站在那里，伸着脖子搜索着天空，突然间，布洛西朝空中发出一声欢呼，向那鹰飞走的方向叫道："飞吧，飞吧，现在你又得到自由啦!"

…………

在这无数错综交叉的回忆和思索中，我沉沉入睡了，也许在明天的生活中，这些刚刚记起的对于久已疏远的游伴的回忆又会消失泯灭吧，即便还有，那么也不可能再恢复到这样的清晰和美丽动人的程度了。可是就在吃早饭时，我母亲问我："你不记得从前常常和你一起玩耍的布洛西啦？"

我当即叫喊说："记得的。"于是她便用一贯的温柔口气告诉我："开春时，你们两人本来可以一起上学去。但他病得很严重，怕是不能上学了。你不想去看看他吗？"

她说时很认真，我当即想起夜里听到的父亲说的话，我心里有点儿害怕，同时却又产生了一种对于恐怖事情的好奇。根据我父亲的说法，从那个布洛西脸上已可以看到死神，这对于我简直有一种不可言传的恐怖和魅力。

我连忙回答说："好的。"母亲又严厉地警告我："记住布洛西正患重病，目前你不能和他玩耍，也不准你打扰他。"

我应诺遵守母亲的种种教导，保证绝对安静小心，于是当天上午就去了他家。布洛西家安静而又有点肃穆地坐落在两棵光秃秃的栗子树后面，我在屋子前站立片刻，倾听着走廊里的动静，几乎又想逃回家去。但是我终于控制住了自己，匆匆忙忙地跨过那三层红石块铺成的台阶，穿过一道敞开着的双扇门，一边走一边观望着四周，接着我轻轻地叩了叩里边的一扇门。布洛西的母亲是一个瘦小、灵巧而又和蔼可亲的妇女，她出来抱着我亲了一下，接着问道："你是来看布洛西的吧？"

一会儿工夫，她就拉着我的手站在二层楼一扇白色的门前了。这一双正在把我导向幽暗神秘而又充满恐怖的奇异环境中去的手，在我看来，不是一双天使的手，就是一双魔鬼的手。我的心吓得猛跳不已，好似在向我报警。我犹豫不定，尽力向后退缩，布洛西的母亲几乎是硬把我拉进了房间里去的。房间很大，光线充足，又干净又舒适；我踌躇不安地、恐惧地站在门边，眼睛望着白得发亮的床铺，她正拉着我往那边走去。这时布洛西向我们转过脸来。

我细细瞧着他的脸，这脸盘儿狭长尖瘦，不过我没能看出那上面的死神，只见他脸上有一层柔和的光彩，在他的眼睛里有一些陌生的，既善良又顺从的神色，他的目光让我产生了类似那次在寂静的枞树林中伫立倾听时的心情，那时我怀着强烈的欲望屏息静气地期待着天使走过自己身旁。

布洛西点点头，一面向我伸出手来，那只手发烫、干燥，瘦骨嶙峋。他母亲轻轻抚摩着他，朝我点点头后便走出了房间。我独自一人站在他那张高高的小床边，凝望着他，好半晌两个人都不作声。

"怎么样，又见到你啦？"布洛西终于打破了僵局。

我说："我很好，你还好吗？"

他接着问："是你母亲让你来的吧？"

我点点头。

他似乎疲倦了，脑袋又落回到枕头上。我不知道该说什么话才好，只得一个劲儿啮咬着帽子上的穗儿，一面目不转睛地凝视着他，而他也回望着我，后来他朝我微微一笑，便又闭上了眼睛。

他略略向旁边侧转身子，他转身时我忽然透过纽扣洞看见一丝红色的痕迹，这就是肩上那块大伤疤，我一看见它便忍不住大声啼哭起来。

“哎呀，你怎么啦？”他急忙问。

我无法回答，继续大哭着，一边用那顶粗呢帽子擦着脸颊，直擦得脸颊发痛。

“你说呀，为什么哭呢？”

“就因为你病得太重。”我回答道。其实这并不是真正的原因。事实上是那股强烈而又充满温情的怜悯的浪潮，也就是那曾一度袭击过我的浪潮又突然向我涌来的缘故，而我又没有其他办法发泄。

“其实并没有那么严重。”布洛西劝慰我。

“你很快会复原吗？”

“嗯，可能的。”

“究竟还要多长时间呢？”

“我不知道。总还要拖一段时期。”

过了一会儿我发现他已经睡着，就又待了片刻，然后便径直下楼回家去了。回到家后母亲居然没有盘问我，这使我非常高兴。她肯定发现我的神色有所改变，也断定我已经体会到了一点儿什么东西，于是她一面用手抚摩着我的头发，一面点着头，却什么也没有说。

尽管发生了这种事儿，那一天我还是整日地任性放纵，胡作非为，不是和小弟吵架，就是去捉弄在厨房里干活的女仆，再不然就是在潮湿的草地上打滚，回到家里脏得像泥猴。总之，我肯定干了很多诸如此类的事。因为我至今仍记得清清楚楚，那天晚上母亲特别亲切而又严肃地看着我——也许母亲想让我在默默无言中专心回忆早晨的事情。我很理解她的心意，感到非常后悔。母亲察觉到了我的后悔，便做了一桩在我看来十分奇怪的事。她从窗台上端下一只陶器花盆递给我，装满泥土的花盆里种着一颗黑色的球状的植物根，上面已经冒出两瓣尖尖的、淡绿色的、生气勃勃的嫩芽。这是一盆风信子。她边把花盆递给我，边说："小心点儿，从现在起它归你管了。以后会开出大红花的。花盆就放在那里，你得细心照料它，别让人碰坏了，也不要搬来搬去，每天必须浇两回水。倘若你忘记了，我会提醒你的。等到它开出了美丽的花朵，你就给布洛西送去，他会高兴的。你说好不好？"

母亲催我上床休息，我躺在床上还一直自豪地想着这盆花，似乎花朵盛开与否将是关系到我声誉的头等大事，可是第二天早晨我就忘了浇水，直到母亲提醒我。"布洛西的花怎么样啦？"她问道。以后很多日子里她也必须这样一次次提醒我。尽管如此，当时并没有任何东西像这盆花似的强烈地占据着我的心，给予我幸福的感觉。当时家里还养着其他许多花，有很多比它更大更美，不论在屋里还是在花园里，父母也常常指点我欣赏和照料。但是这盆花却破天荒地占据了我的心，我全神贯注地观察这一小生命的成长，精心照料着它，并充满了期望和忧虑。

最初几天这棵小花看上去萎靡不振，好像有什么地方受了伤，没能健康地成长。我先是为此担忧，后来就焦急不安起来，这时母亲对我说："你瞧，这盆花现在正和布洛西一样，病得很重。因此要加倍爱护和照料它。"

我理解了母亲的比喻，如今有一种全新的思想彻底占据了我的头脑。我感到这棵半死不活的小植物和我那病重的布洛西之间存在着一种神秘的关系，最后我甚至坚定地相信，只要风信子鲜花怒放，我那伙伴也就必然会恢复健康。倘若情况相反，那么我的朋友也必死无疑，因此我若稍有疏忽，就要承担罪责。这种思想形成以后，我便像看守一个只有我才知道底细的、具有魔力的宝藏似的，又担心又热情地看守起我的小花盆。

…………

我再次去看布洛西时心情要开朗得多了，因为家里我那盆小花带着新的喜悦和生气萌出了尖尖的嫩芽。这回我的小病人也十分活泼。

“你还记得约可波活着时的情景吗？”他问我。

我们便回忆起那只乌鸦，讲到它的种种逸事，又模仿着它仅仅会说的三句短话，然后又热切地讲起了从前曾经在这里迷路的那只灰红相间的鹦鹉。我滔滔不绝地诉说着，没有发觉布洛西早已疲倦，因为我忘乎所以，一时竟完全忘记了布洛西的病。我讲述着那只迷路鹦鹉的事，它是我们家的传奇。故事最精彩之处是：一个老仆人看见那只美丽的鸟儿停在我们家仓房的屋顶上时，便立即搬来一张梯子打算抓住它。他爬上屋顶，正想小心翼翼地靠近它时，那只鹦鹉却开口说话了：“早安！”于是我们家的那位老仆人脱下帽子，回答道：“真对不起，我刚才差点把你当成一只鸟了。”

我讲述着，心里想，布洛西一定会大笑出声的。但他并没有立即发笑，我十分惊讶地望着他。他非常文雅而又亲切地微微一笑，脸颊比方才略略红润些，可是他什么话也没有说，更没有笑出声来。

这时我突然觉得他似乎比我年长许多岁。我的高兴劲儿一下子烟消云散了，代之而来的是迷惑和不安，因为我这才明白我们之间已产生了某种新的东西，使我们互相间变得陌生、隔阂了。

一只大冬蝇在屋子里嗡嗡地飞舞不停，我询问，要不要逮住它。

“不要，让它飞吧！”布洛西说。

在我听来连这句话也像是大人的口吻。我非常拘束地离开了他们家。

归家途中，我生平第一次体会到早春的美，它好似蒙着薄纱，让人充满幻想。后来，数年之后，直到我童年时代结束时，我才重新有这种体会。

这是什么感情，又从何而来，我自己也不明白。我只记得，当时有一股微风迎面吹来，田垄的边缘高耸着湿润的褐色泥土，在一块块田地间闪着耀眼的光芒，空气中弥漫着一股燥热风的特殊气息，我还记得自己想哼唱几支歌曲，但又立即中断了这种欲望，因为不知道什么东西压迫着我，促使我保持沉默。

这次访问邻人的短短归途给我留下了非常深刻的印象。对于当时所感受到的种种细微的东西，我确实难以记清了，不过有时候只要我闭上眼睛回溯过去，便能够再度以儿童似的眼睛观看大自然——这是上帝的赠予和创造，仿佛看到了在朦胧而炽热的幻境中的无与伦比的美，而这些我们成年人只能在艺术家和诗人的作品中见到。这条归途大概不到二百步，但是我所体会到的，我所经历到的，不论是天上的事还是地下的事，全都比我后来的许多次旅行中所体验的要丰富得多。

光秃秃的果树上，那些盘绕交错的树枝梢已萌出了褐红色的细柔的新芽和带有松香味的花蕾，和风以及一堆堆云块掠过果树上空，树下则是洋溢着春天气息的赤裸裸的大地。雨水溢出水沟流到路上，形成一条细长肮脏的小河，河上漂浮着枯黄的梨树叶和褐色的碎木片，这一片片枯叶和木片都像是一叶叶小舟，一会儿向前疾驶，一会儿被堵住搁浅，它们经历着喜悦、痛苦和种种变幻莫测的命运，而我的经历正和它们一样。

一只乌黑的鸟儿猝然从我眼前飞过，在空中盘旋飞翔，它摇摇摆摆地扑打着翅膀，突然间发出一声长长的洪亮的颤音，接着猛地向高处冲去，闪烁着变成了一个小点，我的心也令人惊讶地跟随它飞向高处。

一辆空的运货车由一匹马拉着驶过我身边，我的目光跟随着隆隆作响的车辆，一直到它在附近的拐弯处消失为止，那车辆连同那匹强壮的烈马来自一个陌生的世界，又消失在陌生世界之中，它勾起我许多美丽的遐想，这些遐想又随它而去。

这是一个小小的回忆，或者说是两三个小小的回忆。但是谁能要求一个孩子在一个钟头或者更多一些时间内，把自己从石块、田地、鸟儿、空气、色彩以及阴影处获得的体会、激情和欢乐叙述得清清楚楚呢？况且后来我很快就把它们忘得干干净净了；再说它们难道就没有影响我后来生活的命运和转变吗？

地平线上那一丝特别的色彩，屋里、花园里或者森林里那一种极细微的声音，一只蝴蝶的美丽外表或者不知何处飘来的香味，这些常常在瞬间引起我对早年的全部回忆。它们虽然模模糊糊，一些细枝末节也难以辨别，却全都具有和当时同样媚人的香味，因而在我和那些石头、鸟类以及溪流之间有一种内在的联系，我热切地去探索它们的痕迹。

我那盆小花开始往上长，叶片越来越大，看上去十分茁壮。

我内心的喜悦以及我对小伙伴必定痊愈的信心也与日俱增。有一天，在那些肥厚的叶片之间终于长出了圆圆的红色花蕾，花蕾日益见大，不出几天就开出了一朵充满神秘的镶着白边的美丽的卷瓣红花。那天我高兴得不得了，把原来打算小心翼翼地、自豪地把花盆捧到邻居家送给布洛西的事，也居然忘记得干干净净。

接着又是一个晴朗的星期天。黑黝黝的田地里已经冒出碧绿的嫩芽，天上的云朵都镶着金边，在潮湿的大街上、庭园里和广场上，都映着一片片澄净柔和的蓝天。布洛西的小床移到了窗户边，窗台上鲜红的风信子花正朝着太阳，闪烁出耀眼的光芒。布洛西请我帮他略略坐直身子，让他斜倚在枕头上。他说的话比往常多些，温暖的阳光令人高兴地照在他蓬松的金发上，金发熠熠生辉，把他的耳朵也映得通红。我感到很欣慰，因为布洛西显然很快便可完全康复。他的母亲坐在我们旁边，等她觉得我们已经谈得差不多时，便送给我一只她冬天储藏的大黄梨，并打发我回家。我刚走下台阶就把梨子咬了一口，熟透的梨很软，像蜜一般甜，汁水顺着腮帮一直流到了手上。半路上我把吃剩的梨核用力一扔，梨核从高空中落进了田地里。

第二天下了整整一天雨，我只能待在家里，大人允许我洗干净手后随意翻阅有插图的《圣经》，其中有许多我心爱的故事，而我最喜欢的是《天堂里的狮子》、《艾利沙的骆驼》和《摩西的孩子们在芦苇中》。但是第二天仍然没完没了地下着大雨，下得我火冒三丈。大半个上午我呆呆地瞪视着窗外瓢泼大雨下的庭院和栗子树，接着就把自己所知道的玩具一样样依次玩了一遍，等到一切都玩过之后，天色已近黄昏，这时又和弟弟打了一架。还是老花样：我们先是闹着玩，后来小家伙骂了我一句脏话，我便揍了他，他就号叫着逃出房间，穿过走廊、厨房、楼梯和起居室，来到母亲身边，扑进她的怀里，母亲叹着气让我走开。后来父亲回家了，她便把打架的事一五一十地向父亲述说了，父亲惩罚了我，训斥一通后即刻打发我上床睡觉，我感到难以名状的不幸，泪汪汪的，却也很快就睡着了。

大概就在第二天的早上，我又到布洛西家去了，站在他的床前，他母亲总是把一根手指放在嘴前向我示意别出声，布洛西双目紧闭躺在床上，发出轻轻的呻吟声。我胆怯地望着他的脸，只见他脸色苍白，由于痛苦而歪扭着。他母亲拿起我的手放在他手里，布洛西睁开眼睛，默默地凝视了我片刻。他的眼睛大大的，已经变了样，当他看着我时，那目光显得陌生而又冷淡，好似从很远处看过来，好似他根本不认识我，为看到我而吃惊，又好像正在思考某些更为重要得多的事情。我逗留片刻后便踮起脚尖走出去了。

当天下午，他母亲在他的央求下，给他讲起故事来，他听着听着就昏昏沉沉地睡着了，一直睡到傍晚，这段时间里他那微弱的心跳动得越来越慢，终于完全停止了。

夜里我上床安睡时，我母亲已经得知这个消息。而直到第二天早晨喝完牛奶后，她才把事情告诉我。那天我整日像梦游似的到处转悠着，脑子里一直想着布洛西，他已经升入天堂，会不会也变成天使。我不知道他那肩上有着大伤疤的、瘦瘠的身躯是否还躺在隔壁房子里，我丝毫也没有听说埋葬的事，也没有看到埋葬他。

很长一段时期内，我脑子里尽想着这件事，直至已故者的身影在我的记忆里逐渐遥远、逐渐消失。后来，春天突然早早降临了，黄色、绿色的鸟儿飞过山头，花园里散发出草木的香味，栗树正在慢慢地发芽、探出柔软卷曲的嫩叶。一道道水沟边，金黄色的花朵在肥壮的茎秆上展现着灿烂的笑容。

辑二

知床的野生动物

鹦鹉

[罗马尼亚]杰奥·博格扎/文
高兴/译

原载《世界文学》2004年第5期

杰奥·博格扎
（1908—1993）

罗马尼亚诗人、散文家和科学院院士。少年时代便开始诗歌创作。从事过编辑、记者等工作。他的作品，尤其是报告文学和散文诗曾对罗马尼亚文坛产生过重大的影响，作品充满道德力量和正义之气。主要作品有诗集《约安娜·马丽娅》（1937）、《愤慨、爱情和死亡之歌》（1945），散文集《石头之国》（1940）、《奥尔特河之歌》（1940）等。

鹦鹉

堤岸上，一对年龄相仿、中年模样的男女身着泳装，朝我走来。有位或许正在追求她的男子陪在身旁，女人显得特别开心。她可能是医生，可能是教师，也可能是建筑师。可此时此刻她是个被追求的女人。这实在令她快活。她娇里娇气地走着，不住地扭着屁股，为了能笑得尽兴尽情，她微微仰起头，流露出一副故意卖弄风骚的得意神情。

"我有只鹦鹉……"离我几步之远时，我听见女人说道。一股海浪冲来，撞击着岩石。我望着她，想象她定是在讲述某只不同寻常、富有异国情调的鸟儿。正因如此，她才如此的开心。涛声渐渐消失。当他们从我面前走过时，我又一次听见了她的声音：

“没有一次会议我不发言的……”

蓦然，内心那只正带着我在空中飘荡的降落伞一下子将我抛到地面。原来如此！而我，真是愚蠢，压根儿就没有怀疑她所谈的话题。蛊惑，我忘了，你的名字也有可能是女人。

许多年过去了。太阳早已丧失了它的威力，大海也渐渐冷却了下来，浪涛冲击着荒芜的海岸。然而，我却总是想起那个夏天的女人。此时此刻，那只鹦鹉又会在哪里，对着什么样的同类喳喳乱叫呢？

燕子

它躲在一座草棚里，四周，无数只耗子蠕动着。

“你在这儿有何贵干呀？”我问它，“你的位置不是在天空里吗？”

“哦，我太清楚自己的位置在天空里了。”它说着，发出了一声叹息。对于它那小小的胸腔而言，这一声叹息实在太沉重了。“我正是，”重新喘上气来时，它继续说道，“你们所说的‘一燕不成春’中的那只燕。说实话，不用说靠我一只，即便是十只像我这样的燕子也成不了春。既然如此，我又何必去愚弄人们呢？”

一阵长时间的沉默。我忧伤而不安，不知说什么才好。“那么，”最后，我打破了沉默，“你打算干什么呢？”

“孤身一只，我再也不飞了。飞来飞去，原野依然一片黑暗。有什么意义呢？在我的翅膀下，原野本该开满了鲜花的。在凑满一千只之前，我就待在这儿，待在耗子中间。”

我一声不响，略有所思地听着它的话语，心中充满了悲伤和——坦率地说吧——强烈的赞赏。

雏鸡

雏鸡，一团黄黄的绒毛，从早晨的蛋中走出。天气阴沉，它同弟兄们一起，被裹在一件旧羊毛衫里，待了整整一天。

傍晚时分，乌云稍稍散开，太阳从一条缝隙里露了出来。离日落已不远了，但不管暮色多重，太阳的光芒依然散发出一丝温暖。我急忙坐到阳台上，为自己寒冷的肉身采集些许太阳的热量。雏鸡也被带到了阳台上。

过了这么阴郁的一天后，我饥渴地望着太阳的圆盘，好似在欣赏一张照片，享受着天赐的一切，一时竟没有注意那只雏鸡。甜蜜而又辛酸的一刻啊！我一滴一滴地吮吸着，身体渐渐变暖，内心却愈加孤独。

终于，我的目光落在了它身上。我注意到它正凝望着我。显然，它看到了我，意识到了我的存在。它用针头大的眼睛望着我，专注、好奇，微微惊讶。

蓦然，我的心绪开始波动。究竟是谁正通过雏鸡的眼在打量着我？三个星期前，它还只是一只蛋：在很远很远的地方，在生命之门的那一端，在天底，在巨大的黑暗中。

它从那个世界来得如此迅疾，我都难以相信它已完完全全同那个世界分离开来。我难以相信它一点也没带来那个世界的奥秘。

谁在通过它的眼打量着我？此时此刻，它睁开眼睛，向着世界。可在它从蛋中走出之前，打量着我的这双眼又属于谁呢？

我禁不住打了一个寒战。

养狗小记

〔捷克〕卡雷尔·恰佩克/文
星灿/译

原载《世界文学》1999年第4期

卡雷尔·恰佩克
（1890—1938）

捷克著名作家、剧作家、新闻记者。恰佩克是一位善于以荒诞离奇的手法描写人类重大题材的严肃作家。然而，这样一位描写人类重大题材的大家，却同时又善于细心体察并细腻、风趣、绝妙地描写一些微不足道的小题材、小事情，非常不起眼的小人物、小动物。散文《养狗小记》就是其中一例。

养狗之缘由，不外乎：

一、为世俗的炫耀奢华之心所驱使。

二、为了“看家”。

三、为了让自己不感到孤独。

四、为了进行犬类运动。

五、因为精力过剩，想让自己成为一条狗的主人和指挥官。

至于我本人，养狗纯属精力过剩。我显然希望在这世界上有个什么活物能听我发号施令。简言之，一天早上，有人按响了我的门铃，硬把一条棕黄色、毛茸茸的什么东西往我房里拽，而那东西死活不肯进我的房门。来人便把这脏玩意儿抱在怀里跨进门槛说：“去吧，敏达！”（这条小母狗虽然在它的注册簿上有一个什么纯种血统狗的名字，可是不知道为何却另给它取了敏达这么个名字。）它有四条长腿，以一般速度窜到了桌子底下。只听得它在那里面战战兢兢地哀号个不停。“这可是一条不一般的良种狗啊！”来人显得很内行地说了一句，之后便匆匆离去，把我们俩甩在这里听从命运安排。

我还从来没有细想过，怎样才能使狗从桌子底下走出来。我以为通常是这么做的：人坐在地上，有情有理地向它讲清各种道理，让它从桌子底下爬出来。我试着用气度高贵的声音，或者用统帅发布命令的声音动员过它；我也低三下四地请求过它，甚至用糖块引诱过它，还不得已自己装成一只小狗哄过它，可都无济于事。一看这几招都不灵了，我便猛地一下钻到桌子底下，狠狠抓住它的腿，将它拖了出来。这可使的是蛮不讲理的暴力啊！敏达被我吓呆了，像一位被追赶的少女那样惊恐万分，乃至尿湿了一小片地。

一大清早它便越窗逃跑了，幸好被补路工抓了回来。

如今我外出时总是用一根小皮条牵着它，也借自己养了只纯种狗而摆摆阔。

“瞧！”一位妈妈对自己的孩子说，“这是一条小瘦狗！”

我感到受了侮辱，忙转过脸对他们说：“这是一条爱尔兰㹴狗！”

敏达这鬼东西想去哪儿就往哪儿钻，还有好多莫名其妙的兴趣。它总爱拽着我往土堆上和城郊的瓦砾场上爬。

有些好心的退休老人也都牵着狗，见到我不免要问：“您怎么这样使劲拽着这条狗呀？”

我只好回答说：“我这只是在训练它哩！”说完又被它拽着翻另一个

土堆去了。

至于谈到看家，这倒是名副其实。人之所以养狗，真的是想让它帮着看家。狗可真是寸步不离地跟着主人，为主人防贼防敌人。谁对它的主人有威胁它就扑向谁。所以自古以来人们便把狗看作忠诚和警觉的象征。可自从我养了这小狗以来，我却只能半闭着眼睛睡觉，因为得看着它，怕被人家偷走。它若想去散步，我就得跟着它；它若想睡觉，我就坐下来边写东西边为它当警卫，细心听着每一个声响。要是有一条陌生的狗朝我们走近，我便全身警觉，龇牙咧嘴地发出隆隆怒声。这时，敏达便瞅我一眼，摇着它那条小尾巴尖，显然是在说："我知道，你在这里保护着我哩！"

至于说，人养狗是为了不感到孤独，这也不假。狗的确不愿独处。有一次，我让敏达独个儿待在前厅里，它为了表示抗议，竟然把它能找到的东西全都吃了下去，后来还肚子不好受。又一次因为它咬坏了门板，我便把它关在地下室里。从此以后，它连一分钟也没独自待过。我写东西的时候，它想让我跟它玩；我一躺下，它便以为这就意味着它可以趴在我的胸口上咬着我的鼻子玩。每到午夜，我得同它玩一个"大游戏"。我们大声嚷嚷，互相咬着追赶着，在地上打滚，直到它玩得累极了才去躺下睡觉，然后才能轮到我去睡，而且还有个条件：必须让通向我卧室的门敞着，免得敏达感到孤独难受。

我还得无比隆重地证实一点：养狗不只是一种娱乐，一种奇妙享受，而且是一种真正高雅和高强度的运动。当您第一次牵着狗出去散步，同我一样扯断戴在狗身上的颈圈时，您会确认：养狗实际上是一种田径运动。它要求您越障跳栏跑上一千码，进行越野赛跑、绕圈圈、弹跳，以及与狗一前一后地紧追猛赶。接下来的便是举重竞技训练了，因为您得把那只没戴颈圈的狗抱在怀里带回家。这不仅仅是一般的举重，而是要举起一位举重者。这项运动非常紧张、非常激烈。没过多久我就觉得敏达的体重起码有一百公斤，还觉得它有十六条腿。当狗具完好无损的时候，您进行牵狗训练或往左拽或往右拽，或往近拉或登石土堆，或小跑或大跑，都得像进行体育训练一样。您还得装作这一切训练都是出于您的愿望而进行的。

把狗牵出去的目的大多是为了让它方便方便，可我这位敏达那种与众不同的姑娘般的忸怩劲儿真让我吃惊。只要它还能憋得住，便死活不在户外方便。很明显，它是不好意思显露自己的弱点，它身上有点儿英国人的谨慎脾性。家里煮什么，它便在家里吃掉什么。使它感到震惊的是，我们人类竟然不怎么理解，它在这些方面的脾性。

从一开始我就已经弄明白，养狗可以达到许多目的，其中包括充当这条狗的主人和指挥官。现在我倒觉得，更确切地说，敏达成了我的主人和指挥官。有时我就坦白地告诉它这一点，并直言不讳地说它是霸王，是折磨者，是滥用我的耐心和好意的任性而顽固的坏蛋。它好像压根儿不打算听懂我这些话，因为在我这么骂它的时候，它还热忱地直瞪瞪地望着我，摇着它那一小截尾巴，还伸着它那粉红色的胡子拉碴的嘴鼻，冲着周围一个劲儿地乐，无声地乐。更有甚者，它还抬起那颗毛茸茸的脑袋，还想让我摸摸它。什么？你甚至把两只爪子趴到我膝盖上来了？去吧，去吧，敏达，我的丑八怪小狈狗啊！让我把这篇文章写完吧！让我再说一下……

那好吧，敏达，咱们另外找个时间再来写完它吧！

每条狗都有些习惯：一些是一般狗都有的，一些是自己特有的。

一般狗都有的习惯比方说：在它躺下之前，都要在原地转三圈。或是你抚摸它的脑袋时，它就要舔舔它的嘴唇。可是请您千万别对陌生的狗来这一套。至于谈到各自特有的习惯，不管是达克斯狗还是德国猎狗，是狼狗还是牧羊犬，是狐狸犬还是斗牛犬，还是㹴狗等等都各有各的特殊习惯。

爱尔兰㹴狗敏达的特殊习惯就更是不可抑制的了：只要我一躺下，它便跳到我躺的沙发上，两只前脚趴在我的胸脯上，舔着咬着我的鼻子和眼睛。在这种情况下根本没法用吼和威胁来把它赶走。我好长时间没法理解，它为什么要这样做，这样做对它有什么用。直到有一天我手中有了一本犬类学手册，才从里面读到这么一段："爱尔兰㹴狗，又名军犬。在战争中用来搜寻伤病员。"旁边还有一张图：敏达，我是想说一条爱尔兰㹴狗站在雨中，正用前脚拨弄着伤员的胸脯，并冲着他汪汪叫。如今我明白了，敏达是借我来满足它的作战天性。因为它手头没有伤员，所以在我躺在沙发上读报时，便站到了我的胸口上，根本不管报上政治形势的严峻，或者最激烈的新闻炮火。你这副灵敏的军用嘴鼻啊！我的救护员小狗！我们是不是该到尼加拉瓜哪个地方去，让你能为真正的伤员施展才华呢？既然我已经是一条军犬的老板，我是不是该在沃尔肖维采[①]人或者无神论者们中间，或者在一个参议员与上议员俱乐部里宣战呢？慢着！敌人们！别跟我来寻开心了，我给你们露一手！等到你们被枪击刀砍得个稀巴烂躺在战场上时，我去把敏达叫来，让它找到你们，将两只前腿趴在你们的胸口上，因为这样就能显示它祖祖辈辈继承下来的天性本能。

任何一个智商高的活物都有它的特别嗜好与憎恶。阿尔涅·诺瓦克[②]死活不愿用手去碰一下电话；有人天生反对韵律学；弗朗吉舍克·朗格[③]则与神秘论势不两立；另一些人则忍受不了刀子碰在碟子上的那种咯吱

---

① 布拉格市的地名。

② 阿尔涅·诺瓦克（1880—1939），捷克一位保守主义的文学史论家。

③ 弗朗吉舍克·朗格（1888—1965），捷克剧作家，散文作家。

声和其他现代音乐；哈斯科娃小姐讨厌雨果；另一位太太则无论如何不肯靠近一头普通的牛。敏达则对摩托车有一种神秘的恐惧感。别的噪声它当然也不喜欢，而那摩托车的隆隆声尤其使它发疯似的惊慌失措，就像教堂看守遇上了活魔鬼。我这条小狗没有现代观点，不喜欢那些该死的机器和发明，因为它们都既没肉又没骨头，只顾疯子似的转个不停，不吃东西却一个劲儿地放臭屁。要是存在一种狗的宗教的话，那么摩托车在它心目中就是撒旦的角色。在我们每个人的心灵深处都有一块敏感的地方，它没长皮也没长毛，一块我们总想隐藏起来的、赤裸裸的痛得发抖的小地方。你看到了吧，敏达！每天总有个什么人或物要来触碰我们这个永远难受的地方，每天总有一辆摩托车像狂吼的狮子一样从我们这个拐角绕过去，寻找着被它吞吃的对象。咱们赶快钻到桌子沙发底下的最最里边去，闭上眼睛，战战兢兢地等着这野蛮的东西开走吧！然后，等到已经清静了好大一会儿，只听得钢笔蹭着纸响的声音时，敏达才带着困窘的笑容从它的角落里爬出来，微微摇着它的短尾巴尖，仿佛为它的弱点而感到不好意思："这……这我只不过稍微有点儿……这算不了什么。人啊，摸摸我的脑袋吧！"

你坐下，敏达！听我说：给你定三条规矩：

一、你要听话。

二、你要注意保持家里和走廊上的卫生。

三、你只能吃我给你的东西。

这三条规矩是上帝专给狗类定的，好让它们超群于其他野兽。谁要是不遵守这些规矩，就要掉进地狱。那里没有沙发，只有骑着摩托车的魔鬼，成天追逐着有罪的狗的灵魂。

除了违背这三条是大罪以外，还有如下几条是一般的罪：

吞吃主人的背带；

带着满爪子的泥土在主人身上蹦跳；

在你主人写作的时候汪汪叫；

将汤洒在地板上；

独自跑到街上去；

在床上追赶猫；

把鼻头伸到我的碟子里面来闻嗅；

咬地毯；

弄坏各种物品；

把脏骨头叼到家里来；

舔主人的鼻子；

扒苗圃；

叼走主人的袜子……

连这些毛病也不犯的狗，就会获得一种特别的尊严，很受人器重。难怪有些狗会被喂得跟天主教神父或银行行长一样胖，绝不像那些将精力耗费在荒淫生活、争名夺利与胡作非为中的干巴瘦子。

可是还有一条不成文的狗规，那就是：热爱自己的主人。有些非常严肃的人把狗的忠诚看作一种下贱的奴性表现。我不同意这种说法。按"奴性"二字，我们想象不出能像狗的性格那样表现出如此饱满的热情。我从来没有过奴隶，可是我认为，它是，或者该是一只很守纪律、谨慎小心、沉着安静的活物。当它主人从编辑部，或别的什么地方回来时，它一见到他，不会高兴得汪汪直叫，不会往他手里咬，不会扑到他身上去拥抱他，总而言之，不会表现出狂放不羁的热情和过于激烈的欢乐。而狗的大悲大喜情绪天生超过所有的动物和人类。我无法想象一个绘图实习生会高兴得大喊大叫去搂住他顶头上司的脖子；或者一位神甫听到主教跟他说几句话便高兴得四肢朝天，在地上打滚。我说啊，人们跟他们的主人是一种皱眉蹙额的主仆关系；而狗对它的主人则是一种充满着热烈而无所顾忌的爱的关系。也许这里面有一种非常古老的群体意识精神，一种活物的狂热的喜欢群体的习性。它的灵魂深处仍然保存着手工作坊时期的那种天性。“人啊！”狗的这种目光对我说，“除你之外我什么也没有；可是你瞧，咱俩却是一个绝妙的狗的群体，不是吗？”

藐视，对！这个词用得恰如其分。猫就是这样并非怀有什么敌意，而是带着一种轻微的藐视来看狗的。猫觉得狗的身体笨重，有点儿贱民气质。猫跟狗打交道时还难免带着一种傲慢和讥讽的优越感，这是一种超越于群体精神的离群索居者的优越感。瞧这只大个头的、毛发蓬乱或刚硬如刺的家伙，要是让它自个儿待着，它就会像婴儿一样哀号；要是准许它到主人身边去，它就欢喜若狂。多没劲啊！猫儿抬起眼睛，这么想着，至于我，自顾自，我行我素。最主要的是我不这样流露自己的感情，因为这不体面。

随后，它站起身来，用它那发亮而湿乎乎的小嘴巴在敏达脸上温柔地亲了几下。

敏达几乎还是一只小狗，它还不知道怎么使用它背脊的橡皮般的韧性和它那些爪子的长度，有时候它那过剩的弹性反倒让它显得笨拙。但是，也有过这样的时刻，特别是在那些月色明亮的夜晚，只要邻居家的狗儿阿斯托尔透过篱笆瞅着它，它便会情不自禁地跳起来，或转圈圈，或蹦跳，或仰面朝天打着转儿，还非常有节奏。哦！敏达原来是在跳舞哩！

养狗的人，跟园丁、国家首脑、一家之主以及某些人一样，必须想到未来。我一开始养小狗时，便自然想到了它的未来。最先我向我所有的朋友和熟人打听，他们是不是想要一条漂亮的纯种爱尔兰㹴狗。当时就有十四个人想要得到这种优种的毛茸茸的小狗，甚至马上就想上我家来牵走它。我说至少也得在一年以后，得等小狗崽长大一点儿才行。他们笑着说：“一年以后等于任何时候也得不到它。”

与此同时我还注意观察周围四邻的强壮、有教养的、可作为下一代小狗的纯种父亲。我发现了大约四条不错的爱尔兰㹴狗，我还设法获得它们的信任。除此之外，我还稍微研究了一下有关杂交、血统关系以及诸如此类的问题。可因为这些问题都带有些科学性，没有足够的专业知识是弄不明白的。我干脆避开了所有有争议的关于繁殖的科学性问题，决定在一年之后将敏达配给那只整天快乐地伸着舌头的爱尔兰公狗。当我正在琢磨这事时，敏达一个劲儿地在搔痒打呵欠并摇着尾巴，一点儿也不为它将来要当妈妈的事儿担心。

我要告诉你们，纯种繁殖是养狗事业中最有趣的一页。关于这有一大堆详细的和深奥的知识性书籍。假如您只想知道一点儿理论知识，您就只是站在通常所说的遗传学门槛边。我们为什么不去试试掌握大自然的规程，给它提出更高的目标呢？我们为什么不能设想出现一种什么优于一般狗的“超狗”呢？我们可以获得一些有朝一日将能用于人的培育方面的经验呀！不是总责备我们对改善人种的信心不够吗？好吧！你记住，敏达！你注定要派上大用场喽！

好啦！假如您想养纯种狗，假如您有一条不错的母狗，您首先要注意别让它在街上乱跑。您要细心看管它，就像我做的那样，牵着拴狗的链子总也不能撒手。别让它乱吃东西，多跟它玩耍，教育它，要像保护自己的眼睛一样地保护它。当你带着它出去散步的时候，你所遇到的别的狗会来找麻烦的。有时候会有一大群狗追在你们后面走，你还得用棍子和吼声将它们轰走，而你的那只小母狗会像一个乖女孩一样跟着你走。

它对谁也不瞧一眼，没心没肺的，很招人喜欢。走你的吧！你这个老跑江湖的！滚开吧，杰克罗素狸狗你这个废物！闪到一边去，你这条恶棍狼狗！嘿，你这条小细腿、战战兢兢的达克斯狗！走远一点儿，你这条全身火红的看家狗！走开，你这不知羞耻的！敏达，这都是一些贱汉子，知道吗？等一等，我给你讲一讲篱笆外边那条伸着舌头的漂亮的爱尔兰公狗，它毛发刚硬像上帝，它全身火红像太阳，它的背脊像乌鸦般黑亮，它的眼睛呢，跟刺一样锐利。又来了一条该死的野狗，走开！你这可耻的东西！敏达，你要自重！做得对，你没理睬它。你知道吗？你还太年轻，再说这条癞皮狗也根本配不上你。咱们还是回家吧！

怎么啦？你想要什么？要我抚摸你的头，拍拍你的背？出去？什么？要吃东西？我得提醒你注意，敏达！你吃得太多了！你瞧瞧看，你的脊椎有多宽，肚子也大起来了。喂，我的家人啊，你们别给这可怜的小动物吃得太多！难道你们看不见它的体形已经不如从前了吗？那收紧的两肋哪儿去了？它那又窄又瘦的背脊哪儿去了，丑死啦，敏达，你这丑丫头，都怪你太懒。去，到花园里去！去跳舞、去转圈圈捕捉自己的尾巴！多活动活动！多锻炼锻炼！听见没有？不许你长胖！要不你就变得成天气喘吁吁的，愁眉苦脸的。从今天起由我亲自来给你的食物定量。

“您听我说，”有一个自以为什么都懂的人对我说，“您家那条母狗怀孕了！您瞧，它的肚子都挨着地了。”

“哪儿的事！”我忙反驳说，“只是因为太肥的缘故。您简直想象不到它的食量有多大，而且还整天躺在沙发上，就这样长肥啦！”

“嗯，”那人说，“那些奶头一个个耷拉着又是怎么回事啊？”我笑他瞎猜。事情太荒谬了。敏达从来没离开我独自待过，只是有时在花园里待上几分钟，而且还是在我的严密监视之下。

过了好一段时间，我才从邻居那儿听说，他亲眼看见敏达跟最近的一户邻居家的纯种护禽杜宾犬有来往。

我简直摸不着头脑，它们什么时候有过这种机会。可我又不得不在事实面前低头。你这丢人的、轻浮的母狗，你好端端的一条英国爱尔兰狸狗竟然找了一条德国杜宾犬？竟跟这么一条白不白、花不花、比你矮一半的杜宾犬去相好？甭提啦，真不害臊！

你还摇尾巴？还好意思伸着你那颗毛发蓬乱的头？我根本就不想看见你！快走开吧，你这迷了心窍的、不听话、没头脑的母狗！你还不到一周岁，就这样了！瞧你现在这副样子！弯着个背，脊椎骨耸得跟山羊似的，身子又笨又松垮垮的。你都不能转圈儿了，成天气喘吁吁的，累乎乎地坐在那儿懒得动。你望着我，好像我能帮你忙似的。怎么啦？你好像有些不对劲而且还很严肃？喏，别难受了，大自然权力大，很难与它作对。况且你也知道，护禽品犬和爱尔兰狸狗是属于杜宾犬一大类的。你们都是有胡须、毛很硬的。谁知道呢，你也许能生下一只白色的爱尔兰狸狗或者一只屁股上带一个黑点的火红色护禽杜宾犬来，创造一个爱尔兰狗和护禽杜宾犬的新品种出来。喏，过来吧，你这笨蛋，可以将头枕在我的膝盖上。

有一天早上，敏达的窝里传出一种吱吱叫声。敏达！敏达！

这是什么？你身子下面什么东西在蠕动？敏达表现出极度忧伤和懊丧的样子："主人啊，请原谅我生下了这么一大堆。"二十四小时之后也没法出窝。只见有几根小老鼠尾巴从它肚皮下面露出来——四只还是五只呢？敏达不让人去数。谁敢把手伸进它窝里去，它便抓住你的手，你想拽着它的颈圈把它拖出狗窝？那你还不如把它掐死。你绝对拽不动它。

直到第三天它才自己出来。

一共八只小狗。全是纯种的，光溜溜的，清一色的黑色杜宾犬。

既然它们是一窝八只，是不是得有人去废掉它几只。喂，泥瓦匠师傅，你们谁能淹掉几只还没睁眼的瞎狗崽啊？

泥瓦匠脸色刷白，说："哪敢呢，我从来没干过这事儿。"

和泥师傅，你们不都是好样儿的吗？你们中间有谁敢淹掉几只狗崽吗？

"我不行！"和泥工说，"我没这硬心肠。"

末了还是一位长着一双姑娘眼睛的花匠师傅弄走了几只。

如今敏达带着留在它身边的两只小杜宾狗，为它们而感到骄傲，成天用舌头没完没了地舔它们发亮的黑脑袋和眼睛上方的黄点儿。敏达，我的老天爷，你从哪儿弄来这些小丑八怪啊？

敏达带着特有的骄傲与欢乐摇着它的尾巴。

知床的野生动物

〔日本〕立松和平/文
陈喜儒/译

原载《世界文学》2008年第4期

立松和平
（1947—2010）

日本作家，极其关注环境污染的问题。这篇《知床的野生动物》，是他长期观察野生动物之后写出的，体现出他强烈的生态意识。

过去，我去建在知床知布泊山中的小屋时，常看见野兔，但它们现在一个也看不见了。乘车在山路上驰骋，在那为建房而平整的小块平地上，常看见野兔飞跑。我不知道野兔的世界出了什么事情，但它们现在是踪影全无。难道这附近藏着岛枭吗？最大的可能是山鹰、白尾海雕等猛禽的增加，把奔跑时全身暴露无遗的野兔一个个都捉光了。

说起来，虾夷松鼠和金花鼠也看不着了。过去，到附近的森林中去，肯定能看到虾夷松鼠和金花鼠，那可爱的样子令人百看不厌。这些松鼠到哪里去了呢？可能有科学的解读吧。但我不懂这些理论，野生动物生存竞争激烈，有胜而生存者，也有败而灭亡者。

北海道过去有虾夷狼。日本本土也有狼，但个头小，名为日本狼，是虾夷狼的伙伴。日本狼也叫山狗，山里几乎都有，在民间故事里常常出现。狼群袭击家畜，也不时袭击人，因此遭射杀而灭绝。明治三十八年（公元1905年），人们在奈良县发现一头日本狼，这是最后一次，日本狼从此消失。虾夷狼也是在同一时期灭绝的。

因此，日本的动物地图发生了巨大变化。但近年来，由于保护自然的思想深入人心，人们不再捕杀野生动物。最明显的变化是，本州的日本鹿和北海道的虾夷鹿变多了。

在知床，现在很容易看到虾夷鹿。十五年前，在可以看见野兔的时候，不要说大雪封山的冬天，就是其他季节也难见到鹿。山里的动物染上了山林的颜色。夏天，它在绿色中闪烁。秋天，在红叶的掩映中，它的毛色似乎也变得色彩斑斓。在新绿中飞驰的鹿，简直是森林的贵公子。它飞驰而过的瞬间，姿态之美令人陶醉。

在山野四处游荡的鹿，冬天大雪封山时就不动了。它们的食物是埋在雪下的矮竹。为从雪中扒出矮竹，它们聚集在雪少的地方。这种地方是面对道路的斜坡。从斜坡乘车去宇登里，有无数鹿站在斜坡上张望。在那里，一次可以看见一两百头鹿。但只是那里有，别的地方没有。冬天的鹿很辛苦。即使费很大力气挖出矮竹，但矮竹水分少，可能也不好吃吧。如果有低矮的树，它们就扬着头啃那坚硬的树芽。但这些还不能填饱肚子，它们就啃比树芽多些的树皮。树干周围的树皮被吃光了，水分上不去，树会枯萎而死。这种枯树，在知床的森林里处处可见。

树皮有的含糖分，有的苦涩，味道各异。开始时，鹿选择树种啃树皮，不久，什么树都啃了。只有一种树不啃，那就是白桦。如果鹿这样不断繁殖下去，知床的森林就只剩白桦了。

鹿的繁殖能力很强。通常由一头公鹿率领十头母鹿组成后宫。雄鹿入主后宫是与几头雄鹿争斗而获得的特权。也就是说，只有遗传因子强健的雄鹿，才能繁殖后代。这是维系种族的方法。体弱的公鹿不能率领鹿群，也不能有自己的后代。跟随公鹿的母鹿，每年生一头小鹿，鹿群大体每年增加一倍。

在知床，有一处岩尾别开拓地遗址。战后有人到那里开荒，但由于气候恶劣严酷而离开。那里过去是森林，现在是原野。为使那里恢复森林，开展了“知床百万平方米植树造林运动”，但因从斜里岳吹过来的风过于强劲，鱼鳞云杉和库页冷杉长得并不理想。岩尾别开拓地遗址视野开阔，是观察鹿的好地方。前几天，我到了那里，试验人与鹿之间相距的最近的距离是多少。

那里有开拓者倒塌的房屋和牛棚。远远看到那些房屋，就发现鹿群边吃草边走过来。鹿群中心是公鹿，周围是母鹿。母鹿向我走来。在国立知床公园，它们知道受保护，人不能伤害它们，所以毫无惧色，胆子挺大。

它们一边慢悠悠地嗟嗟吃草，一边横着身体走近。我也装作漫不经心的样子，一点一点地向前凑。我手里没有得意的武器，它们可能知道我无歹意，虽然没抬头看我，但知道我的位置。我在一定距离内再向前挪动，它们就悄悄离开一点，但完全没有逃跑的意思。这种微妙的距离，大约三米。这三米，是鹿与人的绝对距离。只要保持这个距离，即使有什么威胁，它们也可以从容逃脱吧。

我稍稍一靠近，整个鹿群就离开一点。它们是管制性的集体行动。中心那头雄鹿，不时抬头看我一眼。很明显，雄鹿是整个鹿群的首脑。我突然想到，兔子没了，也许与草有关，因为草都叫鹿吃光了，但也不一定。没有草，野兔无法在草中藏身，身体完全暴露给山鹰和白尾海雕，因此被捕捉殆尽。但知床的草并非一根不剩，所以我这种推测也靠不住。

现在常常看到北狐。北狐挖洞筑巢，成立家庭。它们捕食鼠、兔、蛙、蛇等小动物。狐类是随着人类来此开荒种地而繁殖的。也就是说，北狐在人类生活圈附近居多。

在北海道，到处可以看到狐狸，但知床有观光狐狸。这种狐狸与北狐是同类，但它们在路边等着乘车进山的观光客。一看见狐狸，人们哇哇兴奋起来，打开车窗，扔出炸薯条等食物。这些放了不少糖、盐的方便食品，是自然界没有的味道，狐狸们随即成为俘虏。它们不用再去拼命追捕鼠类，它们在路边专心地等待观光客，最终在自然中被宠物化。进入深秋，天一下雪，观光客突然不见了，但忘记打食方法的狐狸，只能等待观光客扔给它们方便食品。观光狐狸是可悲的，过不了冬天。

日本陆地最大的动物是棕熊。过去发生过棕熊袭击开拓者家庭的惨剧。对于棕熊来说，残暴的人类突然闯入了它们美好的森林，伐树、烧荒、开垦造田，它们生活的场所越来越狭窄。

在知床半岛的内地，沿着海岸线，有一些渔民们合住的看守小屋，守望着捕捞大马哈鱼的固定网。战后，从桦太撤回的人们，在没有路的知床半岛一下子建了不少这样的小屋。有一个看守小屋，周围经常有熊出没。他们看到熊时，就用枪打。因为他们进入了熊的世界，不管怎么打，熊还是层出不穷。

不久，渔民们终于明白，这些熊对人类不会有任何伤害，于是不再射杀。虽然那里有熊，但最好的办法是视而不见。渔民们在海滨架网，熊在周围晃来晃去，但并无害人之心，只是过它们自己的日子。

虽然熊偷盗渔民晾晒的鱼，但在人不射杀熊以后的三十年里，渔民从无被伤害的事件。熊过熊的日子，人过人的生活，重要的是，人类不要过多干涉熊。在这里，人与熊相安无事，两个世界奇迹般共存。这种例子，在世界上可能绝无仅有。

我认为知床的明智之处，就是人类在野生世界中，尽量节制自己的行为。

鹿的视线

世界上的一切生物，都要时时刻刻考虑自己的生存，这一点是相同的。比如鹿在森林中小心窥探的表情，就告诉我这一点。鹿爱惜自己，想在森林里生活得更好。所谓鹿的好日子，第一是安全，第二是食物丰富。

鹿的大敌是狼和人，其次是没有食物的冬季。自从狼在日本列岛灭绝以后，除一部分猎人外，人们转而保护鹿。抑制鹿繁殖的天敌消失以后，在禁猎保护区，鹿的数量迅速增加。十多年前，即使在知床的夏天，也很难看到鹿。北海道的虾夷鹿，比日本本州以南的日本鹿个头大。它们在寂静的山林中，突然发觉了什么，会无意中抬头张望，瞪着那双黑色的湿润的大眼睛。它们能迅速发现我，目光中充满警惕。

向它们表示无意伤害的意思，最好的办法就是迅速离开。如果想仔细观察它们，不要动。如果是开车进入森林，绝对不要下车。即便只是打开车门，它们也会急转身，跑进森林。它们对自己的安全距离极为敏感，因为它们是软弱的动物，没有攻击对手的武器，所以必须和对手保持安全距离，也就是说，可以迅速逃跑。

在山里走路时遇到鹿，自己要像树一样一动不动。如果要猎鹿，肯定会有动作。鹿小心翼翼地注视着人的一举一动，一旦感到危险，马上奔逃。它们当然知道，拿着喷火铁筒的人，是所有生物中最有攻击性、最可怕的。它们看到人，会立刻警惕起来，也像树一样静止不动，而且目不转睛地看着人。在保护区，即便是这种时候，它们的身体也大都暴露无遗。与鹿相遇的刹那间，我有一种与体形不同、生活方式不同的生物交流的感觉。从它们的目光中，可以看到生的寂寞与悲哀。为了保存生命而时刻提心吊胆的悲哀，也就是生存的悲哀。

我第一次看到野生鹿，是在冬天的知床。虾夷鹿啃树皮，挖掘埋在雪下的绿色矮竹。这些食物与夏天绿油油的柔软的草比，肯定更难吃。在雪深的地方，连树皮和矮竹也吃不到。它们在大雪中移动艰难，所以竭力寻找雪少的地方，走向风大的海岸。海岸边有公路，鹿来到与人接近的地方。

鹿在雪中，我在路上。我与鹿之间，铺着柔软棉被般的白雪，但不能随意靠近，这雪成为鹿的安全带。我停下脚步看着鹿。鹿和我，都感到身体里的热血在奔流。有一种生在同一世界的，惺惺相惜的感觉。

相隔一定距离与野生动物相互凝视，仿佛在进行无言的对话。在若干次这种相对无语的凝视中，彼此心中的所思所想，不会没有变化吧？

知床的熊

我觉得在知床的内地，某些地方可以说是野生动物的天堂。那里平时只有看守小屋的渔夫。所谓看守小屋，是渔民们在渔场前共同生活的场所。

起网用的起重机坏了，或公路被雨水冲毁了，我就和朋友们一起去修理。到了那里，我认识的渔夫，正在海边修补渔网，他对我说：“刚才，熊围着我转了三圈之后到对面去了。”他说的熊，是棕熊。走到渔夫所指的地方，就能看到熊。我每年到看守小屋去三四次，看到熊的时候居多。

“春天的远东多线鱼放在网房里晾晒时，熊就来了。虽然是熊，但也必须教育它们不能偷鱼。对于小熊，更要大声训斥。”船老大大濑初三郎说。我想，在日本，他可能是最熟悉熊的秉性的人。对于钻进网房的熊，船老大手提木棒，把它们赶出去。

“你们干坏事，我们就得修理你们，听明白了吗？”

船老大不是用木棒打它们，而是边斥责，边用木棒把它们撵走。熊可能也知道自己干了坏事，垂头丧气地走了，就像野狗、野猫一样。虽然这里的熊是野生动物，却像无家可归的流浪汉。两岁的小熊进了网房，要大声呵斥。虽然说是幼熊，但两岁大小，既有力气，也有智慧，一巴掌就能把人打倒。

那里不管什么时候，总有吃的东西，它们饿不着，也没有人开枪射杀，它们的日子很安稳。它们对人没有威胁，所以，它们依然过着天真烂漫的日子。对于渔夫来说，有了居于食物链最高点的熊可以自由生活的自然环境，就意味着鲑鱼可以洄游。熊的存在，就是生态完好的证据。如果没有熊，这里就不再是完美的渔场。

与稍一疏忽就可能危及人类生命的大型野生动物共同生存的最好方法，就是相互佯装不知，谁也别理谁。对于熊来说，人类是这个世界上最危险的存在。人与熊，相互不要过分关注，要装作视而不见。

长期以来，住在看守小屋的渔民们一直是这样做的，他们已经习以为常。人类与动物之间，建立了这种难能可贵的关系。那里几乎没有外人去，只有熟悉环境的人在那里生活，所以我说那里是野生动物的天堂。

修理好起重机回来的路上，我与朋友到细鳞大马哈鱼为了产卵逆流而上的河边。秋高气爽，绝好佳日。这个时节，雨少，河水少，细鳞大马哈鱼无法跳越沙土堤坝，眼前的河水漆黑一团。熊下到走投无路的鱼群中，但大马哈鱼在水中游动极快，熊很难抓住。

我在河岸边立起三脚架，安上装着三百毫米望远镜头的照相机。熊无视我的存在，继续捉鱼。果实丰富的秋天，对熊来说是最美的季节，或许因此心无二用，毫无戒备吧。熊过熊的日子，我过我的生活，互不干扰，是最好的状态。我拍下了熊在河中的各种表情和动作，都很自然精彩。

丹顶鹤的四季

过去，丹顶鹤在日本东部全域生息，甚至成为美味佳肴。有记载说，曾有人把盐渍的丹顶鹤进贡给德川将军。由于乱捕滥杀，有一个时期丹顶鹤销声匿迹。大正十三年十月，在钏路湿地曾有人看到十几只丹顶鹤，这是日本丹顶鹤的最后命脉。冬天，丹顶鹤找不到食物，濒临死亡，这时由人来抛撒饲料，对它们精心保护。在钏路湿地，政府设置了几个保护区，丹顶鹤以夫妇为单位在一定的领域生活。丹顶鹤数量增加，领域扩大，生息范围已经超越钏路湿地，扩展到国后岛。

最近到钏路湿地去，见到比雪还白的丹顶鹤并非难事。冬天到保护区的投食场，可以看到无处可去的丹顶鹤成群结队。春夏时节，丹顶鹤与人的距离遥远，但在一片葱绿之中，白色的丹顶鹤的身影显得格外鲜明。在辽阔的钏路湿地，丹顶鹤是最漂亮的鸟。

钏路湿地的丹顶鹤不是候鸟，而是一年四季以领地为活动中心的留鸟。丹顶鹤的生命周期是一年，下蛋、孵蛋、抚育幼鸟、使它自立。人类的一个周期需要二十多年，但丹顶鹤每年一个轮回。它们一次抚育一两只幼鸟。

冬天，与幼鸟分别，新的一年开始。它们虽是一家，但只有交尾时身体密切接触。雄鸟神情紧张，从站立的静止不动的雌鸟后面慢慢接近。雌鸟两翼半开，雄鸟叉开两腿伏到雌鸟背上，交尾瞬间结束。结束后，雄鸟跳到雌鸟前面，若无其事地四处漫步。

冰雪融化时，它们在湿原浮岛上狐狸进不来的地方筑巢、下蛋、孵蛋。下蛋当然是雌鸟的事，之后是分工合作，交替孵蛋，不孵蛋的去打食，或在周围警戒。如果有什么动物要接近巢穴，它们就会伸出刀一样的长喙猛烈攻击。

从夏至秋，是育儿期。雏鸟能独立行走时，极易受到狐狸和乌鸦的袭击。父母们小心翼翼地呵护，但在危险的野生世界，依然不时有雏鸟牺牲。

一年过去，又进入冬季，与幼鸟分别的季节来到了。分别，对幼鸟是个考验。为它们打食、保护它们不受外敌侵犯、时时关心照料它们的父母，突然变得凶狠起来，啄它们，恐吓它们。不谙世事的孩子们，不知出了什么事，在困惑、卑躬屈膝、纠缠不休中，依靠父母的心情逐渐消失，培养了独立性。这时，父母会突然弃子而去，幼鸟们再也找不到它们。幼鸟们必须活下去，不能永远沉浸在悲伤之中。周围有与自己同样遭遇的伙伴，肚子饿了，必须自己去找食物，这样幼鸟就完全独立了。

丹顶鹤的生活方式，人类很容易理解。作为父母，皆有舐犊之情，一旦分别，自然不能不难过。但野生动物绝对不感情用事，完全依据自然规律生活。

我的猫们

〔捷克斯洛伐克〕博胡米尔·赫拉巴尔/文
徐伟珠/译

原载《世界文学》2006年第1期

博胡米尔·赫拉巴尔
（1914—1997）

捷克斯洛伐克作家，曾获得1994年诺贝尔文学奖提名。这篇散文选自捷克斯洛伐克作家出版社1989年出版的散文集《我的世界》。原文并无标题，现标题由编者所加。这些生动自然的文字让我们感受到了赫拉巴尔对动物的细腻情感。

安芭拉太太问我，哪只是您的猫来着，喜欢整天坐在河边，一动不动地看着河水？我说，那是施瓦茨瓦尔德，最笨的公猫。什么都不会做，除了每天下午蹲在凳子上往水里看，为了看到整条溪流的水，完整无保留地从自己的面前淌过。它还会做的另一件事是，当我们俩一起往小溪走时，它先于我走出家门，每走三米就停下步子来，像箱子盖似的往后仰起小脑袋，抬起身子，我只得把它抱入怀中，它闭上双眼，我把它贴近我的脸，在那一瞬间我们俩融为一体。唯独我们俩在一起时，我才能感受到，它怎样沁入我的心田，然后复活，苏醒，在我跟前步出三米后，它重又回头思念着我，亲昵一番，如此反复。我们缠缠绵绵，心心相印，直到靠近溪边。我常说，这是我养的三只猫里最笨的猫，虽然最壮实，独自却什么也干不了，总要找其他两只猫商量，它自己表达不了时，只能由伦达或者马尼奇卡代劳。因为力气大，施瓦茨瓦尔德还有一个名字叫卡西乌斯①。

大雪纷飞的日子里，我的猫们总以为，我一迈出家门便不再回来了，于是它们先后看护着我，踏着厚厚的积雪一路伴着我前去酒馆，三个小黑点在我身后跳跃。它们在酒馆门口无怨地候着，直到我走出酒馆，一同回家。返家途中，我只得把它们轮流抱着，焐暖他们冻僵的小爪。到家后，虽然一路抱怨，它们还是原谅了我，和我一起蜷缩到床上，共同进入梦乡。很让我头痛的是，第一只猫在半夜十二点起床撒尿，第二只在一点半，第三只在三点。我就像钟点旅馆的守门人，在夜里不停地起身。

…………

妻子周末来看我们时，每次都要叹息："我们拿这么多的猫如何是好？"我安慰她说："你不是不清楚，现在我们一下子有了五只猫，到春天时它们都会丢失的。"有一只不回来了，夜里我们出去寻找，呼唤着它的名字，然而徒然。接着是第二只、第三只，最后只剩下了一只，我们多么担心它出去后再不见踪影……然而妻子看到这么多小动物，还是唠叨个不停……我们拿这么多的猫怎么办？尽管如此，她还是满心欢喜期盼着早晨，等我醒来后，起床去开门，五只略大了一点的猫奔入厨房，先舔净两盆牛奶，然后一起扑到床上，钻进被窝来取暖。我每次分三只猫到妻子的床上。就这样，小猫挤在我们的身边，心满意足地进入了梦

① 卡西乌斯（公元前 85—前 42 年），古罗马将领，刺杀恺撒的主谋之一。

乡。伦达、赛格米勒和施瓦茨瓦尔德常常和妻子睡一床，我床上的两只猫，我给那只白腿、白胸的黑猫取名施瓦尔察娃，另一只小花猫叫长筒袜。我最钟爱施瓦尔察娃，百看不厌。她也出奇地依恋我，每当我用双手掬起她来，贴向前额，对着她的耳朵倾吐亲昵的话语，她都会做出晕厥状。我，一个上了年岁的老人，头发稀疏，满脸皱褶，不期望也不可能去爱上某个美丽的女人。只有我的猫们深深爱着我，一如我年轻时对女友的迷恋。在猫的眼里，我是他们的一切，是他们的父亲和情人。最爱我的是那个白腿、白胸的施瓦尔察娃，我只要看她一眼，她就变得感性而温顺，于是我就忍不住把她抱起来，她会因我情感的投入而晕眩，而她感情的回流也会让我凝噎。那些早晨，与五只猫同眠一床，是我们的全家福，这些猫，是我们的孩子。

然而每天早晨，当猫们暖过身子，从夜的寒冷中缓过神来，突然间会集体性地撒欢嬉闹。它们打架，在窗帘上荡着玩，四处乱跑，上蹿下跳，小脑袋撞着柜子、磕着椅子的声响不断传来。它们在厨房折腾半个小时；把我们的衣服从椅子上扯下来，把抹布从厨房叼出来撕扯着玩；把皮鞋和拖鞋抢来抢去；钻进被子在黑暗里斗殴，纠缠不休；把桌上的东西往地上扔……这种闹剧一般持续半个小时，直到它们喘作一团，舌头都伸了出来，筋疲力尽，瘫倒在绿地毯上。它们趴在椅子上，相互舔着，长时间用舌头梳理着，舔净脖子和脑袋上的毛，接着又睡去了，甜美地打着呼噜……这样的闹剧每天上演。只有当外边下起雨来，天气转冷，当雪花飘落，小猫长成了公猫和母猫。当我清晨打开门，这些猫先来取暖，然后喝牛奶。天寒地冻时，它们在炉前挤成一团，伸长脖子烤着小脑袋，直到脑袋上升腾出水气。一冬的时间让每只猫变得持重起来，有个问题让它们害怕，万一有一天我不来了呢？

它们一般睡在阳台上，凉亭下的干草堆里。从二层阳台能看到林中那条直通公路的小道。每次我坐着公共汽车，踏着积雪前来，我会从路上的某个拐角处看我的阳台，那个露天的四方平台，我看见凉亭的地板上，那里竖起了猫的耳朵，然后猫就跑出来了。我看见它们的小爪从木楼梯上飞奔而下，迎着我狂奔而来，围住我舔个不停……我总是把它们一个个抱入怀里，吻着它们的颈窝，它们紧紧贴着我。我没有把它们忘了，这让猫们欣喜若狂。

我打开走廊的门，桶里的水结了冰。我打开房门，小动物们挤到炉子跟前。我很快用木柴点上火，烧上暖气，然后热牛奶。好几次厨房盆里的水居然都冻上了……半小时后炉子和管道开始热起来。猫们享用完牛奶，全都把脑袋靠近炉子，长时间烤着，个把小时后才离开，分别躺到各自的椅子上睡觉。我给它们切好鱼，准备好肉，把奶酪撕成小块。然后我坐下来写作。打字机嚓嚓响着，我写得很急，没时间去考虑文字的风格，我必须快捷地写，为了腾出时间照料我的猫。每只猫，虽然闭着眼睛躺着，却眯缝着眼注视着我，伴着打字机的声音睡觉，这让它们觉得特别安心。

写了一个小时后，我穿上毛皮大衣，到外面凛冽的寒冷里去散步。我总把门掩着，为了方便小猫去树丛里撒尿。夜间我会在盆里装上沙子，以防它们不想出门，或者我睡得太沉。在我睡觉时，猫先从椅子上跳下来，走到门边喵喵叫，一般听到它们的叫声我会醒来。夜里我常起来，把小猫放出去，听到叫声再开门把猫放进来。逢上雨天，我用毛巾替它们擦干爪子，因为凌晨时炉火熄灭了，五只猫会跳到床上来和我睡。就像事先约好似的，每只猫都有各自固定的位置。但我的头边只能躺着施瓦尔察娃，只有她有权挨着我的头入睡，其他的猫或在我的脚边，或靠着我的背。所有的猫在入睡前都会甜蜜地呢喃几声，轻轻地打呼噜，盘成一团。太热的话，它们仰天而躺，姿势非常优美，有时热得连肚皮上的毛都湿透了。也许那是吓出来的冷汗，假如有一天我来不了了，它们该怎么办呢？

我也常常自己驾车去看望它们，但只在风和日丽的日子里。开车途中，速度稍快一些，我马上就会减速，万一出了车祸，我的猫谁来管啊？所以在霜冻、下雨、下雪的时候，为了保证安全到达，为了让我的猫们高兴，我宁愿选择坐公交车。即使在公交车里，坐在第一排时，我的心也会一紧，万一撞车怎么办？于是我换到中排，出事的话，中排受伤的概率最小，不然谁给我的猫去喂奶呢？

当我穿上外套，必须回布拉格时，猫们一下子变得乖巧、忧戚起来。施瓦尔察娃性格里天然有卓别林的成分，她想博得我一笑，跳来跳去翻筋斗，然后定定地看着我，希望我回心转意，留下来不走。两只猫打架，只要我一拿起衣服，它们马上就住手，躺到各自的椅子上，彬彬有礼地趴着，似乎只要我不走，它们就会一直这样听话，或者，即使我离开了，把它们留在家里，它们也会这么乖。每只猫都做出无比乖巧的样子，只要我不把它们弄出门去。然而我必须这么做。我把它们一只只抱起来，放到门槛外，它们像鱼儿一样从我的手中滑走。我锁上门，心情和这些猫一样忧伤。我踏着云杉林间的小路而去，穿过林荫绵延的拱门，我最后一次转过身来。我总是看到同样的情景，每每让我心悸：栅栏的缝隙里探出猫的小脑袋，五张小脸巴巴望着我，怀着一丝希望，我会返身回去，重新回到小屋，和它们一齐聚在暖暖的火炉旁……

这样的情形常发生在布拉格的日子里。忧郁得无法自拔的时候，因紧张和害怕而脑子一片空白的时候，孤独无助的时候，我会跳上公交车。汽车在皑皑雪原行驶的一个小时里，我坐立不安，不知道我的猫们是否还活着。下车时，我双膝发软。踏上林荫道之时，所有的猫向我迎来，我双手抱起它们，把额头贴上去，它们茸茸的皮毛会让我酒后的头疼和抑郁减缓许多。我一次又一次贴紧它们，它们感应到了，也紧紧地贴着我。我点燃火炉，给它们分肉块，倒牛奶。而施瓦尔察娃，她明白自己在我心中独有的分量，她感激我对她的珍视，她的眼神里分明透着这种理解，这让我吃惊。能拥有她是我的幸福，共同的秘密把我们的心系在一起。她坐在椅子上望着我，我蹲下身来，她久久靠着我，把小脑袋放入我的掌心。

我的心颤抖起来，我又必须回布拉格了，晚上有个读者座谈会在等着我。我又得把这些猫一只只驱赶到门外的寒风里，赶到潮湿的丛林和孤独里。我看到它们眼里流露出的害怕，恐怖的分别就在眼前。它们又将陷入担忧，我何时回到它们身边？我是否从此对它们的命运撒手不管？而让我揪心的是它们会被人射杀，它们会消沉所以不再向我奔来，或者在车站被汽车轧死。为了摆脱痛苦的折磨，我把它们一一找来，用额头贴着它们，对我而言，它们是治疗头疼的湿毛巾。最终我迈上了林间小道，转过身去，栅栏的缝隙里还是五个小脑袋在望着我，它们一直目送着我拐向汽车站。在车上，我把头缩进竖起的衣领里，我沉入心底，自责不已。我怎么忍心扔下这些善解人意的小家伙，潮冷的夜晚和刺骨的寒风在等着它们，它们只得盘缩成一团，用呼出的热气温暖自己的小爪和皮毛，互相用身子暖着对方进入梦乡，编织我回来的梦想。倘若这是真的，那该多好。盖尔斯克的夜晚极其漫长，对人来说也漫长难挨。有时这些猫让我心力交瘁，我甚至希望，我不是我，猫也不是那些猫。

唯有在周末，我、猫和妻子才欢聚一堂。我一周两次在盖尔斯克的乡间别墅过夜，我们都幸福无比。然而小家伙们知道，今天是星期天，下午我们就要启程。中午时忧伤的气氛就开始弥漫。每个下午，只要我在盖尔斯克，猫们会专门等着我躺到沙发上，盖上毯子，它们知道，这也是它们的午休时间，一只只紧挨着我躺下，盖好毯子，一直盖到下巴颏……而在星期天，小家伙们清楚，躺下也是枉然，片刻后我们就要动身，快乐就要结束了。

那一阵我听说，猎人们在林中捕猎猫，割下猫尾巴，每条尾巴能换三十克朗。远处传来的枪响都会让我一怔，我会马上冲出门去，唤来我的猫数一数，是否有一只倒在了地上，被割走了尾巴。那一阵我还听说，四周出现了收猫人，除了假装收购大大小小的猫，还偷捕无主人的猫，送到布拉格的研究所，每只猫换取五十克朗的报酬。在研究所，猫的脑袋里会被植入一种滴答作响的计数仪，测它们脑血管的脉动。我还是不要知道这些为好，枪声已经够我受的了，想到我的某只猫被运到了布拉格，一周后因承受不住科学试验和研究，带着脑中的计数仪死去，这种想象令我发疯。多少次我在凌晨醒来，无法入睡。我恍惚听到越来越清晰的滴答声，这是善意的幻觉。我爬起来。我历来把手表裹在围巾里，我受不了秒针的滴答声。我把表连同围巾拿进厨房，把它塞到柜子里锅的后面。然后我摸索到床边躺下，手背扶额，望着朦胧路灯光影里的天花板，我重又听到了滴答声，它不是来自外界，而是来自我的脑海。我感到我的头颅里也被植入了计数仪，它滴答记录着我的脑动脉和心脏的搏跳。小猫脑中的仪器会一直滴答作响，轻者让我疯狂，重者让我死去。我胡思乱想，心神不定，不仅为自己的猫，也为所有被抓去用作科学试验的猫。当我夜不能寐之时，这些可怜的小动物们遭遇的悲惨镜头在我眼前真切地浮现，历历在目。

冬日的一个星期天，一辆小车在我们的别墅前停了下来。下来几个人，走进来告诉我说，他们的花猫不幸死了，听说我们养了五只猫，很想从我们这里挑一只花猫带走。那个女的，一见公猫伦达，马上忍不住嚷道，如果不是亲眼看着她的猫被压在车轮下，我们的伦达和她的那只简直一模一样。这一切让我发愣，我居然没有阻止她把伦达抱到怀里带走，我甚至没顾得上问她家里是否有花园，是否常出门旅游，他们是否会像我们一样爱伦达……

伦达走了。他紧贴着那位太太，俨然她就是我。那天我们所有人都怅然若失，无所适从，甚至忘了回布拉格。伦达给我们留下如此大的缺憾，因为它从来不自顾自玩。它长得英俊，比别的猫高大。伦达是监护，他看护着同伴们，是它们的首领。它做什么，别的猫都效仿。现在伦达离开了。我开始发烧。我在门前的空地上踱来踱去，骂自己如此轻易就交出了伦达，一只从不吵闹，从不打架的公猫。它总是伸出一只爪子，如同元帅的指挥棒，命令其他猫中止争吵。我竟把这样的一只猫拱手给了别人，尽管那个太太一再强调他们家开肉铺，不缺肝和肉，他们会把伦达当作自己那只被车轧死的猫一样倍加呵护。

…………

在那样一个令人伤心的早晨，院子的大门吱扭一声被推开了，我看见从云杉树间走来送葬的队伍，我的弟弟和弟媳。我马上意识到，他们报丧来了，妈妈去世了，她的脑血管破裂了。没等他们把话说完，我们就相拥而泣，头抵着头，就像中午时分啤酒厂里的马匹那样。我听见黑猫施瓦茨瓦尔德在我铺着罩单的床上拉稀，弄脏了印花毯子，渗到了被子里和绿纤维地毯上。我想揍猫一顿，然而我笑了起来，我看见猫把我的长衫撕成了丧服的样子。为了忘却心中的悲伤，为了不去回想母亲弥留时的最后一天，最后一小时，最后一分钟，我动手粗粗地刷洗了罩单，扯下被套，把床清理了一遍。一个小时过去了，我在风中晾起被单时，郁在心间的思念与悲苦不觉随风而散了。那苦楚，那第一个创伤啊！

妈妈辞世后，我的心慢慢平静了下来，我一如往常在去小溪的路上轻抚施瓦茨瓦尔德，去的路上二十次，回来时二十次。我一次又一次俯身把它拥入怀中，它就像保险丝断了一般，脖子紧倚着我，我也一样。

如此这般，我们爱的电路在往返路途的二十次接触里连接又断开。这有多么甜蜜，这种神秘一次次周而复始；这有多么美丽，这种人与动物、我与猫之间，与施瓦茨瓦尔德达成的默契。这只最笨的猫，却总是拥有最最美丽的情感，没有它我无法活。在我母亲去世时它为我把长衫扯成了丧服，为这个举动我要伺候它终老。

施瓦茨瓦尔德衰弱不堪了，它已经跳不起来，只得由我把它举起，抱到怀里。它像一块黑色的抹布，像一条服丧用的手帕，像村妇的头巾。然而它的头总靠向我，那么长久，直到最后一天的到来。施瓦茨瓦尔德绝食了，它在饥饿中慢慢消耗着生命。我把它安置在绿椅子上，紧挨我的床。我入睡时，把自己的一只手伸给它，它的小爪就捧着我的手。我疲惫不堪地睡着时，它用紧握成一团的小爪将我捅醒，于是我伸出第二只手，轻轻摩挲它的脑袋，它竟无力把头靠入我的手掌心了。于是我从它的小爪里小心抽出自己的手来，拉开了灯。施瓦茨瓦尔德已经死了。它一只眼闭着，另一只眼绿幽幽的，睁开着，呈惊恐状，展露出临死前目睹的恐怖情景。

它死得不平和，犹如我的妈妈。我妈妈去世时对自己的年老色衰由恐怖转为愤怒，她不戴假牙，不染头发，饱经风霜，愤世嫉俗地挺立在那里，傲视这个世界，傲视我，傲视一切，因为她不曾像施瓦茨瓦尔德那样拥有我。没有大自然，没有上帝，她死得寂寞孤单，尽管死在家人的身边，但在这个家她只在乎自己，也许她的做法自有她的合理性。我的黑猫施瓦茨瓦尔德！

燕子的目光

[苏联]尤里·库兰诺夫/文
丘琴/译

原载《世界文学》1962年第10期

尤里·库兰诺夫
（1931—2001）

苏联作家。早年写诗，后写散文和短篇小说。因长期居住在北方，对北方的大自然和人民生活有着深刻的了解。《燕子的目光》是其小说集《北方的夏季》中的一篇。

燕子从来不斜视，也从来不眯缝着眼睛蹙额地看人。他那双黑色的小眼睛总是直瞪着。所以，人们猜摸不透他在想些什么。

七月里，一个闷热的夜晚，室内已经无法入睡，我便搬到顶楼上来了。我踩着摇摇晃晃的云杉木梯爬上了顶楼的圆木地板，把一捆捆隔年的厚实的亚麻在角落里摊开，在昏暗中愉快地躺在地铺上。遥远的天际一阵雷声，炙热的夏季夜晚充塞了剧烈的连绵的轰响。从远处传来的孱弱无力的雷声，遇到殷勤的干燥的屋顶，又活跃起来，在顶楼上久久地回响着。仿佛每一根苦于炙热的圆木都小心翼翼地承接着远方传来的雷声，悉心地倾听着它，然后，珍爱地把它传给另一根同样富于感应的圆木。

我感到有一阵目光直射着我，便醒来了。我才睁开眼睛，两只燕子便从屋顶扑下来，在我的身边旋飞着，一面焦烦地噪叫着。我不懂得燕子说的是些什么话，但是，当我仰头看到筑在屋脊上的燕窠时，他们的意思我明白了："为什么你要到这里来？"

燕子呵斥着："这样一座大房屋你还嫌它小吗？你是人哪，你想要在什么地方盖一座好的大房屋算不了什么事！我们现在到别处去筑新窠可就迟了。"当燕子在从缝隙中透射进来的阳光中，在我的头上求告地飞旋时，我这个自私的人（这种自私很久以来就植根在人对一切动物的关系之中了）还是决定把桌子和所有的书籍都搬到顶楼上来了。

上半日，燕子一直没有停落在窠中。他们一忽儿飞到这个窗口，一忽儿飞到那个窗口，向里面张望着，看到我时，便立即飞去了。傍晚，他们由另一只燕子陪伴着飞回来了。从神态上可以看出，这只燕子比较年长，也比较精明，她是被请来最后出主意的。

她迅速地径直飞上了远处的窗口，于是，远远地端量着我，啪啪地扑着翅膀。另外那两只燕子也飞进来了，但是他们却那样忙乱和纵声喧叫，仿佛是犹豫很久才投身到冷水中的姑娘。

他们对我噪叫着，并且彼此交换着眼神，仿佛马上要对我施加致命的威胁。年长的那只燕子看到桌旁的人在安静地从事自己的工作，又飞绕了几分钟，便停落在我的桌子对面的窗上了。她盯着我，思索着，然后，悄悄地向那两只燕子叽叽几声，就飞走了。这句简短的鸟语，显然是宽心话，因为，从那时起，两只燕子的态度遽然改变。他们友爱地忙碌起来了。

我从来也没有遇到这样专心致志、毫无怨尤地劳动的动物。从黎明到黄昏，两只燕子用小小的喙儿衔来泥土、草叶、羽毛。他们在干涸的窠沿放上一小块泥土，加上一段细小的干枝，再放上一小块泥土。燕窠的外架筑成了，远望有如建在岩壁上的中世纪的城堡。这时，两只燕子便开始布置窠内了。

我观察着这两个小动物，努力地探求着，是什么东西使得他们的劳动热情那么高。“如果他们的脑中有着一点点的理智，”我判断着，“那么他们就会满怀信心地生活着，相信自己劳动的果实不会被用来作为反对自己的武器。”

同时，两只燕子的态度也发生了截然不同的变化。看到我日间伏案写作，夜间安静地睡眠，雄燕便不再理会我了。他有时衔着一小段麦秸，有时衔着一小片羽毛飞进顶楼来，擦过我的身边就径直飞落在桌顶上的窠中了。一到傍晚，他就进窠睡觉。

雌燕则依然具有女性所特有的性格。她像所有的年轻女人一样高度戒备而又多疑。她无时无刻不在责骂着我，每次飞进顶楼来都是敞着喉咙噪叫。但是，我，雄燕，乃至她自己都清楚地了解，这种叫骂已经不表示着对我的态度，而且也不具有任何意义了，只不过由于守礼而认为自己必须端庄罢了。为了使她能够飞进窠中过夜，我必须下楼去，在天色昏暗时再回到顶楼来。

在昏暗中我们安静地休息着。风一阵阵地吹得顶板嘎吱作响，有时回响着雨声，但更多的时候，却是入定般的寂静。在寂静中，两只燕子有时在梦中交谈，有时曼声地迷醉地歌唱。在这些时刻，他们大概梦见了远方蔚蓝色的大海，海水正奔涌向沙滩，海边有着高高的灯塔，热带的庞大的金字塔。有时，他们还急切地、热情而又温存地低语着。于是，我猜到了，这是他们梦见了未来的雏燕。雌燕偶尔责骂起来，我也就明白了，这是她梦见了我。我倾听着，完全沉迷于他们的夜间细语，我自个儿也睡着了。

一天早晨，在这对配偶之间发生了一次严肃的谈话。雌燕进得顶楼来就围着我飞旋，迟疑地不向窠中飞去。随后，雄燕也飞来了，不满意地望着她在我身边挑起的纷扰。“不要乱飞了！”他突然气恼地大声说道。胆壮了的雌燕没有搭理他。“不要乱飞了，烦透了！”雄燕又重复了一句。“啊，原来如此呀！”她叫起来，丢掉麦秸秆儿向小窗飞去。他绷着脸停在窠边，挡住整个的入口。但她没有勇气在我的桌顶上飞，于是，一面噪叫着，一面无目的地在顶楼里转来转去。“好个没良心的！”她吵叫着，“放我立刻离开这个陷阱！即使你不珍爱自己的生命，也得怜惜怜惜我呀！我不愿意被这个大人捉住，变成可怜的玩物。绝不！为什么我要受到那样的惩罚！”他沉默着，毫不动容地望着她。她吵叫了一会儿，拍了拍翅膀，就飞落在横梁上了。只安静了一会儿，她就扇着翅膀向窠中飞去，但又折回来，停在我的头顶上。

他闷声不响地望着她，目光责备而又严厉。“我太不懂事了，随你怎样处置我吧！”她驯顺而又难过地说道，抖了抖翅膀，飞进窠中。他也抖了抖翅膀，飞进窠中，温和地说：“乖。”这时，她又从窠中飞出，擦过我的肩头，停在迎面的小窗上，望着我。我抬起头来，我们的目光相遇了。她用那双黑色的小眼睛望了我很久。从此，在我们之间就响起了热情而明快的音乐了。

这种音乐是夏季空气的缓流、鸟儿的幸福的啁啾声、随风摆动的白桦、故乡草场的迷人香气所催生的。栖落在屋顶上的乌鸦足步声、麻雀啄食屋顶上的白桦子实的嘈杂声、山雀在马匹周围小心的急促的跳跃声，都在音乐中交响着，并且变成它的旋律。随着音乐的响起，话语、记忆和愿望变得更为重要，更加有力，更具有独立意义了。日夜乐声都在飞扬，仿佛是擦着睫毛闪过的燕子微颤的翅翼。

但是，一天早晨，这乐声突然令人心悸地停止了。在沉睡中我感到了这一点，就醒来了。雌燕又激动地围着我飞转。在她的呢喃声中充满着惊惧。我看了看小凳，那上面有一个从窠中掉下的碎裂了的空蛋壳，同样的两瓣空蛋壳我是在地铺边的圆木上发现的。雄燕衔着一只黑色的大苍蝇冲进了顶楼。他仿佛是一架飞机，径直地飞着，而苍蝇嗡嗡着恰似一架真正的马达。

从这天早上起，这种沉重的嗡嗡声就充塞在整个顶楼，而旧日的音乐也随之轻慢地回响起来了。

不过，音乐的节奏却愈加快速了，因为两只燕子整天也不休息。新孵出的雏燕食量很大，远远地就等着吞吃食物，小小的雏燕身上还刚蒙上一层稀疏的淡蓝色的绒毛，却都长着一张张大嘴巴。食物总是给那最先啄到的雏燕抢去。是的，只有非常年轻的母亲才这样喂育孩子。雄燕则按顺序，由右至左地把食物放在每个雏燕的口中。不久，邻家顶楼中的燕窠被猫儿所毁，于是，我们这里受抚养的雏燕增加到三个了。那只年长的燕子也来帮助他们，她也是自右至左地喂着雏燕，雄燕和雌燕都停在窠沿上睡觉，而那只年长的燕子则在柴棚内的横梁上安身。在梦中她也时常用热情而又温存的语音谈话，就像雄燕和雌燕还没有生出雏燕前在梦中交谈一样。

过了不久，有那么一个早晨，我醒来了，因为有一只短秃的翅膀热情而又胆怯地拍打着我的面颊。一只快要长好羽毛的雏燕落在我嘴边的枕上，用那好奇的天真的目光望着我。另一只雏燕站在烟斗的把上，也在望着我。两只雏燕和长大的燕子的不同之处，只是尾巴上还缺少两根黑色的挺直的翎毛。第三只雏燕停在窠中，畏葸地望着由窠中到圆木楼板的这段深渊般的距离。显然，他还没有完全学会灵巧地啄食母亲送来的食物，气力不足使他产生犹疑。

中午，当我在桌旁坐下，他才从窠中跳出，而另两只雏燕则努力地查看着这间尘封的贮藏室。跳到桌面上，他就扑倒在那本厚厚的浓绿色封皮的《世界史》上了。我继续写作着，但是，从笔端流下无数蓝色字体的这种毫无意义的现象使他非常惊异。他那黑色的小眼睛猎人般灵活地眨动着。看来，只是由于一切燕子所具有的彬彬有礼的天赋，他才没有扑向这蓝色的行列。在柔和的薄光中，封面的折光使雏燕的白色胸脯染上了一层绿色，黑色的羽毛也闪着奇妙的光芒，他简直变成一种奇异的不相识的鸟儿了。

雏燕们整日里都在家中嬉戏，压根儿没想到飞向窗子，看看街面。黄昏临近时，一只陌生的迷路的雏燕飞来了。他疲乏地扑进窠中。三只羽毛丰满的雏燕立即从贮藏室扑扑棱棱地飞来，好奇地望着来客。夜晚，雏燕们挤在一起入睡了。雄燕和雌燕却安歇在柴棚中的细木横梁上。清晨，那只年长的燕子来了，和迷路的流浪者说了句话，就一起飞走了，从此再也没有回来。

燕子哥儿们飞向街头的道路已经打开。他们一个接着一个地飞向窗口，由于风吹也是由于本领欠熟，他们挓挲着翅膀停在窗上，回头张望着。

啊，太阳！像海洋般辽阔和充满阳光的世界在怎样欢迎着他们啊！在大地和高空的彩云之间飘响着多少只鸟儿的鸣声啊！有多少没有见过的长满红色球果的大树在欢乐地摆动啊！有多少英武的大鸢在阳光下飞翔啊！每只雏燕都在想着，他们一定也会成为那样强而有力的大鸟。但是，脚下的世界又是多么深啊！记得有一次爸爸和妈妈从窗上仰身而下，最初几乎完全没有展开翅膀，想到这里，心都收缩了。

燕子妈妈和燕子爸爸正停在横过道路的电线上，望着自己的孩子。

中午，我看到，这对父母怎样威武而又愤怒地在田间驱赶着鹞鹰。

那只庞大的蠢笨的鹞鹰在麦茬地上空畏葸地退却着。他们则追逐着他，在他的身上盘旋着，扑到他的头上，用那小小的喙儿凶猛地啄着他。

从这天起，顶楼就空落了。一天夜里，雏燕们在窗口并肩地停了一会儿，望着夜空中黄色的牧羊星座。此后，就谁也不知道他们在哪里过夜了。人们只是看到他们在家屋上、柴棚上，在枝叶繁茂的金色的菩提树上，在那充满了愉快劳动声音的田野上，幸福地飞翔着。他们彼此迎面地飞来又飞去，衔尾飞成个大圆圈，仿佛是一颗颗小小的黑色的行星。家屋、柴棚和菩提树都被穿织进由疾飞组成的迷蒙网眼中，仿佛它们也和燕子一起在蓝色的秋空中飞翔。

不久，又空落了，不仅在顶楼，就连周围也寂然无声了。听到的只有凋谢的树叶悄然落地的声音。禽鸟都飞走了，只有那些不愿长途跋涉到热带远方去的鸟儿才留了下来。

在这样天高气爽的日子里，我是在田间电线杆下的新鲜干草垛上过夜的。一天深夜，在轻松的田野之梦中，我感到一双目光在望着我。我睁开了眼睛，迎面的电线上停落着一只燕子，她那小小的眼睛定定地望着我。这是那只熟识的年长的燕子。她的目光仿佛是我所喜爱的歌曲的最后回声，在我的心中回响着。

他生前的名字是彼得

〔美国〕威廉·福克纳／文
李文俊／译

原载《世界文学》1986年第4期

威廉·福克纳
（1897—1962）

美国作家，著有小说《喧哗与骚动》等。本篇是作者写给家乡奥克斯福一家报纸的信，因家中的小狗彼得被过路的汽车轧死而作。篇中处处强调了小狗的平凡、可怜和无辜，引起读者的同情和共鸣。

他的名字是彼得。他只不过是一条狗，一条十五个月大的猎狗，还只能算是一条稚嫩的小狗，虽然他已经历过一次狩猎季，学习过怎样在两三年之内（如果他能活那么久的话）当好一条狗。

可是他仅仅是一条狗。他没有过去也绝不会永生不死，对于他来到的这个世界他所要求的并不多：食物（他不在乎是什么，也不在乎有多少，只要是慈爱的给予就行）、手的抚触、一个声音（他认得这声音，尽管不理解他的话，也无法回答），还有就是可以奔跑的土地、可以呼吸的空气、四时八节的阳光雨露，以及他最爱吃的鹌鹑，这是他的天性，早在他熟悉大地、感觉到阳光之前他就具有这种天性，早在他自己嗅闻到之前，他的健壮、忠心的先辈就已经使他能辨别出这种禽鸟的气味。这就是他所需要的一切。要填满他自然生长的一生，那八个、十个或者十二个年头，这些已经足够了，因为十二年并不算长，并不需要多少东西就能把它们填满。

然而十二年虽说短，在正常情况下他的寿命本应超过四辆那种杀死了他的小汽车——那种上坡速度快得竟然无法躲开一只老大不小的猎狗的汽车。可是彼得的寿命连四辆车里的第一辆都没能超过。他并没有去追赶汽车；在让他上公路之前，他就学会了不去干这样的事儿。他当时是站在路上，在等他那位骑在马背上的小女主人赶上来，以便护送她安全回家。他不应该待在路上。他没有交公路税，没有驾驶执照。也许他的问题出在他住的那个院子里的那辆汽车是有喇叭和刹车的，他还以为所有的汽车都有呢。要说他没有看见那辆汽车，因为汽车处在他和黄昏的斜阳之间，这个理由是不大说得过去的，因为这样就会把视力的问题牵扯进来。显然，任何一个人，背向太阳却看不见一只站在两条车道的笔直公路上的老大不小的猎狗，都是绝对不敢让自己开车的，何况是一辆没有喇叭、没有刹车的汽车，因为下一回这个彼得没准是个小孩，要知道驾车撞死小孩是违犯法律的。

不，那个开车的人有急事，这才是原因。也许他还有好几英里的路要赶，而他吃饭的时间已经很晚了。正因为这一点，他才没有时间降低速度、刹住汽车或是绕过彼得。既然他当时没有时间这样做，自然，事后他也不会有时间停下来了；更何况彼得仅仅是被撞得骨折肉绽扔在路旁沟里号叫的一条狗，再说反正那辆车已经超越彼得，太阳现在已经是在彼得的背后，因此又怎能指望那个开车的人听见他的号叫呢?

不过彼得还是原谅了这个司机。在彼得一年零三个月的一生中,他从人类那里得到的除了仁爱之外再没有别的;他甘愿奉献出一生中剩下的六年、八年或是十年,以免有一个人赶不上自己的晚饭。

辑三

我想书写的普罗旺斯

威尼斯的市街

[日本] 矢岛翠/文
唐月梅/译

原载《世界文学》1995年第5期

矢岛翠
（1932—2011）

日本评论家、翻译家。东京大学文学部英国文学专业毕业。1955年进入共同通信社，而后退社。在共同社期间，曾被派遣到国外作为特派员。著有《女特派员日记》《威尼斯的生活》，翻译作品有《唱吧，飞不起的鸟们》等。

威尼斯像天上的钓鱼人钓到的一尾鱼，被悄悄地放入亚得里亚海。

这尾鱼的形状，简直像粗单角河豚或石鲷。人们反复地把它描绘在古地图或版画上。一般地说，人们钓到一尾珍奇的鱼总要拓片，只顾描绘它的形状，至于它生活在哪儿的水域，在靠近哪儿的岸边漫游，就不得而知了。为了观察这尾鱼栖息的池塘同周围的关系，最好打开这个水域的海图把视野扩大一些。

从地图上看一目了然，大自然造就了这天然的池塘，它叫作潟湖，比琵琶湖小一圈。北侧喀巴尔里诺的岸边从本土伸了出来，南侧利多和贝尔列斯特利纳两个岛屿恍如两道古色古香的蛾眉，又细又长，并排在一道弧线上，阻挡着亚得里亚海的浪涛。从图画上看，其周边有三处泻口，犹如用手指弹出来的别致的弹丸之地。这三处泻口就是潟湖的生命线。外海的浪潮每天涌过这里，给池塘带来了潮涨潮落，更换湖水，运走污物，赋予包括威尼斯在内的、在潟湖里浮游的大大小小的无数岛屿以新的生命。

但是，从水路的结构来看，潮涌并非有规则地冲刷着池塘里的一切（活潟湖），有的区域只更换表面的湖水，也有像亚克亚·阿尔塔——只在涨潮时潮涌才冲刷到死潟湖。加上昔日流入浅滩的许多河川，如果任其自流，必然带入泥沙，扩大陆地，造成新的岛屿，妨碍潮水的流通。为了让威尼斯这尾鱼经常在“活潟湖”里呼吸，威尼斯人必须耐心地同自然打交道，历经几个世纪调驯河川，关注着潮水的流通。尽管如此，长期以来努力的结果，似乎还不能说是成功……

这样，人们尽心竭力让威尼斯活了下来，它就像一队为数不多的士兵，全长不到五公里，头在西方，面对本土凝望着，并君临于池塘的正中央。其中心部位蜿蜒流淌着的大运河，恍如透明可见的肠子。

中世纪，都市国家威尼斯的威势，不仅波及亚得里亚海，还曾使地中海一带展现辉煌。这尾鱼也许每天夜里都摆脱了这狭窄的围栅，把外海也当作自己的湖到处漫游吧。但是，也许天上的钓鱼人觉得，要把这尾既美丽而又不能疏忽大意的鱼同其他老实的鱼群区别开来，就必须紧紧地把它系住吧。如今是用双重的钓绳，把它系在距本土四十公里远的海岸上。那是在被奥地利统治的时代，即一八四六年敷设起来的铁路，以及墨索里尼时代，即一九三三年完成的、与这条铁道并行的公路。这两根绳子，把那时候已成为往昔光荣的化石的威尼斯，同本土的“近代”连接起来——于是，大众观光的时代，开始取代了贵族与诗人的时代。

在铁道敷设之前，访问威尼斯的人，不论是富者、贫者、劳动者，还是游手好闲者，都是乘船而来的。旅行者从帕多瓦乘船沿着布伦塔河缓缓而下，驶往潟湖出口处的带乡土气的海港，在富齐内改乘“贡多拉”——传统的渡船——驶向威尼斯。从《威尼斯商人》中的鲍西娅，到蒙田和歌德，不论是虚构还是现实人物，都是带着各种目的乘坐这种船旅游的。

还有一种船的旅游路线，就像《死于威尼斯》的主人公、作家阿森巴哈那样，乘船从外海直接通过利多的潟湖口，进入威尼斯港。从相当于鱼尾鳍部的地方逐渐接近水都的时候，浮泛着大大小小的舟船，越发变得热闹了。在这种情景中，水面上便出现“明快而壮丽的宫殿和叹息桥、雕刻着狮子和圣者的水滨圆柱”的圣马可广场，这一不可思议的景观，凝聚着威尼斯盛衰的姿影。无疑，这是与这座城市的一种带有诗意的、冲击性的邂逅。

同本土之间相连接的垂钓绳之路，不论是铁路，还是公路，比起海路来，都是极其散文式的。旅行者会一边情不自禁地自问道“这里就是威尼斯吗”，一边进入这座城市。

如果乘坐列车，那么首先就会看到挂有“威尼斯－梅斯特雷”的站牌，可是你伫立在煞风景的市镇上，环顾四周，哪儿都看不见运河或“贡多拉”的影子。你大可不必因为听懂了广播声说“威尼斯”这个词，就急忙将放在网架上的行李卸下来。梅斯特雷在行政上虽然是威尼斯市的一部分，却是位于本土方面的新市街。看这座市镇的态势，仿佛它把梦、历史和色彩干脆全部听任古老的威尼斯去考虑，自己则专门负责生活了。

由此往南，潟湖沿岸实际上是威尼斯海运的中心地，展开了一片有精炼油、化学、玻璃等工厂的马格赫拉港湾工业地带。威尼斯市人口号称三十万，但约有三分之二不是本土的居民，本岛上的居民逐年减少，现在剩下不到九万人。据说十六世纪中叶，这里人口接近十七万。

要到达真正的威尼斯，还必须从梅斯特雷再行十分钟的车程。

列车马上进入浅滩内。没有新市街的氛围，有点令人失望。前方是哪里呢？旅行者开始抹上一股不安的情绪。好不容易出现的水的颜色，呈灰暗色，旅行者越发心神不定了。近在眼前的小岛上，垃圾成堆。远处的右侧，马格赫拉工厂的成排烟囱在冒烟，精炼油厂的火焰不祥地在半空中摇曳。列车果真朝向威尼斯奔驰着吗？

从与铁路平行的公路上行驶，情况也别无二致。

不久就看见穆拉诺岛和圣米格尔岛小小的市街，在绿荫辉映下，呈现出一堆堆砖的颜色。由钓鱼绳维系着的鱼，虽然鱼头朝向本土，但实际上这里不过是威尼斯的后大门而已。它没有舟船直接靠近时出现的圣马可广场的繁华，也没有圣马约尔大教堂云石生辉的景象。对于经由近代发明的粗俗的陆路来访的观光客来说，太冷淡了，它有点类似意大利的其他许多市街，暴露了日常的面容。在低低的成排红砖色的建筑群中，仿佛只有为数甚少的圣母马利亚教会的屋顶和钟楼，可以前去拜访。

这就是威尼斯吗？

不过，这回真的到达终点“威尼斯－圣卢西亚”站了。立在站前的宽阔的台阶上，运河终于展现在旅行者的眼前了。

这是大运河的一部分。

穿梭往来的渡船停泊在那里，扬起好大的柴油轮机声。渡船扑通一声，撞击在停泊处的栈桥上。在观光的季节里，各种语言抑扬顿挫，各种响声都像要压倒对方似的杂乱无章。其中最粗犷的，是搬运工的、揽客的和叫卖的声音。

尽管杂声四起，旅行者终于还是抵达威尼斯了。

旅行者拖着沉重的箱子，急于早点到市中心去。轮渡有两种类型可供选择，人们告诉旅行者说："去里亚托还是它快。"也许要乘上细长型的涂上黑白两色的"直达"渡船。然而，在这里还得请你再次平心静气地选择那淡黄色的扁平型的"慢船"。"直达"渡轮船身两层，下层的甲板上设有客席，即使在非旅游旺季，人和货物也都被一起塞进舱位里，呈现一派犹如输送难民时的情状。如果运气不佳，乘上向右环行的船只，途中还会进入通向小运河的近道，这样就看不到大运河的全貌。相反，如果乘"慢船"，从铁路车站至圣马可广场，途中设有十三个码头，虽然出发或抵达时，随着柴油机的呻吟声，你那尊贵的躯体会蒙受碰撞，但却可以在四公里长的大运河景观中悠悠自在地行进。

是啊！大运河正是威尼斯的一条大街，它相当于巴黎的香榭丽舍大街、纽约的第五街，是通向正面大门圣马可广场的一个极尽奢侈的空间。河床狭窄处约三十米，宽阔处约七十米，运河两岸各种样式的住宅和教堂鳞次栉比，呈现在旅行者的眼前，尽管它们的底基浸泡在水里，还是隐藏着昔日的辉煌。它宛如一幅建筑史画卷，展现了从中世纪至现代，东方与西方的触碰。夏天，突然来临的明朗早晨，一座座拜占庭风格、哥特风格拱门的倒影，就会随着水面上的光摇曳。在冬天的冰雨里，文艺复兴时代的住宅壁面上，那花环般颜色的大理石装饰，那布满巴洛克式建筑的教堂的正面雕刻群，那冰冷的越发沉重的石头，仿佛在灰色的涟漪中逐渐沉了下去。

渡轮在雾日里，一边鸣汽笛一边行驶。各式各样美丽的片段，不时呈现在你意料不到的近处，船又退到深沉的静寂中。

雾散天晴，也许威尼斯就消失了……

在这非现实的城市里，我曾经生活过八个月。

这个城市里有一所国立大学，以几栋建筑物摆开它的阵势。我的伴侣受到该校的邀请，在这里教授日本文化课。在外国教授日本文化课是他的一部分工作。

谈起威尼斯的故事，心情就会变得复杂起来。因为一旦决心要谈，我觉得就必须运用气势超过巴洛克式的装饰性修辞。而且要无限地继续运用下去。同时一旦要谈论威尼斯的事，又总觉得有点不好意思。

决定来威尼斯的时候（多亏事务性运作也是意大利式的优哉游哉的，从最初商谈开始，我觉得仿佛已经等待了好几个世纪），一个熟人问我："这回要到哪里去？"我踌躇了一下，没说出城市的名字，后来不知是什么驱使我回答说："哦，啊，去意大利。"在这种情况下，一般人会说："啊，是意大利吗！"幸亏对方没有刨根问底。不过，也并非无人这样做，他问道："那么，准备到哪个城市？"当他们要引导我回答"威尼斯"的时候，其中一位说不清是出自可怕的天真呢，还是出自可怕的讽刺，微微一笑说：

"好啊！每天得乘'贡多拉'吧……"

因此，我害怕谈威尼斯的事。

在这个特异的水上都市的周围，有如船底附着贝壳那样，积淀着、重叠着各种陈词滥调。这个城市的全盛期，人们曾歌颂过理想共和国的政治和商业才华。君士坦丁堡陷落以后，在长期、缓慢的衰微时期，颓废和吃喝玩乐就成了这个城市的开场白。处于法国和奥地利统治下的威尼斯，出现过英国浪漫派的诗人，用诗歌抒发了没落的悲歌。接着，莫里斯·巴雷斯[①]和托马斯·曼[②]奏出了灭亡和死的主旋律。到了最近，维斯孔蒂[③]的电影配上马勒[④]的交响曲，庄重地作了最后的润饰。

---

① 莫里斯·巴雷斯（1862—1923），法国作家。

② 托马斯·曼（1875—1955），德国作家，1929年获诺贝尔文学奖。

③ 卢奇诺·维斯孔蒂（1906—1976），意大利电影导演。

④ 古斯塔夫·马勒（I860—1911），奥地利犹太作曲家。

然而，创造出现代最具群众性的威尼斯形象的，是戴维德·霖的电影《旅情》吧。它描写在一个夏天休长假的日子里，一对男女在这个城市邂逅、相恋又分离的故事。写一个平凡而踏实的女性，度过了她人生的美好时刻，这里也是她能成为爱情故事的主角的城市……

如此罗列过分花哨的陈词滥调，我内心觉得很惭愧。

最近日本人的威尼斯观里，承蒙盐野七生氏的著作，也能补充了“商社国家”的形象。这个没有资源的小国，发挥了他们现实主义的才智，通过海运和中介贸易而成为“大国”——盐野七生氏试图把日本的命运同威尼斯的盛衰重叠在一起的态度，与十九世纪英国诗人和文学家是一脉相通的。因为对于拜伦来说，或对于稍晚些的罗斯金[①]来说，他们都会感受到从昔日光荣的宝座坠落下来，并甘于忍受外国统治的威尼斯的悲哀，是对当时作为海洋帝国向扩张殖民地迈进的英国敲起的警钟。

到威尼斯来的人，不一定都成为享乐主义者或浪漫主义者，也有成为忧国之士的。这个城市由于有非同凡响的独特性格，她的存在反而能成为一面镜子，反映出人们各式各样的关心和个性。

不论走到哪里，你都不得不碰到语言的问题。这里构筑起一座语言的城市，就像拥有拜占庭和伊斯兰的双重圆屋顶的圣马可教堂一样，它像贝壳一般把威尼斯这个城市包裹起来，像迷宫般的羊肠小道，以及前方蓦地展开的广场。谈起这个广场，普鲁斯特的影子就会缠身。如果抬头望那圣马可教堂的圆屋顶，以及与它并排耸立的宛如浅红色巨大八音盒的总督宫，就会感到，包括那位罗斯金的格调高雅的雄辩在内，但凡前来造访这座城市的、称得上作家的人，不能不抒发的诸多感慨，在广场的回廊上纵横交错，余音袅袅。

---

① 约翰·罗斯金（1819—1900），英国作家、评论家、艺术家。

旅游者有时闹起别扭，或许会说些不中听的话，诸如运河的臭气啦、那倒霉的涂成漆黑的不可思议的轮渡啦——不妨说说“贡多拉”的坏话吧。不过，这些话，当年蒙田和王尔德以及其他众多的先人，早已经说完了。威尼斯过去被叙述得太多了，因此想再补充点什么是很困难的。有这种感想的人，何止詹姆斯[①]呢。据说，好几个人都曾这么说过。

有人走嘴说：这种城市就是过去的奴隶嘛。恐怕他就是步未来派的马里内蒂[②]的后尘的吧。

也许有人想从一开始就以斜视、冷笑来对待它。即使想用这种手法，以喧闹的观光客的委婉动听的声音，来中断描写美丽的东西，那也白搭，因为这些手法早已被现代的某作家全采用过了。

但是，包括所有这一切，描写威尼斯所使用的语言，都是从笔尖下产生，又是新的——或者是听腻了，听得耳朵几乎都长茧子了——令人感到是千篇一律的命运，这是为什么呢？反过来说，人们对使这种想象绝迹的城市所做的表述，也绝不可能是独创性的。这种预见，也许会让人们轻松地开口，安心地动笔。

然而，这一切都是外国人的作为，而且他们现在也还在这样做。这期间，威尼斯本身只诞生了一个现实的人间观察者、喜剧作家哥尔多尼。大概没有出现从事增产陈词滥调的诗人和文笔家，这也是令人感到愉快的。

在大运河浸泡着威尼斯的千篇一律的语言中，我最喜欢的是曾在这个城市待过的狄更斯的那些短小而感伤的纪行文，因为它们做过如梦幻又似现实的描述。

---

① 亨利·詹姆斯（1843—1916），美国小说家、散文家。

② 菲利波·托马索·马里内蒂（1876—1944），意大利诗人、作家。

“从那以后，我无数次地思索着这不可思议的水上之梦。它是否还在那里呢？它的名字是威尼斯吗？我不禁半信半疑。”

——真的，我也曾在那座城市里生活过吗？

我尽可能不被狄更斯所吸引而陷入感伤。我追忆那个城市生活的现实，也是为了说服我自己。在我人生的记忆里，只有在威尼斯生活的那份光和色，似乎格外的鲜艳。

雅普雅普岛的金喇叭

〔美国〕迈克·奎因/文
张名/译

原载《译文》（《世界文学》前身）1956年第7期

迈克·奎因
（1903—1947）

美国作家，常在报刊上发表讽刺小品、政论和诗歌。这一篇《雅普雅普岛的金喇叭》十分巧妙地讽刺了“言论自由”实质性的局限。

大名鼎鼎的探险家艾麦利·霍恩斯奈格尔博士在他最新出版的《雅普雅普岛上部落的奇风异俗》这本书里，提到了一些关于言论自由的趣闻，这是他在这个默默无闻的岛上的土著居民当中观察到的。

雅普雅普岛的斯洛鲍布[①]伊吉·布姆布姆有一次在宫里设宴招待霍恩斯奈格尔博士。谈话中间，这位探险家问起：“岛上法律准不准许居民自由和公开地发表自己的意见？”

① 斯洛鲍布，即部落的酋长。

“当然准许，”斯洛鲍布说，“我们岛上的居民享有充分的言论自由，政府也严格执行人民的意志。”

“这在实际上是怎么实行的呢？”霍恩斯奈格尔问，“您怎样判断公众对各种事情的意见呢？”

“这很简单，”斯洛鲍布解释道，“要决定任何重大问题的时候，我们就把全岛居民召集到我的宫廷前面来。大僧正先根据羊皮纸手稿宣布要讨论的问题，接着我细听金喇叭的声音，这样我就知道人民的意志了。”

“金喇叭又是什么玩意儿？”霍恩斯奈格尔问。

斯洛鲍布说：“金喇叭是表达公众意见的唯一工具。我把右手举过头顶，宣布说：‘凡是赞成的，请吹喇叭！’马上，所有赞成那个提案的人就全都吹起金喇叭来。接着我又把左手举过头顶，宣布：‘凡是反对的，请吹喇叭！’这时反对的人就吹金喇叭了。吹得比对方响亮的那一边当然是多数，问题就按照他们的意思来决定。”

“照我看来，”霍恩斯奈格尔博士说，“这是我所听说过的最完善的民主方式。我很想参加这样表达民意的盛会并且照几张相片。”

到第二天下午，霍恩斯奈格尔博士就亲眼看到了这一切。全岛居民都被召集到斯洛鲍布的宫廷前面来解决一个重大问题。这儿总共有将近三千人，要是不把他们身上的臂布算上的话，全都是赤条条的。可是在隆重地宣布开会之前，又有四个大人物到场了。他们衣着华丽，是乘了镶上珠宝的轿子来的。这四个全身珠光宝气、薰香四散的大人物当着全场人的面在丝绒椅垫上坐了下来，仆从们用孔雀羽毛扇子替他们扇着。

“这些人是谁？”霍恩斯奈格尔问。

“他们是本岛最最有钱的人。”斯洛鲍布回答。

一等有产阶级到场后，大僧正就开始宣读羊皮纸手稿。随后斯洛鲍布走上前来，把右手举过头顶。

“凡是赞成的——请吹喇叭！”他喊道。

四个财主拿起金喇叭，使劲吹起来。

于是斯洛鲍布又把左手举过头顶。

“凡是反对的——请吹喇叭！”他喊道。

广大人群里鸦雀无声。

“决议通过！”斯洛鲍布宣布。

于是大功告成。

霍恩斯奈格尔跟着就问斯洛鲍布，为什么只见到四个财主吹了金喇叭。

“因为也只有他们才买得起金喇叭，”斯洛鲍布解释说，“其余那些全不过是些干活的粗人罢了。”

“在我看来，这压根儿说不上是什么言论自由。”霍恩斯奈格尔说，“归根结底，只有少数几个阔人吹他们自己的喇叭。在我们美国，人民是有充分的机会来表达自己的意志的。”

“当真？”斯洛鲍布叫起来，“那么，在美国是怎么样的呢？”

霍恩斯奈格尔说：“在我们美国不用什么金喇叭，我们用的是各种报纸、杂志和广播电台。”

“这倒挺有意思，”斯洛鲍布说，“可是是谁占有这些报纸、杂志和广播电台呢？”

“有钱人。”霍恩斯奈格尔回答说。

“这就是说，也还是跟我们岛上一个样。”斯洛鲍布说，“在你们那里也净是有钱人吹自己的喇叭，所有的声音都是他们发出的。”

伊豆的印象

〔日本〕川端康成／文
孙振勇／译

原载《世界文学》1999年第3期

川端康成
（1899—1972）

日本作家，获1968年诺贝尔文学奖，代表作有《伊豆的舞女》《雪国》等。这一篇《伊豆的印象》是一篇回忆往昔的散文。

今天是五月七日，伊豆的天城一带，又该是石楠花盛开的时节了。石楠花是天城的名产。两三年前，《日本诗人》的同人们去伊豆旅行时，也曾盛赞过石楠花。据说，这种高山植物在一般的土壤中只能长到三四尺高，而在天城这地方，却很难得地生长得高大而茂盛。或许，非常适宜于当地的土地，也是这些植物易于被培育成名产的一个原因吧。

我见过的最大一株石楠花，生长在吉奈温泉东府屋的院子里。听说，樋口一叶曾在这里逗留过，而且还留下了很多趣闻。这株繁茂的石楠花种植在看似亭榭的偏房前，使得这里不仅在吉奈，就是在伊豆，也算得上是佳所名处之一。在我看来，就是只为观赏这株石楠花而去一次伊豆，也是值得的。

可以说，不在石楠花盛开的五月去伊豆，是不会了解伊豆半岛的。总的来说，从春天到初夏，秋天到初冬的这两个时节里，山里的温泉不仅风情怡然，触及肌肤时的感觉也是清爽宜人。而此时，那一带的旅店却都很冷清，这真让人啼笑皆非。夏天，则不是观赏植物的季节。

说到天城的花卉，人们经常提起的是“八町池的溪荪水”。佐藤忽之助先生对此感情颇深，赞赏有加。距汤岛温泉两里多路，前往天城的深处，有一个面积只有八町的小池，盛开的溪荪花环绕在周围。在这三千尺高的山里，不能不使人感受到一种梦幻般的美。动物学家们都知道，这个池子里的青蛙竟会攀树产卵。

商科大学的大冢金之助先生曾特意前往这个八町池滑冰。由汤岛去土肥温泉的山坡上有一片杉树林，这处杉树林的经营者曾在此处开辟了一个滑雪场。不过，要想在伊豆的山里开辟出一个像样的滑雪场，却是根本不可能的。

听说，那个林业经营者的院子里，常有野猪来刨挖蚯蚓或像鼹鼠一般刨土挖食竹笋。这些野猪不只是毁坏竹林，也常糟蹋庄稼。村民们征得林业局的同意后，在周围拉起了铁丝网。由于网眼粗疏，野猪崽经常能够轻松地钻过铁丝网跑到田里去。于是，成年野猪也会不顾死活地破网而入，跟随在野猪崽的身后，以保护它们的孩子。到了清晨，常能看到铁丝网上黏附着野猪的鬃毛或凝血。

“内伊豆”是指从天城到南伊豆的区域，包括汤野、河内、莲台寺、下贺茂、谷津等温泉。其中最好的要数谷津温泉，其他地方都不能与之相比。莲台寺自古有名，因为靠近下田港而最为热闹。在其狭窄的平原地段，温泉旅店比比皆是，此外便没有任何风景可言，使人觉得比长岗温泉更为简陋。靠近海边的只有谷津温泉。在我到过的地方中，只有谷津和三河的蒲郡最能使我感到冬天的温暖。正月初二那天，我只盖了两床被子，却依然热得难以入眠。总之，倘若想来感受一下内伊豆的温泉，不少人选择了合乘汽车而来，再花上一两天时间四处游逛。从热川温泉的房间里，可以看到湛蓝的海面，山上秀美的景色也可以尽收眼底。只是交通不太便利，只能从伊东温泉附近骑乘山中少女牵引着的马匹前往。

南伊豆的海岸线是最好的，却也只能沿着海滨一步步地行走。半岛南端的石廊屿可谓伊豆的绝景，海浪汹涌，浪花飞溅，因而使得来自下田的渔船经常不能出海。下田港也与民间歌谣所吟唱的截然不同。说是下田港的街旁妓馆遍地，风情万千，而实际上这一切所询无迹。下田给人的感觉是暗涩和枯萎的。关于下田的姑娘们大多会步入卖笑生涯的传说，也都是不实之词。听说，艺伎或从事其他卖笑行业的女子，大部分是从附近的乡村流落到下田的。一位下田的姑娘这样说着，为了下田而在我的面前表现出恼怒。据说，正是这位下田姑娘，在她十六岁时，曾搭乘一条载有近三十个男人的渔船前去鹿儿岛，后来又乘那条捕捉金枪鱼的船回到了下田。而且，在前往鹿儿岛的途中，她从未上过岸，所以她的旅途印象只是白昼的海面和夜晚从海面上看到的港口灯火。这使我想起了高尔基的《二十六个男人与一个女人》。仔细打量那个姑娘，她平静而深沉地述说着这一切。这是一个娴静的姑娘，在她的身上体现出了南国海滨姑娘的气质。

旅行家的话多有不实之处。在伊豆读到的关于伊豆旅行的记述，使人感到大多是些谎言。我告诉汤岛的邮局局长，吉田玄二郎先生曾写过一篇文章，描述了他来吉奈时的见闻，说是当地的孩子们唯一的乐趣就是乘坐空马车玩耍。那位邮局局长对此非常气恼，指责这是胡诌。吉田先生在他的文章里，对当地居家的屋顶上还有一个像是通风换气的小阁顶好像难以理解。其实，那只是为了养蚕而设置的。如此看来，他的文章便显得有些荒谬了。就连田山花袋也有语焉不实之处。最近，人们对于被称之为“沼津仙人”的若山牧水先生所作的伊豆歌谣非常推崇。再如赤松月船君就曾对我的《伊豆的舞女》提出过批评，说我“写出了只有自己才能品味到的竹林之美”。即便如此，我仍然感到很高兴。谁都知道，只要踏进汤岛一步，就会立即领略到竹林之美。或许是我在那里待得太久了，对“伊豆”这样的语言已经不再产生幻想。

不过，常去异地他乡的旅行者中，为伊豆的美景所迷恋而再访伊豆者实在不少。由此看来，伊豆的确是旅行的好去处。那些再访者和其他来伊豆四处旅行的人，大多说着和我一般无二的话，认为“还是以去天城北麓为最佳”。

旅行在外，不可像看到的早熟姑娘不顾一切地恋爱那样感情用事。两三年前，征兵登记之后我便去纪伊旅行，一个姑娘与安珍姬道成寺的一个和尚私奔，被人发现后，她被带上我乘坐的那辆汽车送回田边港去。这个姑娘才十五岁。在此期间，在汤岛旅店里和一个男人隐居的姑娘也才十五岁。他们每天晚上八点准时入寝，在房门口挂着三尺长的挡客用黄色带子。旅店的老板娘非常怜悯那位姑娘，不停地说着“可怜啊，可怜啊”之类的话。夜里两点左右，我前往临近山涧的温泉入浴，只见这姑娘面色哀怜、眼神疲惫地在男人的目光注视下，将身体浸入泉水之中。我甚至感到一阵不可思议，在她那孩子般的胸脯上，匆忙发育起来的乳房让我愕然不已。

我想书写的普罗旺斯

[法国]让·吉奥诺/文 陆洵/译

原载《世界文学》2018年第4期

让·吉奥诺

(1895—1970)

法国生态文学作家，出生于法国普罗旺斯地区。作品大都以家乡为背景，贯穿着大自然的意象符号，意在表现人与自然之间的哲理关系。本篇选自其杂文集《普罗旺斯》。

我想书写的普罗旺斯可以冠以以下标题:《小议认知万物》。人们无法仅凭地理知识就能了解一片乡土。我觉得，光凭科学知识，人们会一无所知。这个工具太精确太冷酷。世界有千种柔情，必须要顺应它们、了解它们，之后才会明白它们的全貌。地理学的精确性与解剖学的精确性相似。你准确地知道河流从哪里起源，最终流向哪里，朝哪个方向流;如同你知道血液来自心脏的哪个部分，流经哪些部位，又滋养了哪些脏器。但是河流的真正力量，是它在世界上呈现的面貌，是它对我们的使命，是它内部的光辉，是它反射的万千景象，是它承载的情感记忆，是它瞬时在我们灵魂中刻凿出来的神奇的河床，是它向前奔腾流经的三角洲，也是它在人类内心海洋里的层层积累。你从地理学中学到的这些，并不会多于外科医生从解剖学中学到的关于激情的秘密。解剖尸体似乎无法照亮这颗心脏的高尚之处，它只是毫无秘密可言地摆在那里，摆在异常明亮的手术台上，摆在这些冷冰冰的用于科学探索的工具旁。和人类一样，乡土也有它的高尚之处，我们只有通过善意的研究和友好的交流才能了解。步行堪称是最为有效的研究与交流工具。

对于我来说，我经过的路堤比大洋洲更丰富多彩。在我驻足停留的这个地方，快乐让我目不暇接，我该怎样下定决心才能往前挪动一步？我只知道，这些快乐不可胜数。但是，仅凭一个感性的原因，就能让从瓦朗斯到卡里的柏树鞠躬致敬的。如果一片绿色的麦田在尼永平原摇曳舞动，那么它在布里尼奥勒山谷也会以同样的方式摇曳舞动。

起先，从巴罗尼到格拉斯，只要是在任何一株橄榄树的果实同时成熟变大的地方，橄榄果便会被袭上若隐若现的紫色斑点。大地蜷缩，变成迪耶于莱菲那边的山丘。人们发现，这是大地的习惯，这习惯覆盖到乌韦兹河、迪朗斯河、罗纳河、卡拉米河、阿塞河、布莱奥讷河和瓦尔河一带。这地质褶皱让它很轻易地便延伸到尼斯，在那里，它又以同样的方式蜷缩，最后和其上的树林一起放下身段，流入大海。麦田的味道还有些生涩，麦子已经结了穗，却像毛毛虫一样显得无精打采。如果它被六月份比较凝重的阳光晒热的话，便会散发出高原栗树花般的香味，铺构起乳白色的花道。在这些花道上，大风探索着叶子黑夜般的深邃，它们被压抑囚禁着，呈现出黯淡的色彩。我只需要愉悦稳定的助力，便可以决定出发。

如此，我已经感知到大地给予我的保障，那便是路堤上不断变化的景象，从一品红的小手到风轮菜和百里香的小爪子，从罂粟的花拳到燕麦的玉指，再到橡树的胳膊。一棵又一棵橡树，遍布高地的野生橡树林。接着，原始的扁桃树林用胳膊把大地温柔地揽入怀中，然后，再把它递给每棵树、每棵草，让它们都抱一抱。我看到大地从河谷走向山丘，一直走到湛蓝的远方。就在那里，它与它的传播者以及它所容载的一切完全交织在一起，大地最终融入和自己早已相似的天空。但是，在这个融合的过程中，有一种缓慢感与我如影相随。我出行时，必须借助这种缓慢感，它让时间变得无穷无尽。从种植橡树的高原，走到远方因溪流与河水冲刷形成并且长满茂盛青草的冲击层，这需要何等的温情！

这片大地用坚韧与信念铸就了和谐，如果我要粗暴地与之发生冲突，那我将一无所得。我必须花大量时间，才能了解昏暗的栗树园，才能宁静地享受它们。我不可能再去理解我的出行——我贪婪而又自私地出行，如果我旅行的速度与这块广袤土地的和谐推进不同步的话。驾驶汽车沿路而下，一直开到天尽头，宽阔的道路似乎悬在空中，头顶的天空斗转星移。我需要怎么做才能开到这样的地方？只需几个小时，我便可穿越橄榄园、扁桃树林、芦苇迎风摇曳的河流、砾石满地的荒漠、柏树林，穿越种有松树、建有修道院的让人伤感的山丘，上面发出火焰飞舞般的声音。我既不会看到我出发的起点，也不会看到到达的终点。在那里，关于新生的嫩叶、奇怪的草苗、微妙的气味、炎热的黏滞与寒冷的干燥等等我不明白的问题，我都不得不无师自通地解决。必须要明白这些才能从中获得欣悦。所以，我宁愿不快乐，因为这太难了。翌日或即刻出发，漫无目的地出发，因为无论怎样，我的身体需要快乐，仅是出发的快乐就能让它满足。粗俗的现代技术所谓的胜利。

当他们说我是诗人时，我感到很好笑。身体失去了品尝生活的能力，因为人们丧失了方法，这是令人神伤的失败。这样做总是负面的，确实如此。但如果他们还有古老而热情的方式，还有认知事物的方式，自然而且充满爱意的方式，那他们依然还是自己，还是诗人，也就是说，他们还是真正的人。我是步行的。我迈出一步时，橡树内的汁液便升高三寸，清晨的虎耳草从两侧挺了起来，黄杨叶的光泽也变幻了千次。云雀瞧见了我，它不紧不慢地在想，我到底是个什么东西，然后再想，我到底是谁。风儿越过了我，然后折回我身边，围着我打转，接着又飞走了。我迈出另一步时，橡树的汁液还在继续上升，虎耳草继续挺起胸膛，黄杨树继续抖动，云雀知道我是谁，用它坚硬如铁的喙声嘶力竭地不停鸣叫。如此这般，双脚一步步迈向前方。此时，生活还是生活，乡土还是真正的乡土，道路通不了几个地方，但它是真正的存在。

此刻，它就在我面前展开，通向广阔的疆域。首先，它的路基是山丘上的碎石子，混杂着染料木和砂岩塌方的石块，它们往往是血淋淋的，像是把小绵羊开膛破肚后取出的肝脏。道路沿着大地落入山谷，然后消失在四棵白杨树的枝丫后面。更远的地方，道路又重新显现，雷朗山脉把它举了起来，让它穿过昏暗、翻腾而又像泥浆一样静止不动的圣栎树森林。上到隆起的高地，它没了支撑后，又落入深邃的昂克来姆河谷。在那里，万物都了无痕迹，只会出现一小块风团带来的条纹状的鱼鳞云，其外观十分独特，宛如被万丈阳光晒干后的大鱼骨。那里，在昏暗大山里细得像条丝线的，是那条道路吗？不是，那是另外一条道路。那里，从坚硬的绿色麦田的深壕里跳跃出来，然后奔向驴食草的花海，是那条道路吗？不是，那是另外一条道路。我们透过橄榄园泛起的微光瞧见的，是那条道路吗？不是，那是通往圣雅尔镇的道路。与暗淡无光的大农场形成鲜明对比，然后带着一抹爬上方墙的荨麻般的绿色，走向朴素的森林的，是那条道路吗？不是，那是科芒德里耶的道路。那里似乎没有道路，只有柏树交织而成的栅栏，形成无法跨越的围墙，然后只能透过缝隙看到如盐晶般的点点闪光的，是那条道路吗？不是，那是德龙省的道路。那里长有黄水仙的温馨草地，我还曾经把它错看成一条静流的，是那条道路吗？不是，那就是一条断流，干涸见底，只有焦黑的岩石。那么这回，橡树林下那条绵长的白色光带，总是那条道路了吧？不是，那是羊群奔向泉水踩出的通道。那么你等一下，我听到了马车声，我想循声而去，看个究竟。但是农民们穿着凉鞋走路，并不发出声响。运货马车缓缓前行，车轮上的金属辐条发出吱吱呀呀的响声，然后在自己激起的尘土和吱呀的金属声中喘不过气来。只要有棵树，便能让这声音回荡，如同在空旷的地方击掌一样。马贩子扬鞭策马，脚上的木鞋不断吱吱作响。径直指向天空，它们似乎不是奔你而来，而是像雨水一样，从纯净的高处落到地上。

一切都显得暮气沉沉，毫无生气，直到你突然间遇到一位消瘦的男人。他脸庞通红，胡子像香草一般，眼眶凹陷。或是直到你突然遇到辆马车，正如有人所说，像是凭空冒出来似的。马车上坐着两位身着节日盛装的姑娘。在数公里的孤独行程里，她们会从自己无声的嘴唇间挤出几丝僵笑。那你想用什么来倾听这声音？遵照旅行法则，正如天堂里的僧侣和神兽所拥有的法则，马车运输完全没有声音，非常宁静。那你想用什么来倾听这声音？除非你什么都没有听到、什么都没有看到，那这一切什么时候会不断被静悄悄地运走？所以，我会仔细观察尘埃。风儿会在没有人经过的地方扬起尘土。就是它！就是它，就在那里，隐藏在山谷中。可能就是它，也可能是另外一个。别去找它了，走吧。朝前走，所有这一切，就是道路。这是在所有道路上都耸立着的参天大树，它用自己茂盛的枝冠撑起世界的肌肤，好像鲜血之树撑开了你的皮肤，在风中发出嗞嗞声响，哦，人啊！你要担负起自己的重担，在属于自己的时间长河里勇往直前。

西边的道路自勒韦斯迪比翁镇来。这么壮观的景象，令它由衷地赞赏不已，不觉羞愧得低下了头。接着，它湮没于大地的褶皱中，在那里试图寻找小草的藏身之处。高山与天空就在面前展开。有些大山坐落在山脉之乡，它们在自己故乡如此惬意，以至于不必去追寻巍峨和庄严。有时，它们也有巍峨与庄严，有时，它们显得臃肿不堪。就这么简单。如果有人不满意，迈步离开就是。这里，大山栖息在一片不是自己家乡的土地上。人们守卫着它，赋予它留下的权利，一切都有权留下。这里，人们拥有非常古老的智慧，人人可以随心所欲地自由生活。不过准确来说，由于这种古老的自由，这里的每个人都有着绝妙的评论意识：最小的花看上去和红色毫不相关，有点奇怪；最不起眼的小草中夹带一丝灰色，那是小草冥思苦想后的结晶，其实那不过是从松树上落下的一根小得不能再小的松针。当然，不能涉及带有殖民色彩的放肆言论。人们可以自由自在，人们也必须自由自在。做不到这一点的人便没有面子，但凡事皆有分寸。没人可以忽略这些，也不会失去一切。臃肿并不意味着思想贫乏，高山一直延伸到天际。

它就是高山。冬天，山上白雪皑皑，让人找不着方向。夏天，山顶上垂下镶有冷杉树边的蓝色天空的深渊，那是暴风骤雨的伤口。当风声停止，我们会听到它猛烈的回声。它的沉默具有神圣的面容。冰川融水如万马奔腾，重重地拍打在山脉的岩层上。水流如青绿色的马鬐毛，在平原上激烈冲撞，最后消失在黄色的柳树林中。但是，凡事都不会突然分离，凡事都不会依靠暴力并置，一切皆有安排：这片平原距离天空有千万米之遥。万物长久地絮语，并且一再强调，好让我们真正知晓：道路上的脚步声，纯净的冷空气，绿色麦田的七月，最细微处的特色，这些都展现在方圆二十公里的夏日时节中。

如果和距此地五十公里的农田相比，你就会发现，在同一天，在这里长到你小腿处的绿色麦子在那里会触碰到你的膝盖。彼处的麦子已经变黄了些，你继续迈步向前，道路变得越发不清晰。酷热让你的鼻子发干，迷雾也让你看不清远方。走过一百公里，麦子便会碰到你的胯部，它们已经成熟了。走到距此一百二十公里处，麦子已经收割了。真正平原的七月带有黏性，它让树木、房屋和人的形象变得模模糊糊，消融在麦茬上糖浆般的空气中。一切都与这里不同，却又合情合理。低处平原的农民，如果他像我在这里一样观察这座山，那么在他眼里，这座山和他自己的地盘相比更合理，正如这座山与我自己的相比更合理一样。平原有广阔的岩层支撑，因此不至于被神圣山峰的洪荒之力压垮。这些岩层把我推上天空，与冲天的山峰相伴。山峰周围的天空无拘无束。我和山峰都拥有各自的空间。一种隐秘的光彩迷炫了我的道路，万物皆有空间，一种神圣的东西会接纳万物，甚至接纳远道而来的我，除非你对升上明净天空中的山巅的敬仰存有迟疑，哪怕是最小的迟疑。

在一部小说里，一切都能解释，甚至最神秘的事情。尤其是最神秘的事情，它不仅阐释自己，它还阐释所有其他的事情。但在旅途生活中，最简单的事情依然很神秘。当你到达大地上的任意一点，矿物、植物、动物和人类早已在你到达之前展开行动，这些行动会在你离开之后依然进行。而且对于这些行动，你既看不到起点，也看不到终点。我不以历史的观点来谈论，但是我谈论的就是日常生活，它才是真正的历史。你路过的时候，看到这个苹果挂在枝头，对你而言，这苹果就在那里。但当你在绕路时，它便悄无声息地落在草地上，继续某种你看不见的地下生活，那时，你觉得它就在那里。甚至可以说，如果它之前是红得鲜艳，沉甸甸地挂在枝头，上面是蔚蓝的天空——甚至被苹果的鲜艳映衬成蓝黑色，那么现在它则消失得无影无踪，整个和谐都被改变了。它正在变成其他苹果，它们对于乡土的面貌来说也同样重要，但你对此并不了解。不光是苹果，那也指栗树花，它们依据时间或风向，像孩子的黄色绒毛手套一样垂荡下来，抑或是像满天繁星般闪烁不停；那也指进城的农民，他会用奇特而愤懑的眼神盯着你，然后消失在你的视线中；那也指别人会跟你说的两三句话，但重点在别处。下一次别人会突然对你说起这重点，但乡土真正的语调也就是两三句无关紧要的话。

一个男人拎着一个包。他的包以及他缓慢的步伐加深了你对他的所有印象。要知道，所有你身上的东西也与他有关，无论是多细微的事，但肯定全部息息相关：远处山丘的山脊、黏稠热浪的流动、飞虫的歌声以及整段的路途。当他向你告辞、踏上回到自己农场的归途时，他会放下自己的包。一个面目一新的男人会去砍芦苇、割青草，会在农田里一动不动地待着，会和自己的马儿说话，而他周围的一切，也会立刻建立起崭新的秩序。但是，不光有他，不光有人类和村庄，还有其他所有的：鸟儿，地上和天上的野兽，甚至是声音、色彩以及无知觉事物的运动：水、风、云影、雨、山雨欲来时的风云突变以及葡萄叶摇曳的平原忽陷严酷的境地，还有你的旅途，它正在穿越这些永恒的变换。这里没有戏，一切都是戏。没有必要去了解行进中的伐木工人正在干些什么，他们把斧头扛在肩上，走在穿越栎树林的上坡路上；没有必要去了解行脚商来自何方，他们把针线放在小木盒里；也没有必要去了解这位瘦弱的女人为何来到路边，脸上流露出极其激动的表情，但表情流露的速度比石头还慢。同理，也没有必要知道教堂门厅或凯旋门始建于何时，在这个凯旋门下，燕麦田随风起伏，宛如波浪。没有历史。一切都无须解释。时间只在手表的机件里流逝。

普罗旺斯并不存在。喜爱普罗旺斯的人，要么喜欢世间万物，要么什么都不喜欢。

再到湖上

[美国] E.B.怀特/文
冯亦代/译

原载《世界文学》1986年第4期

E.B.怀特
(1899—1985)

美国作家。1927年加入《纽约人》杂志。他的和杰·瑟伯的隽永文风曾影响了《纽约人》的风格,至今仍被编辑部奉为圭臬。怀特一生虽写字数不算多的随笔,但被公认为一个大作家。本篇即描绘了他在缅因州的湖边消夏的经历。

大概在一九〇四年的夏天,父亲在缅因州的某湖上租了一间露营小屋,带了我们去消磨整个八月。我们从一批小猫那儿染上了金钱癣,不得不在臂腿间日日夜夜涂上旁氏浸膏,父亲则和衣睡在小划子里;但是除了这一些,假期过得很愉快。自此之后,我们中无人不认为世上再没有比缅因州这个湖更好的去处了。一年年夏季我们都回到这里来——总是从八月一日起,逗留一个月时光。这样一来,我竟成个水手了。夏季里有时候湖里也会兴风作浪,湖水冰凉,阵阵寒风从下午刮到黄昏,使我宁愿在林间能另有一处宁静的小湖。就在几星期前,这种想法越来越强烈，我便去买了一对钓鲈鱼的钩子，一只能旋转的盛鱼饵器，启程回到我们经常去的那个湖上，预备在那儿垂钓一个星期，再去看看那些梦魂萦绕的老地方。

我把我的孩子带了去，他从来没有让水没过鼻梁过，他也只有从列车的车窗里，才看到过莲花池。在去湖边的路上，我不禁想象这次旅行将有怎样的经历。我缅想时光的流逝会如何毁损这个独特的、神圣的地方——这里有险阻的海角和潺潺的小溪，在落日掩映中的群山，露营小屋丛和小屋后面的小路。我缅想那条容易辨认的沥青路，我又缅想那些已显荒凉的其他景色。一旦让你的思绪回到旧时的轨迹，那感觉简直太奇特了，你居然可以记忆起这么多的去处。你记起这件事，瞬间又记起了另一件事。我想我对于那些清晨的记忆是最清楚的，彼时湖上清凉，水波不兴，记起木屋的卧室里可以嗅到圆木的香味，这些味道发自小屋的木材，和从纱门透进来的树林的潮味混为一气。木屋里的间隔板很薄，也不是一直伸到顶上的，由于我总是第一个起身，便轻轻穿戴以免惊醒了别人，然后偷偷溜出小屋而到清爽的气氛中，驾起一只小划子，沿着湖岸上一长列松林的荫影航行。我记得自己十分小心不让划桨在船舷上碰撞，唯恐打搅了湖上大教堂似的宁静。

这处湖水从来不该被称为渺无人迹的。湖岸上处处点缀着零星小屋，这里是一片耕地，而湖岸四周树林密布。有些小屋为邻近的农人所有，你可以住在湖边而到农家去就餐，那就是我们家的办法。虽然湖面很宽广，但湖水平静，没有什么风涛，而且，至少对一个孩子来说，有些去处看来是无穷遥远和原始的。

我谈到沥青路是对的，就离湖岸不到半英里。但是当我和我的孩子回到这里，住进一间离农舍不远的小屋，就进入我所稔熟的夏季了，我还能说它与旧日了无差异——次晨一早躺在床上，我闻到一股卧室的气味，还听到孩子悄悄地溜出小屋，沿着湖岸去找一条小船。我开始幻想他就是小时的我，而且，由于换了位置，我也就成了我的父亲。这一感觉久久不散，在我们留居湖边的时候，不断显现出来。这并不是种全盘新的感情，但是在这种场景里越来越强烈。我好似生活在两个并存的世界里。在一些简单的行动中，在我拿起鱼饵盒子或是放下一只餐叉，或者在我谈到另外的事情时，突然发现这不是我自己在说话，而是我的父亲在说话或是摆弄他的手势。这给我一种悚然的感觉。

次日清晨我们去钓鱼。我感到鱼饵盒子里的蚯蚓同样披着一层苔藓，看到蜻蜓落在我的钓竿上，在水面几英寸处飞翔。蜻蜓的到来使我毫无疑问地相信一切事物都如昨日一般，流逝的年月不过是海市蜃楼，一无岁月的间隔。水上的涟漪如旧，在我们停船垂钓时，水波拍击着我们船舷有如窃窃私语，而这只船也就像是昔日的划子，一如过去那样漆着绿色，折断的船骨还在旧处，舱底更有陈年的水迹和碎屑——死掉的翅虫蛹，几片苔藓，锈了的废鱼钩和昨日捞鱼时的干血迹。我们沉默地注视着钓竿的尖端，那里蜻蜓飞来飞去。我把我的钓竿伸向水中，短暂而又悄悄地避过蜻蜓，蜻蜓已飞出两米开外，平衡了一下又栖息在钓竿的梢端。今日戏水的蜻蜓与昨日的并无年限的区别——不过两者之一仅是回忆而已。我看看我的孩子，他正默默地注视着蜻蜓，而这就如我的手替他拿着钓竿，我的眼睛在注视一样。我不禁目眩起来，不知道哪一根是我握着的钓竿。

我们钓到了两尾鲈鱼，轻快地提了起来，好像钓的是鲭鱼，把鱼从船边提出水面完全像是理所当然，而不用什么抄网，接着就在鱼头后部打上一拳。午餐前我们再回到这里来游泳，湖面正是我们离去时的老地方，连码头的距离都未改分厘，不过这时却已刮起一阵微风。这地方看来完全是使人入迷的海湖。这个湖你可以离开几个钟头，听凭湖里风云多变，而再次回来时，仍能见到它平静如故，这正是湖水的可靠之处。在水浅的地方，如水浸透的黑色枝枝丫丫，陈旧又光滑，在清晰起伏的沙底上成丛摇晃，而蛤贝的爬行踪迹也历历可见。一群小鱼游了过去，游鱼的影子分外触目，在阳光下是那样清晰和明显。另外还有来宿营的人在游泳，沿着湖岸，其中一人拿着一块肥皂，水便显得模糊、非现实了。多少年来总有这样的人拿着一块肥皂，这个有洁癖的人，现在就在眼前。年份的界限也跟着模糊了。

上岸后到农家去吃饭，穿过丰饶的满是尘土的田野，在我们橡胶鞋脚下踩着的只是条两股车辙的道路，原来中间那一股不见了，本来这里布满了牛马的蹄印和薄薄一层干透了的粪土。那里过去是三股道，任你选择步行的；如今这个选择已经减缩到只剩两股了。有一刹那我深深怀念这可供选择的中间道。小路引我们走过网球场，蜿蜒在阳光下再次给我信心。球网的长绳放松着，小道上长满了各种绿色植物和野草，球网（从六月挂上到九月才取下）这时在干燥的午间松弛下垂，日中的大地热气蒸腾，既饥渴又空荡。农家进餐时有两道点心可资选择，一是紫黑浆果做的馅饼，另一种是苹果馅饼；女侍还是过去的普通农家女，那里没有时间的间隔，只给人一种幕布落下的幻象——女侍依旧是十五岁，只是秀发刚洗过，这是唯一的不同之处。她们一定看过电影，见过一头秀发的漂亮女郎。

夏天，啊夏天，生命的印痕难以磨灭，那永远不会失去光泽的湖，那不能摧毁的树林，牧场上永永远远散发着香蕨木和红松的芬芳，夏天是没有终了的；这只是背景，而湖岸上的生活才正是一幅图画，带着单纯恬静的农舍，小小的停船处，旗杆上的美国国旗衬着飘浮着白云的蓝天在拂动，沿着树根的小路从一处小屋通向另一处，小路还通向室外厕所，放着那铺洒用的石灰。而在小店出售纪念品的一角里，陈列着仿制的桦树皮独木舟和与实景相比稍有失真的明信片。这是美国家庭在游乐，逃避城市里的闷热，想一想住在小湖湾那头的新来者是“一般人”呢还是“有教养”的人，想一想星期日开车来农家的客人会不会因为小鸡不够供应而吃了闭门羹。

对我说来，因为我不断回忆往昔的一切，那些时光那些夏日是无穷宝贵而永远值得怀念的。这里有欢乐、恬静和美满。到达（在八月的开始）本身就是件大事情，农家的大篷车一直驶到火车站，第一次闻到空气中松树的清香，第一眼看到农人的笑脸，还有那些重要的大箱子和你父亲对这一切的指手画脚，然后是你座下的大车在十里路上的颠簸不停，在最后一重山顶上看到湖面的第一眼，梦魂萦绕的这汪湖水，已经有十一个月没有见面了。其他宿营人看见你去时的欢呼和喧哗，箱子要打开，把箱里的东西拿出来。（今天抵达已经较少兴奋了，你一声不响地把汽车停在树下近小屋的地方，下车取了几个行李袋，只要五分钟一切就都收拾停当，一点没有骚动，没有搬大箱子时的高声叫唤了。）

恬静、美满和愉快。现在唯一不同于往日的，是这地方的声音，真的，就是那不平常的使人心神不宁的舱外推进器的声音。这种刺耳的声音，有时候会粉碎我的幻想而使年华飞逝。在那些旧时的夏季里，所有马达是装在舱里的，当船在远处航行时，发出的喧嚣是一种镇静剂，一种催人入睡的含混不清的声音。

这是些单汽缸或双汽缸的发动机，有的用通断开关，有的是电花跳跃式的，但是都产生一种在湖上回荡的催眠声调。单气缸噗噗震动，双汽缸则咕咕噜噜，这些也都是平静而单调的音响。但是现在宿营人都用的是舱外推进器了。在白天，在闷热的早上，这些马达发出急躁刺耳的声音。夜间，在静静的黄昏里，落日余晖照亮了湖面，这声音在耳边像蚊子那样哀诉。我的孩子钟爱我们租来使用舱外推进器的小艇，他最大的愿是独自操纵，成为小艇的权威，他要不了多久就学会稍稍关闭一下开关（但并不关得太紧），然后调整针阀的诀窍。注视着他使我记起在那种单汽缸而有沉重飞轮的马达上可以做的事情，如果你能摸熟它的脾性，你就可以应付自如。那时的马达船没有离合器，你登岸就得在恰当的时候关闭马达，熄了火用方向舵滑行到岸边。但也有一种方法可以使机器开倒车，如果你学到这个诀窍，先关一下开关然后在飞轮停止转动前，再开一下，这样船就会承受压力而倒退过来。在风力强时要接近码头，若用普通靠岸的方法使船慢下来就很困难了，如果孩子认为他已能完全掌控马达，他应该使马达继续发动下去，然后退后几米，靠上码头。这需要镇定和沉着的操作，因为你如果很快把速度开到每秒二十转，你的飞轮还会有力量超过中度而跳起来像斗牛一样冲向码头。

我们过了整整一星期的露营生活，鲈鱼上钩，阳光照耀大地，永无止境，日复一日。晚上我们疲倦了，就躺在为炎热所蒸晒了一天而显得闷热的湫隘卧室里，小屋外微风吹拂使人嗅到从生锈了的纱门透进的一股潮湿味道。瞌睡总是很快来临，每天早晨红松鼠一定在小屋顶上嬉戏，招到伴侣。清晨躺在床上——那个汽船像非洲乌班基人嘴唇那样有着圆圆的船尾，她在月夜里又是怎样平静航行，当青年们弹着曼陀林姑娘们跟着唱歌时，我们则吃着撒着糖粒的多福饼，而在这到处发亮的水上，夜晚乐声传来又多么甜蜜，使人想起姑娘时又是什么样的感觉。早饭过后，我们到商店去，一切陈设如旧——瓶里装着鲦鱼，塞子和渔轮混在牛顿牌无花果和皮姆牌口香糖中间，被宿营的孩子们移动得杂乱无章。店外大路已铺上沥青，汽车就停在商店门前。店里，与往常一样，不过可口可乐更多了，而莫克西水、药草根水、桦树水和菝葜英水不多了，有时汽水会冲了我们一鼻子，而使我们难受。我们在山间小溪探索，悄悄地。在那儿，乌龟在太阳曝晒的圆木间爬行，一直钻到松散的土地下，我们则躺在小镇的码头上，用虫子喂食游乐自如的鲈鱼。随便在什么地方，都分辨不清当家做主的我，和与我形影不离的那个人。

有天下午我们在湖上，雷电来临了，又重演了一出为我儿时所畏惧的闹剧。这出戏第二幕的高潮，在湖上的电闪雷鸣下所有重要的细节一无改变。这是个宏伟的场景，至今还是幅宏伟的场景。一切都显得那么熟稔，首先感到透不过气来，接着是闷热，小屋四周的大气好像凝滞了。过了下午的傍晚之前（一切都是一模一样），天际垂下古怪的黑色，一切都凝住不动，生命好像夹在一卷布里，接着从另一处来了一阵风，那些停泊的船突然向湖外漂去，还有那作为警告的隆隆声。而后铜鼓响了，接着是小鼓，然后是低音鼓和铙钹，再以后乌云里露出一道闪光，霹雳跟着响了，诸神在山间咧嘴而笑，舔着他们的腮帮子。之后是一片安静，雨丝打在平静的湖面上沙沙作声。光明、希望和心情的奋发，宿营人带着欢笑跑出小屋，平静地在雨中游泳，他们爽朗的笑声，关于他们遭雨淋的永无止境的笑语，孩子们愉快地尖叫着在雨里嬉戏，有了新的感觉而遭受雨淋的笑话，以强大的、不可毁的力量把几代人联结在一起。遭人嘲笑的人却撑着一把雨伞蹚水而来。

其他人去游泳时，我的孩子也说要去。他把水淋淋的游泳裤从绳子上拿下来，这条裤子在雷雨时就一直在外面淋着，孩子把水拧干了。我无神打采，一点也没有要去游泳的心情，只注视着他。他的硬朗的小身子，瘦骨嶙峋。我看到他皱皱眉头，穿上那条又小又潮湿和冰凉的裤子，当他扣上泡涨了的腰带，我的下腹为他打了一阵死一样的寒战。

以临终之眼注视后街小巷

[日本]川本三郎/文
赵京华/译

川本三郎

(1944—)

日本评论家。生于东京都，东京大学法学部毕业。在朝日新闻社从事过《周刊朝日》等新闻编辑工作，后来成为自由撰稿人。其评论活动以电影、文化、城市论为中心开展。本文选自川本三郎的《今天去扫墓》(平凡社，1999年)。

原载《世界文学》2010年第2期

在阳春十月的东京街区

那时，千住一带还留有“奇形怪状的烟囱”。隅田川里跑着水上巴士。深川的州崎乐园和墨东鸠之町等地方还有红灯区呢。而荒川被称为排水渠，架设其上的堀切桥和葛西桥都是木桥。江户川妙见岛上则由蛤仔的贝壳堆成了白白的小山。

昭和三十年代初期，东京虽然贫困，却比如今恬静安闲得多。那时有一位年轻无名的画家，走遍了后街小巷的条条小路，细心描画着胡同小街的风景。那还是在没有时兴步行观赏东京街区的时代，也没有什么方便的地图和满意的导游书籍，而这位画家只凭自己的双脚徒步后街小巷，把“街景”绘入画卷中。

他就是昭和三十二年十月、年方二十九岁便病逝了的山本祥三。《东京风物画集》是他的遗作画册，是他去世后第七年出版的（雪华社1963年版），我通过这本画册才知道他的名字。二十年前在旧书店中遇到这本画册时，我惊叹不已，居然有如此热心走访胡同小巷的画家！而且是几乎没有人知道的无名画家！

电影院和脱衣舞剧场聚集的浅草六区、通往吉原的山谷堀、东京都营电车穿过的两国桥、水田里的摆渡、木材店一条街的木场、架设着霓虹灯的洲崎乐园，还有可以赶海拾潮的荒川排水渠的砂町袖之浦和开往东北的蒸汽机火车经过的南千住……

无论翻开画册的哪一页，映入眼帘的都是如今已然消失的难忘的东京。破败的小客栈和凋敝的街道厂房，或者场末的红灯之巷的景象，到处都流露着悲哀，但街道中依然保存着今日东京所丧失掉的那份沉静的凝重。

说到昭和三十年前后东京的后街小巷，度过了战后一片灰烬和黑市横行的混乱期，正处在渐渐恢复了以往恬静的比较安定的时代。被占领时期也已经结束，而经济高速发展的喧嚣还没有来临。那儿也没有什么高速公路，只有东京都营的电车悠闲地穿过街道市区。天空高而辽远。

年轻的山本祥三为十月小阳春一般恬静的东京后街小巷的风景所吸引，拖着病弱之躯，出入于陋巷，挥动着手中的画笔。他最爱的是东京的陋巷小街，甚至自称为“街景画家”。对于这位没有自信、时刻受到死亡威胁的年轻画家来说，眺望人们沉静的生活而绘其入画，恐怕是他活着的唯一证明了。

拖着病弱之躯走入“街景”

这位画家昭和三年生于东京的平民百姓居住区深川佐贺町。家里是祖辈相传经营衣料布匹的店铺，顾客则是隅田川的船夫和码头搬运工人。店铺有一个商号叫泽田屋，以“永代桥衬衫屋”而广为人知。

画家昭和十年入明治小学。顺便提一句，这是生于深川的电影导演小津安二郎曾经念过的小学。昭和十三年，父亲亡故而举家迁到母亲老家大森的森之崎[1]。这里靠近东京湾，捕捞海藻的从业者很多。生于深川而长于“海藻之乡”的大森，因此画家一旦拿起画笔，关注的对象自然是那些平民百姓和他们的日常生活。

山本祥三从小就身体虚弱，读完小学亦十分困难，他大概很早就意识到自己是难以过正常生活的“无能者”。因此，他的绘画中所流露的对底层生活风景的亲密视线，无疑来自过早失去生之信念的无常感和宿命之达观。

战争结束的时候，他才十七岁，一心想成为自家衣料布匹店的帮手，却无奈身体不听使唤。极严重的胃下垂使他连一日三餐都无法充分摄取，试着做过几样工作也都没能长久持续下去，学也没有上完。这位看不到未来希望的青年，唯一的嗜好就是画画了。比他年长六岁的哥哥山本富夫是位画家，受其影响，他也拿起了画笔，并开始描绘东京。

一早，带着一个苹果离开大森的家。坐电车去平民百姓集居的后街小巷。整日，漫步于街头巷尾，素描下自己喜欢的风景。筋疲力尽的他，只有画画的时候才能忘记身上的病痛。

---

① 森之崎，现东京大田区大森南。

《东京风物画集》中附有画家昭和二十九年至去世前的昭和三十二年九月间的日记。我们来看看他的一天。

昭和二十九年一月三十曰

外出，由向岛隅田公园方向素描言问桥。寒风凛冽。绘画所得孤独的喜悦使心情澄澈清明。往浅草，由千束町经龙泉寺，走过吉原外边，在泪桥上搭电车回家。想描画浅草及外郭一带。

同年二月四日

假装去学校而出家门。于泪桥下车。由向岛方面素描白须桥。又步行穿过隅田公园。素描东武线之铁桥。日暮中寒冷冻僵了身体，但有喜悦安心和满足之感，虽可惜无喝一杯咖啡之银钱。稍步行，经过浅草至银座而归。

担心自己的身体，亦囊空如洗。即使这样，这位将过二十六岁的青年素描街景的喜悦浸透全身。“绘画所得孤独的喜悦使心情澄澈清明”这一句，让人铭感。

后来，他还去了山之手一带，但是当初醉心于以浅草为中心的街头巷尾，“想描画浅草及其外郭一带”的愿望十分强烈。

再由浅草过隅田川走向墨东，又从鸠之町往玉之井和曳舟一带。这里曾经是永井荷风走过的街区。山本祥三一定是意识到了荷风的存在。沿着荷风走过的路线，再由墨东向荒川排水渠走去。有孩子们戏水的荒川排水渠那辽阔的风景，使年轻的画家心胸敞亮。

进而，渡过排水渠，由小松川走到江户川沿岸。那样病弱的身体走这么多的路程，不能不让人惊叹。大概是那渐次展开来的“街景”在激励着他吧。乘“二十日元的无轨电车”来到终点的江户川区今井桥一带，他所描画的含有川流和桥梁的风景是那样的安详静谧。

一般来说，不论是怎样喜欢走街串巷的人，也不会去到江户川今井桥这东京边儿的。从大森到江户川几乎需要整整一天。这就是山本祥三走过的街区。正如他自称的“街景画家”或者“人生画家”那样，从远方遥遥眺望那后街小巷的身姿、那平凡人家的日常，对“无能者”来说乃是一种慰藉。

日记中有“自己终归是无力的，青春不属于自己”这样使人印象深刻的句子。因病弱而不得不放弃青春的青年，恐怕是以出家人那种临终之眼来眺望街景的。这时，偏远的后街小巷更显得美丽。龟有后街的红灯区、不久就将被人遗弃的旧四大桥、深川高桥一带的小旅馆街、由“本木捡破烂站”越过尾竹桥而望到的“奇形怪状的烟囱”，还有大众食堂和小酒馆一字排开的千住新桥一带。体弱多病的画家所看所取的后街小巷，终归是静谧安详的，甚至给人一种温暖感。曳舟的水渠当时已成臭水沟，可是一经人们的描画，臭水沟也仿佛成了令人怀念的河川。就这样，山本祥三把一处处的后街小巷优美地镶嵌到记忆之中。

喜爱流浪画家长谷川利行的山本祥三，也自称流浪画家，他将自己的身躯融入到后街小巷的风景之中了。

与木村庄八的相遇

也许是对青春不再抱有希望的缘故吧，这位年轻画家对女性所持有的是脱离现实的浪漫情怀。日记中，他就多次记录了对浅草的法国剧团舞女的倾慕。

昭和二十九年十月十三日："往浅草入法国座[①]，为晤日前所见美丽舞女。其名为矢田伊津子。"这位舞女让画家怦然心跳，不惜仅有的一点资费而前往法国座，甚至还把自己的画配上镜框赠给对方。终于，有了一点进展，相约一起去茶艺馆喝茶。

这恋爱仿佛终究是一场单相思而不得不以失恋告终。不过，对于已然觉悟到"青春不属于自己"的病弱画家来说，有这场小小的恋爱，也是一种拯救吧。

"祥三君真是纯情。"山本祥三的画友、漫画家马场辰夫说，"疾病在身，使他成了苍白而消瘦的美少年。半截的风衣配上红围巾，头戴鸭舌帽，手持素描本。和我们不同，他是很讲究打扮的。"

白天，在玉之井和鸠之町一带写生的时候，就有女子过来打招呼，多是性情温和的姑娘。"她们大概是把祥三君当弟弟看待，宠爱着。他身体那般虚弱有什么办法呢？瘦得弱不禁风啊。"马场辰夫说。

尽管说喜欢，但走街串巷对病弱之躯还是有相当的消耗的。日记中，下面这样的记述渐渐增多了："身子虚弱恍惚，以仅有的力气描画。""自己与'人生'无缘，仅画画儿一事已是精疲力竭。""终日卧床不曾进食。如今对自己的身体更加绝望。""今天亦几乎没有进食，终日卧床。"

做绘画老师的哥哥山本富夫说："画画终究治不了身体，需要在绘画和健康之间做出选择。"山本祥三选择了绘画。从东京低洼地带的后街小巷到高台地带的山之手一带，汇集成"东京一百五十景"。山本祥三将此作为自己的奋斗目标。

这位持续描绘东京的无名画家，终于迎来了受到关注的那一天——得以成为他所敬爱的画家木村庄八的知己。木村庄八是以给永井荷风的

---

① 法国座，演法国戏的剧场。

《墨东奇谭》作插图而知名的油画家。昭和三十一年八月，山本祥三到杉并区妙法寺附近的木村庄八宅拜访，求教画技。虽然没有直接见面，但木村庄八对这位和自己一样坚持描画后街小巷风景的青年很有好感，就将其介绍给了《朝日新闻》社的记者。记者大篇幅报道了山本祥三的事迹，题为“无名青年所画东京百五十景，与贫病斗争而小学未曾毕业的山本君”。是美谈报道。

报纸的报道反响巨大，十月，山本祥三终于得以在锦丝町江东乐天地举办了街头展览会。木村庄八对山本祥三的画评价是这样的：

> 总而言之，他的绘画工作还处于刚刚“起步”的阶段，幼稚在所难免。但在其背后早已闪露出锋芒，“写实”的眼光很到位。他以粗笔的素描（毛笔）和细腻的刻画（钢笔）为技法，细致的素描更见锋芒。色彩的使用不多，黑白的色调，在其屡屡有走向“版画”画式趋向的手法上，已然显出登堂入室的高妙。我首先为山本君所吸引的，正是这选材上的杰出与不凡。（引自《东京风物画集》前言）

木村庄八亲自来到江东乐天地，在此见到了“苍白瘦弱，仿佛饿得东摇西晃”的“寡言帅气的青年”。印象中他站着都很勉强，长时间讲话则更力所不当。但说到一起去喜爱的后街小巷写生，这年轻的画家才“脸颊上兴奋地泛起了红潮”。

但是，一起去写生的约定未能实现。因为，展览会之后，可能是过度劳累，山本祥三的病情迅速恶化。到了第二年，昭和三十二年，日记已时断时续。而五月二十日的“也许死已经不远了”一句尤其令人心痛。六月十一日的日记，更有“死，我已了然于心，但若半身不遂让母亲护理几个月的话，那可就苦不堪言了”。九月三日写道：“这四五天，没有吃任何东西。有时感觉达到了最恶劣的境地。不知如何是好，仿佛只有死之来临了。”十三日，住进大田区的劳灾医院；二十九日，因胃下垂神经症导致营养失调，死去。终年二十九岁零两个月。

年关，往其墓地

山本祥三的墓地设在文京区本驹入的曹洞宗古刹吉祥寺。那里因有榎本武扬、二宫尊德的墓葬以及八百屋阿七和吉三的比翼墓而闻名。据山本富夫讲，祖父不忍火化早夭的女儿，选择了土葬，于是离深川很远的这座寺院就成了山本家的墓地。

平成九年[①]即将过去的十二月底，一个寒冷之日，我拜谒了吉祥寺。亲友马场辰夫陪我一道前往。他和山本祥三一样，是昭和三年生人。

吉祥寺在昭和二十年五月的空袭中，本堂被烧毁，但江户时代修建的山门仍然完好地保存了下来。穿过山门有难以想象的宽敞的进路，两侧是延伸开来的墓地。进路两旁有樱花树和光叶榉树。

在曾免于战火的藏经堂前往右三十米左右，就是被欧卫矛郁郁葱葱环抱着的山本家的墓地。墓石边缘生着苔藓，上面刻着“泽田屋”的名号。山本祥三在此与父母一起长眠地下。

马场辰夫的名字，常常出现在山本祥三的日记里。也由于两家距离较近的关系，山本祥三从浅草或千住回来的路上，常顺便到他家中说说话，据说还常常谈起自己中意的女性。

---

① 即公元 1997 年。

“祥三君说：‘我体弱多病，要是结婚的话，也该是脸颊红润、朴素健康的女孩儿为好啊。’”

去世一周前，马场到医院去探望山本祥三。他已是非常消瘦，褥疮也相当厉害。他递给马场一张纸条，说：“马场君，到外面的药店帮我买一下这个药。”药名是用洋文写的，问了医院的护士，才知道是强力安眠药。或者他想要自杀也说不定。这样想着，马场最终没敢去买那药。

“祥三君的画，现在看来，或许确实有未成熟的地方。然而，在这意识到死而画的画中，有超越了技巧之高下的、摄人心魄的东西存在啊。”

已经六十九岁的马场一边这样说着，一边向坟墓深深地低下头。

辑四

懒惰哲学趣话

偷听谈话的妙趣

〔美国〕吉尔伯特·海厄特/文
欧阳昱/译

原载《世界文学》1987年第5期

吉尔伯特·海厄特
（1906—1978）

苏格兰裔美国古典学家、评论家、文学史家。一生致力于古典文化的教学与研究，主要著作有《荷马概论》《古典传统》等。这一篇《偷听谈话的妙趣》体现了海厄特散文的特点：轻松，平易，文笔流畅。

通常，人们都喜欢到陌生的城市中漫游闲逛。如果仅就其优越的地理位置而言，我本人最喜欢的城市是巴黎，其次是旧金山。有些人则爱在自己家乡的城镇中涉足他们尚不熟悉的城区，虽然这种人并不多见。我曾有一两次东游西逛，走遍了曼哈顿的大街小巷，路上时常见到一些稀奇古怪、妙趣横生的景象。我看见一家出售春药和魔术器械的店铺，一个专门调查不明飞行物的组织的总部，以及一些阿尔巴尼亚杂货店和小餐馆。优哉游哉，信步徜徉，真是消磨时光的好方式。

但是，你日复一日，走的都是那几条街，搭地铁上班，出办公室到餐馆吃午饭，吃过饭上银行，又回到办公室，最后离开办公室搭地铁回家……你会怎么办？假如你不在乎多花几分钟，倒不妨试着把路线每天改变一下：今天迂回曲折，明天绕大弯。可是，人们大都喜欢选择两点之间最短的路线，结果情形是，男人看姑娘，姑娘看姑娘，人人都看橱窗。间或出现一两个奇装异服、行为怪僻的人，像《蝙蝠》剧中法尔克博士那样——法尔克博士扮成一个硕大无朋的蝙蝠，舞会后，在光天化日之下走过大街回家——“使所有街头顽童大为开心”。

我为路上的行人设计了一种新颖的消遣方式。我应该怎么称呼他们呢？叫“走街串巷者”吧，当然不行，而“散步者”这个词现在已经是指轻便童车。法语中的“flaneurs”（闲逛者）当然最确切，但在法国以外的地方用，听起来不免有矫揉造作之嫌。不管称呼什么吧，反正是一种消遣方式，它有益无害，不花分文，这就是：别老用眼睛去注意人家，而要用耳朵去听。我不是要你去监听，或者从头至尾、一字不漏地偷听别人的谈话，我完全不是这个意思。这个游戏的要点是，抓住人家谈话时从耳边一飘而过的半句话，甚至几个字就行了，然后自己发挥想象力。街上的行人交谈起来常常很随便，绝不会想给人听到，因此，他们会说出往往最荒诞不经、最让人记得住的话。如果你恰巧从旁边经过，常会听到几句表面像是毫无意义、其实十分有意思的话。

五十年代有一天，我在梅迪逊大街停下来，等着亮绿灯好过马路。这时，有两个男人走到我的一侧，两个姑娘走到我的另一侧，当时我心里有事，根本没想听他们讲什么。正当红灯换绿灯时，一个男人对另一个很认真地说：“咱们还可以从瑞士再搞到一百万。”而两个姑娘中的一个咯咯笑着说：“后来，她又嫁了另外那个男人！”余下的内容就靠你自己去补充了。又有一次，在四十九大道和派克大街的路口，一个大胖子（几乎附在我耳边）说：“成千上万块保险金，这下连一个钢镚儿都不值了！”过了一会儿，一个模样很俊，但显得心烦意乱的母亲弯腰对一个约莫五岁的小男孩说：“不过，亲爱的，你的两个爸爸都爱你呢！”有时，一鳞半爪、稍纵即逝的谈话比这些更为直截了当。声音大得像卡车把一满车砂石倾倒进坑道里：“兴许会犯法，但不是办不到。”（在四十七大道和第六大街的路口）。一个温和得像甜食果冻一样的声音说：“穿羊皮贴身内衣，老天爷，那不像头戴呼吸器的潜水员吗？”（在五十二大道和第三大街的路口）。

说外国话的人，一般都自以为他们的讲话谁也不懂。我认识一位女士，她是在阿根廷出生长大的。她再不肯坐纽约的地铁，因为她无法忍受那些男乘客用他们以为她听不懂的西班牙语对她的长相和体形评头论足。一个星期天，我散步到联合国大厦附近，看见一对风度优雅、四十出头的夫妇迎面走来：他们衣着讲究，派头十足，一望而知是外交界人士。他俩悠闲自在，漫步徜徉着，处于无人打扰的平静中。然而，就在他们走到我的身边时，男的忽然转过脸，对着女的几乎是愤怒地说道：“¡Dinero！¡Dinero！¡Siempre dinero！”（西班牙语）——“钱！钱！老是钱！”可那女的连头都没歪一下。

一旦你的耳朵适应了捕捉人们谈话中的只言片语，那么，几乎不管你在哪里都可以玩玩这个游戏。一天，我在伦敦工人区闲逛，随便进了一个小酒店。刚推开转门，便听到一阵哄堂大笑。我正要吩咐来一杯浓淡合宜的啤酒，话未出口，就听一人大声说：“老山姆这家伙真怪！那天他光着身子，下面只系那么一条疝气带，就跑到考文特花园去散步了！”

鸡尾酒会上，也不妨试试这个手段，难是难点，不过值得一试。通常，在我刚刚被莫名其妙地介绍和一个妇人相识后，总是一边听她眉飞色舞、滔滔不绝地谈话，一边支起耳朵，听我的前后左右发出的四五个不连贯的句子。比方说，她正在告诉我林肯中心的根本问题是什么，与此同时我还听见别人在讲“……他跟她讲，他要把她宰了，他险些真的干了……”或者“……欠出版界所有人钱……”等。

荷马有个经久不衰、被人用滥了的比喻：“生着翅膀的语言。”上述的那些只言片语就长着翅膀。它们宛如蝴蝶在空中飞来飞去，趁它们飞过身边时一把逮住，那真是件乐事。有的蝴蝶也许带刺，但那刺绝不是为你准备的。

门

［日］大冈信／文
黎继德／译

大冈信
（1931—2017）

日本诗人、评论家。这一篇《门》寓探索性于抒情性之中，它从建筑之门谈起，由近及远，由实及虚，联想到了“门”的种种象征，发出与人生有关的种种感叹。

原载《世界文学》1999年第5期

说到“门”，不言而喻，是指建筑和城市的入口或出口。在某一特定范围内，尤其在须与外部相区别的地域也有门，它起着监视或检查出入内部的作用。

可是，在“门”这个词汇里，却有某种象征的意义，考究起来颇有意思。若说“入门”，那是指入师门。正如字面的意思，是进入老师的家门，同时，又意味着企盼在精神上与老师的家融为一体，成为其入室弟子。与此相反则是破门。人们常说佛门、宗门、门徒、门迹、专门家、门人或门下，所谓“门”者，都是取自某种精神的、象征的意义。“门外汉”这个词，其中也伴有鲜明生动的形象。在西欧指“门”的词汇里，有这样强烈的精神的、象征的寓意吗？这不是中国、日本特有的语言现象吗？

为什么“门”这个词，竟然蕴含着这样的意义呢？这或许是因为，人们认为作为建筑物的一部分，“门”和人的努力精神、上进心之间，有某种强烈的关联性。实际上，入门绝非易事。在这种思想的基础上，就产生了这些词汇。

“山门”或“三门”，是指禅寺的正门，与佛殿、法堂、僧堂、库院、东司（或西净，厕所之意）一起形成禅寺的七堂伽蓝。有人说，先写为“山门”，后写为“三门”，也有人观点相反。前者的意见是，禅寺都有山号，寺域内称为山内，所以正门应该叫成山门；而后者的意见是，这是散解脱门①略为散门、三门，或者是三解脱门略为三门。按后者的说法，就是将寺庙比喻为法空、涅槃，而三解脱门，即空门、无相门、无作门，就是进入这个终极境界的开端。倘若如此，进入这道门就不是容易的事。要想一面手持入门书，一面嚼着口香糖，以一种走马观花、游山玩水的心态跨进这道门，那真是滑天下之大稽。但是，寺院就是寺院，它在门旁收取参观费，在寺内有时进行冗长的职业而通俗的讲解，以应付参观者，这就是它的现状。在漱石的《门》里，这样描写了宗助的心境。宗助在圆觉寺参禅，终于领悟到自己是门外汉，便离山门而去。

他眺望前方。坚固的门扉无论何时都挡着前面的视野。他不是能通过此门的人，也不是通不过就死心的人。总之，他是伫立在门下，须等待夜幕降临的不幸的人。

---

① 散解脱门，佛教用语，即三解脱门（指得到解脱、通往涅槃的三种境界，即空解脱、无相解脱、无愿解脱）。日语中，“散”与“三”谐音。

漱石在二十八岁的时候，由于心中郁闷，曾在圆觉寺实际参过禅。这种体验，通过《门》中的宗助，如实地描写了出来。然而，如果让我们一起来体会这种情景，也许大部分人连像《门》中的宗助那样怀着一种切肤之痛“伫立在门下”都做不到。我们作为旅游者访问禅寺，观赏塔内的美术品和庭园，或者在时令反常的雨天，尽情品味鸦雀无声的寺院的静谧。可是，大多数场合，这的确是出自一种小小的愿望，即暂时逃避繁忙的日常生活，全身心感受古都的闲情逸致，多少拭去心中的浮尘俗念，所以，与鼓起坚定不移的进取心、求道学道、只管打坐的苦修苦行毫无关系。

这是在开头写关于“门”这个词的时候所想到的，而在今天，“入门”“门第”“门下”这些词汇本身，似乎已不再流行。即便有这些词，其意义也在迅速消失。其一，这是因为具有老师的品格、在真正的意义上可畏可怕的先贤，在各个领域已逐渐变得凤毛麟角。读禅僧的语录等，我所痛惜的事情之一，就是这点。道元在《正眼法藏》里，常称他的老师、宋朝的如净和尚为“先师古佛”。这无非是说，自己参学的老师如净同时又是尽显十方界的佛。说到底，宗教的、神秘的世界看上去与我们无缘，但道元谈论先师的口吻，实际上却充满了热烈的、人间的敬爱之情。这不著一字就直截了当地使人理解了禅是以师徒面面相对的人格传承为一切修行的根本的。这种体验，在我们中间已越来越少。对此，应该如何看待呢?

无论如何，寺庙的门，可以让人产生种种联想。不仅如此，即使在寺院的建筑中，我也对山门情有独钟。禅宗常言大道无门，以无门为法门，它的寺庙在世界的建筑物里，恐怕也是最具有奇妙性质的建筑之一。修建如此庄严的门，的确意味深长。

譬如，就我所知，在欧洲的宗教建筑里，像这样单独屹立的门，一个也没有。在说到门的时候，脑子里想到的，都是罗马和巴黎的凯旋门那样的纪念、赞美英雄胜利的光荣之门。像山门这样的建筑，不是很珍奇吗？要说有意义，其意义无比深刻；要说没意义，也可说毫无意义。正是在这里，作为建筑物的山门，具有妙不可言的性质。

怎样发大财

[加拿大] 斯蒂芬·巴特勒·里柯克/文

萧乾/译

原载《译文》（《世界文学》前身）1957年第6期

斯蒂芬·巴特勒·里柯克

（1869—1944）

加拿大作家，其作品大多以揭露社会的黑暗面为题材，风格幽默。这一篇《怎样发大财》以冷嘲和热讽的口吻，揭露那些大老板的发财秘诀。

我跟阔佬们一向过从甚密。我喜欢他们。我喜欢他们的脸相。我喜欢他们的生活方式。我喜欢他们的饮食。我越跟他们打交道，就越喜欢他们的一切。

我尤其喜欢他们的穿戴：灰色的格子裤，白色的格子坎肩，沉甸甸的表链，以及那可以当作图章使用的戒指——他们就凭那个来签发支票。啊，他们打扮得真叫可爱呀！要是有那么六七位阔佬围坐在俱乐部里，那看起来才过瘾呢。只要他们身上稍微沾上点儿尘土，听差马上就跑过来掸掉。真的，而且做的时候满心欢喜。我恨不得自己也去替他们掸掸呢。

我喜欢他们的饮食，但是我更喜欢他们那满肚子的学问。真是了不起。你留心吧，他们简直时时刻刻都在看书。随便你什么时候跨进俱乐部去，你总会碰上三四位阔佬。瞧他们看的那些东西！你也许想：一个人在公事房里从早上十一点一直工作到下午三点，中间仅仅花了一个半小时吃午饭，一定疲劳不堪了吧，可是一点儿也不。这些先生们办完了公就坐下来看《社会素描》，看《警察公报》和《桃色》，并且对杂志里的那些笑话领会起来一点儿也不比咱们差。

我顶喜欢在他们那堆人中间走来走去，听他们说的一言半语。那天我听到一位阔佬探着身子说："喏，我已经出到一百五十万，并且告诉他说，再多一分钱也不出啦，要还是不要，全随他——"我满心想插嘴说："喂，喂，一百五十万！啊，再说一遍吧！要还是不要，你问问我看。你试试看，我准能给你个答复。或者咱们干脆说一百万，就算一言为定吧。"

这些阔佬们对钱财并不马虎。不是的，先生，你可别那么想。他们对于大数目自然是不大在乎的，譬如说，一回花上它十万八万的。他们在乎的是小数目。你简直不能想象他们为了一分半分，甚至比那更小的数目，能着急到怎样地步。

那天晚上，两位阔佬进了俱乐部，高兴得快发了疯。他们说小麦的价格涨啦，不到半个钟头他们就各自赚了四分钱。就凭这一注财，他们叫了十六块钱一客的大菜。我真不懂。我给报馆写稿子，曾经赚过比那多上一倍的钱，可是我从来也没觉得有什么可夸耀的。

又有一天晚上我听到一位阔佬说："来，咱们给纽约打个电话，告诉他们咱们愿意出两厘五。"好家伙！深更半夜花钱给纽约（差不多有五百万人口哪）打电话，表示愿意出两厘五！可是——纽约见怪没见怪呢？没有，他们要啦。自然，这是高等金融，我也不便滥充内行。后来我也叫叫芝加哥看，我告诉他们我情愿出一分五厘，然后又打电话给安大略省的海密尔顿市，表示我愿意出五毛，结果，电话接线员只当我发了疯。

当然，这一切只不过表明我的确曾经仔细研究过那些阔佬的发财之道。我的确下过一番苦功夫，下过几年的苦功夫哪。我心里想，对于那些刚开始工作就盼着大大捞一笔钱退休下来的年轻人，这种钻研也许会有好处的。

你知道，许多人到晚年才发觉，要是小时候对人生就有了今天的认识，他们也许不会干目前干的事，而干起他们当初所不愿意干的事了。可是天下有几个小伙子肯停下来思索一下，要是他们当初晓得现在所不晓得的东西，前途会不会大大两样？这些都是骇人的思想。

不管怎样，我曾经到处搜集他们的成功秘诀。

有一件事我是确实知道的。一个年轻小伙子要是想发大财，他对于起居饮食得十分当心。这个听起来也许挺难办到，可是成功总是要经过一番艰苦奋斗的。

年轻人要是打算发大财，就别以为他还有资格早上七点半起床，早饭吃几个煮鸡蛋，午饭的时候喝杯凉水，晚上十点睡觉，那可办不到。阔佬我是见识多了，对这一点我十分清楚。你要是立志想当个阔佬，那么早上十点以前就别起床。阔佬们向来不那么做。他们不敢起来。晚上九点半他们还在街上荡来荡去，那才跟他们的家当相称。

节制的说法是陈旧的，完全不对头。当了阔佬，你就得喝香槟酒，而且多多地喝，不停地喝。香槟酒以外，还得喝苏格兰威士忌酒加苏打。你差不多得通宵通宵地熬夜，大桶大桶地喝酒。这样才能保持清醒的脑筋。第二天好做生意。我曾经见过阔佬早晨头脑非常清醒，他们的脸肿得像煮过了似的。

自然喽，要照这么生活，必须有毅力。可是毅力这玩意儿现成得很。

所以，亲爱的小伙子，要是你有意从当前在商界的地位再高升一步，那么就改变一下你的生活吧。吃早饭的时候要是房东太太给你端来火腿蛋，就把它从窗口丢出去喂狗，吩咐她给你送凉芦笋和一升葡萄酒来，然后用电话通知你的老板说，你十一点去上班。这样办你一定会步步高升，而且快得很。

究竟阔佬们怎么个发财法儿，这问题可不好回答。可是一条路子是这样：口袋里只带上五分钱，就奔一个城去打天下。阔佬们都是这么起家的。他们（家产几百万几千万的阔佬）一再告诉我，头回进城打天下的时候，他们口袋里只有五分钱。这似乎就是他们的本钱。自然，这办起来也不那么容易。我试过好几回。有一回我差一点儿成功啦。我向人借了五分钱，我带着它出了城，然后飞快地折了回来。我要不是在近郊碰上一家酒馆，把五分钱花掉了，此刻我也许真的发财了呢。

另外一条路子是创办点儿什么，规模大大的，创办点儿从前没人想过的事。譬如说，一个熟人告诉我，有一回他身上一个钱也没有（他到美洲中部打天下的时候，把五分钱丢啦），就来到墨西哥。他看到那里没有发电厂，于是，他开办了几所发电厂，赚了一大注钱。另外一个熟人有一回困在纽约了，身上一文不名，哦，他灵机一动，发现那里需要比现有的高楼大厦更高出十层的建筑。于是，他就盖了两座，转手卖掉了。许许多多的阔佬们就是这么毫不费力地发迹起来的。

自然，还有比这些更简便的路子。我几乎舍不得公开出来，因为我自己也正想尝试一下。

这是一天晚上我偶然在俱乐部里学来的。那儿有个老头儿，他非常非常阔。在阔佬里，他的脸长得算是顶漂亮了，活像条土狼。我一向不晓得他是怎么阔成这个地步的，所以有一天晚上，我就请教一位阔佬，布洛哥这老家伙的财是怎么发的。

“怎么发的？”那人冷笑一声说，“他是从孤儿寡妇身上抢来的。”

孤儿寡妇！哦，这真是条高明不过的办法。可是谁料到孤儿寡妇身上会有财可发呢？

“但是，他是怎么发的呀？”我小心翼翼地问，“他是扑到他们身上硬抢过来的吗？”

“很简单，”那个人回答说，“他只不过把他们放在脚后跟下面碾，就这样。”

瞧，这多省事呀！从那以后，我时常思索这段谈话，并且有意试它一试。要是我能弄到些孤儿寡妇，我会很快就把他们碾碎的。可是怎么把他们弄到手呢？我所认识的寡妇，看来大多都很壮实，不好碾；至于孤儿，那得弄到一大群才成呢。我目前还在等待着。要是我能弄到一大批孤儿，我一定要踩踩他们看。

后来一打听，原来牧师身上也碾得出东西来。据说他们的汁水还特别多。可是，也许孤儿们更容易碾一些哩。

论无所事事

[英国]约·布·普利斯特利/文
梅绍武/译

原载《世界文学》1986年第4期

约·布·普利斯特利
(1894—1984)

英国小说家、戏剧家。他自称是个好与人争论的人，但实际上他才华横溢、文思敏捷，拥有众多的朋友和追随者。从这篇《论无所事事》中，读者可对其人、其文有所了解。这篇散文由两人躺在荒野高原上消磨时间而谈到人生的一种大境界：“无所事事”，以此反讽某些人借忙碌之名，浪费资源，令世界变得更糟。

我曾经随同一位美术家朋友到他的农舍住过一阵子。他是个讨人喜欢的懒家伙。那所房子坐落在约克郡的丘陵地带，离一个火车站约有十英里远。我们赶巧碰上连日忽然变得挺暖和的天气，于是每天一清早就抄最近的荒野小道，悠闲自在地爬到海拔两千米的地方去，仰面朝天地躺在那儿，消磨那漫长而金光灿烂的午后良辰——什么事也不干。要找个地方偷闲休息休息，哪儿也比不上荒野高原。那里像是一个洁净而空旷的露天大厅。那种显然单调的环境，既不提供当场叫人神魂颠倒的娱乐，也无引人入胜而声色俱全的大戏可看，却有浮云阴影和色彩斑斓的地平线慢慢变换出来的千姿百态，微妙绝伦，足以使您心旷神怡，情趣丛生。高原上一块块客厅地毯般大小的草地，美好柔软得像丝绒，诱您躺在上面养神歇息。那儿远离尘世喧嚣，超脱人间利害得失，万古长存，使人头脑得以休息，涤净杂念。世上的噪声全都淹没在麻鹬一片单调的啾啾声中。

我们连日舒坦地躺在高原草地上，不是仰望苍穹就是梦幻般地凝视远方的地平线。当然，说我们什么事都没干，也绝非事实，因为我们抽掉大量烟叶，吃了许多三明治和小块的巧克力，喝了不少冰凉冒气的溪水，那水也不知道从哪儿涌出来的，汩汩流了几码就消失了。我们俩偶尔也交换一两句话。不过，我们也许达到了人类中的两名成员尽可能近乎什么事也不干的程度。我们闲待着，什么计划也不制订，头脑里连个想法都没有；我们甚至没有像两个男伙伴聚在一起往往对着吹牛那样消磨时光。在远方某地，我们的亲友正在乱哄哄地忙忙碌碌，动用心计啦，图谋策划啦，争辩啦，挣钱啦，挥霍啦；可我们就像成了仙一样，实实在在地无所事事，头脑清静，一片空白。但是，我们结束那段短暂的赋闲时刻，脸色晒得晚霞那样红扑扑，从高原下来，回到凡人和报馆老板盘踞的尘世，却发现我们刚刚受到戈登·瑟夫里奇先生的指责。

他是在什么时候、什么场合指责我们的，我并不知道。我也不清楚是一群什么样嘻嘻哈哈欢闹的家伙居然招致并取得了他的信任。怪事就发生在这稀罕的阳光助长我们那种怪癖的季节里。去年还是前年刚有那么一位富有创业精神的家伙组织了一次欧洲大陆导游旅行，为了招徕更有学问的人参加度假，还特地在途中各站给他们安排一系列知名作家的演讲。那群愉快的游客上路了，他们的向导也确实信守诺言，因为您瞧——第一站就有英季教长给他们做了一次畅论现代享乐的演讲。不过，瑟夫里奇先生是不是也向一群度假者发表宏论，或是在那帮商场大老板召开的严肃会议上致辞，我就不清楚了，反正我确实知道，他说了他最痛恨懒散，认为那是天字第一号罪恶。我也相信他批评了一些浪费时间的人，可我把他举出的理由和例子忘了，说实话，再去细究，我会认为那是一种浪费时间的丢脸事儿。

瑟夫里奇先生虽然没点我们的名，却在攻击懒散那一过程中，脑子里自始至终想着我们俩，这一点是根本用不着怀疑的。也许他的脑海里出现这样一种使他震怒的景象，那就是我们俩平躺在荒野高原上，堂而皇之地浪费时间，而世间却有许多活儿亟待去做，顺便提一句，亟待完成后由瑟夫里奇的店铺买进再卖出。我真希望他能看到我们俩，因为那想必会对他大有好处：我们俩无论在什么时候都叫人瞧着痛快，即使我们什么事也不做的时候，谁要是看看我们，哪怕只看到并不完整而难以理解的形象，也会对他的身心有所裨益。不幸的是，瑟夫里奇先生大概对他所谓的懒散之罪已经下了论断，所以不愿意接受别人的看法，连态度也不肯软化一些。这实在可惜，更糟糕的是，他的观点在我看来并不对，而且肯定相当有害。

在这人世间，万恶其实都是那些一向忙忙碌碌的人造成的，他们既不知道什么时候该忙，也不晓得什么事情该做。我认为魔鬼仍然是宇宙间最忙碌的家伙，我也蛮有把握地想象到他在谴责懒散，而且对那种浪费一丁点时间的现象大发雷霆。我敢打赌，在他统治的王国里，谁也不许闲着，即使偷闲一个下午也不行。我们大家都坦率承认这个世界一团糟。可我跟有些人一样，认为并非是悠闲懒散把它弄到这步田地的。人间缺少的不是有为，而是无为；它无所不能，唯独缺少友善和些许理智。世界上仍然有大量的精力（以往从来也没有这样多瞎忙的人），只不过大部分都浪费在不该用的地方了。比如说，要是1914年7月里，天气好得叫人懒洋洋，所有的人，皇帝啦，国王啦，大公爵啦，政治家啦，将军啦，记者啦，都一下子极想什么事也不干，而只希望在阳光下闲荡，消耗烟叶，那么我们的境况也许就会比现在强多了。可是不行，那种生活必须紧张的说教仍然是无可争辩的；任何时间都不许浪费，总得想法干点什么。于是，众所周知，真就干出了什么名堂。再说，假如咱们那些政治家，与其带着一大堆还没考虑成熟的想法和大量可以消耗的精力匆匆赶到凡尔赛去，还不如暂时撇下一切书信来往和接见等事务，干脆都去度假两周，只在这个或那个山坡上闲逛，破题儿第一遭在他们精力旺盛的生活当中显然什么事都不干，然后嘛，再回到他们那个所谓的和平大会去，这样也就可以在散会后，声誉没被玷污，世界大事也给处理得挺好。其实就在目前，如果欧洲有一半政治家都放弃那种视懒散为罪恶的想法，离开政坛一阵子，什么事也不干，那么我们肯定会从中获益匪浅。其他例子也涌上我心头。例如，某些宗教教派时而召开会议，尽管外面罪恶堆成山，人类文明的前景仍然难卜，那些与会代表却在谴责女人裙子的长度和伴舞乐队的噪声，净在这些小是小非上瞎浪费时间。他们还不如找个地方躺躺，凝视天空，休息休息他们的脑筋。懒散为万恶之首的想法，伴以生活必须紧张的说教，在美国十分流行；我们也没法回避美国是个令人惊异的昌盛国家这一事实。可我们也没法回避另一事实：在那样一个社会里，所有最卓越的当代作家竟然全是讽刺家。说也奇怪，大多数伟大的美国作家都毫不迟疑地歌颂悠闲自在，他们的才能往往就是无所事事，为此还自夸呢，这就是他们救世的办法。因此，梭罗如果没有他那种什么事也不干而只欣赏银河的本领，就只会是个冷冰冰的道学先生；还有惠特曼，如果剥夺了他双手插在裤兜里闲荡的习惯以及这样消遣时所流露出来的天真喜悦，就只会是个大号笨蛋。任何一个蠢货都会小题大做瞎忙乎，到处消耗他的精力，而一个人想安顿下来无所事事，却得有点真本事。他必须存有可以汲取的精力，必须能够浸沉于缓缓流淌的沉思奇想的河流，必须内心深处是位诗人。往往其他诗人叫我们失望的时候，我们便会想到华兹华斯，因为他深知无所事事的奥妙。你可以说，没有谁比他做得更好了；你也可以从他的作品中发现有关这方面最好的叙述。他活得够长的，足可以把他年轻时的大多数见解收回，可我认为他绝不会对其中一个想法反悔，那就是世间再也没有什么比无所事事地凝视大自然更能使人心灵净化，更能使人健康的了。（他在一首诗中真的对一些吉卜赛人表示过愤慨，因为他有一次从那些人身旁走过，十二个小时之后再从他们身旁经过，竟然发现他们一直什么事也没干。我怀疑这是种族偏见，还带点忌妒，因为他本人虽然干得不多，那些人却干得更少。）他要是仍然在世，肯定会比以往更加热情而经常地宣讲他的信条；他或许还会攻击瑟夫里奇先生，用一连串了不起的十四行诗（开首是“上周他俩漫步在荒野高原上”）来维护我们俩，顺便说一句，这些诗一点儿也不会引起人们的注意。他会告诫我们，如果人人在未来十年里，一有机会就尽可能仰面朝天地躺在荒野高原上，无所事事，那么全世界的情况就会好得多。这他可就说对了。

无知的乐趣

〔爱尔兰〕罗伯特·林德／文
傅惟慈／译

原载《世界文学》1986年第4期

罗伯特·林德
（1879—1949）

爱尔兰散文家。林德出生于贝尔法斯特，就学于女王学院，后去伦敦生活。他在恢复查尔斯·兰姆风格的散文方面起了重要的作用，在英国散文界颇有影响。他的较著名的散文集有《无知的乐趣》（1921）、《蓝色的狮子》（1923）、《我战栗地想》（1936）、《生活中可爱的怪东西》（1941）等。

同一个普通城里人到乡下散步，特别是在四五月里，不为他对事事无知感到惊奇是不可能的。一个人到乡下散步，不为自己对事事无知吃惊也是不可能的。成千上万的人浑浑噩噩地过了一生，分不出哪是榉树哪是榆树，也听不出画眉和山鸟的鸣声有什么不同。住在现代城市里的人能够分辨这两种啼声的大概是极其罕见的。这倒不是因为我们没有见过这两种鸟，而是因为我们从不去注意它们。我们同各种小鸟比邻而居，但我们的观察力却极其迟钝；很少有人能说出苍头燕雀是否鸣啭，布谷鸟是什么颜色。有时候我们会像小孩儿似的争论不休：布谷鸟是不是总是在飞翔的时候，还是有时也栖在树枝上唱歌；查浦曼[①]是凭借对大自然的观察，还是根据自己的想象写出下面两行诗句：

布谷在橡树的嫩枝上歌唱，
带给人们第一束明媚春光。

但我们的这种无知也绝不完全是坏事。从无知中我们就会不断获得发现的喜悦。只要我们本来是懵懵懂懂的，每年春天大自然的各种现象就会带着清新的露珠呈现在我们眼前。如果我们活了半辈子还从未看见过布谷鸟，只知道它是一个飘逸游荡的声音，那么当我们第一次看见它由于自己干了坏事，急匆匆地从一个树丛逃到另一个树丛，或者当我们看见它在鼓足勇气、准备飞落到长满杉树、可能埋伏着复仇的敌人的山坡之前，像鹰隼一样悬在空中，长尾巴索索抖动着，我们一定会产生一种又惊又喜的感觉。

不要认为生物学家在观察鸟类时就没有这种喜悦心情。两者的不同是：生物学家的欣喜是持续不断的，或许他的一生就是在这种恬静的孜孜探索中度过；而一个普通人某天早晨初次见到一只布谷鸟却喜出望外，仿佛天地都为之一新！

讲到喜悦之情如何产生，就连生物学家在某种程度上也有赖于无知，他因此得以不断发现新大陆。书本上的知识他可能已经从A读到了Z，但他还是要用自己的眼睛去印证一下每一个色彩绚烂的事实，不然他就仍然感到自己的知识只是半吊子。他要亲眼看一下雌布谷鸟——罕见的景象！——如何在地面上生蛋，然后再把蛋衔到巢中，哺育出一个杀婴犯。

---

① 乔治·查浦曼（1559—1634），英国诗人、戏剧家。

生物学家会手执一副望远镜日复一日地进行观察，为了证实或否定布谷鸟确实是把蛋生在地面上而非窝里。而且即使他的运气好，碰巧看到了这种行踪极其诡秘的小鸟在下蛋，也还有许许多多其他有争议的问题有待他去克服。譬如说，布谷鸟的蛋同它投放在某个巢内的其他鸟儿的蛋颜色是否相同呢？科学家们显然不必为他们失去的无知悲叹。如果说他们似乎已经无所不知，那也只是因为我们几乎一无所知。在他们揭露出的每个现象之后，永远都有一个神秘的无知的宝库等待着他们去挖掘。他们永远也不会知道赛壬海妖唱给尤利西斯听的是什么歌；在这一点上，他们同托马斯·布朗爵士[①]没有什么两样。

我举了布谷鸟的例子来说明一般人的无知，绝不是因为我对这种鸟可以发表权威性的见解，只是因为有一次我走过一个教区，见到那里几乎簇集了非洲的所有布谷鸟。我突然发现自己，或者我随便遇到的任何一个人对这种鸟是多么孤陋寡闻。但你我的愚昧无知绝不仅限于布谷鸟一件事上。宇宙万物，从太阳、月亮直到各种花卉的名字，我们都不甚了了。有一次我听到一个聪明的女人问别人，新月是不是总在每周的同一天出现。后来她又添了一句："不知道也好，因为如果弄不清月亮什么时候出现在天空的某个方位，抬头望到，就会给人一种惊喜的感觉。"但是我却认为，就是对那些熟悉月亮升落时间表的人来说，新月也总令人感到惊异。春天的来临，百花争艳，情况也与此相同。我们非常熟悉花卉每年开放的时间，知道樱草总是在三四月开花，而不是十月，因此，当我们看到一株季节未到就开花的樱草，也会有喜出望外之感。我们还都知道，苹果树开花总在结果之前，但如果我们在五月里一天晴朗的假日到一个果园去走一遭，还是会惊奇不已的。

① 托马斯·布朗（1602—1682），英国医生及作家，研究古代巫术。

每年春天重新熟悉一下各种花草的名字也会给人以特殊的乐趣，这就像重读一本印象已经模糊的书一样。蒙田曾说，他的记忆力极坏，读旧书也总像读新书一样津津有味。我自己的记忆力也很不可靠，任什么都记不牢，所以我可以反复读《哈姆雷特》《匹克威克外传》，就像读一个作家的带着油墨气味的新著一样。我读完任何一本书，都有许多事再也记不起来，只好下次再重读。记忆力不好有时候会叫人非常痛苦，特别是对一个事事都讲求精确的人来说。但这是就那些生活除消闲自娱尚有重大目标的人而言。如果单从享受乐趣的观点看，认为记忆力不佳就一定不如记忆力强，实在是很可怀疑的。记忆力欠佳，一个人就可以翻来覆去读一辈子蒲鲁塔克或《一千零一夜》。一些细枝末节当然也可能留在最为健忘的人的脑子里，正像一群羊钻出篱笆不可能不留下几撮羊毛一样。可是整只整只羊却跑得一干二净。大作家也就是像羊这样跳出了一个记忆失灵的头脑，只留下点点滴滴的遗痕。

如果说连书读过了都会忘记，那么一年中的某个月份、这一月份曾经呈现给我们什么，一旦事过境迁就更容易遗忘了。在某个短暂的时刻，我可以对自己说，我对五月了如指掌，就像能背熟乘法表一样。五月份开什么花、花的形状、开放顺序……什么都考不住我。今天我还非常有把握地认为毛茛长着五个花瓣（也许是六个吧？上星期我还记得很清楚呢！），但明年我的计算就都生疏了。为了不把毛茛同白屈菜弄混，我可能不得不重新温习一遍。我将再一次用一个陌生人的眼睛重新观察一下外部世界这个大花园，五颜六色的大地会叫我惊讶得喘不过气来。我将犹疑不决，认为揭雨燕（一种形状像燕子但个子更大的黑色小鸟，它是蜂鸟的近亲）从来不在巢中栖息，夜间只飞到高空中，究竟是根据科学呢，还是出于无知？我还会再一次惊奇地发现，会唱歌的是雄性而非雌性的布谷鸟。我甚至还要再学习一次，不要把剪秋罗误认为野天竹葵，再重新发现在众多树木中，梣树发芽迟还是发芽早。

一个外国人有一次问一位英国当代作家，英国主要的粮食作物是什么。这位作家毫不犹豫地回答："稞麦。"这种愦愦然的态度似乎不无某种不拘小节的宽宏豁达，但没有文化修养的人其无知程度就更不堪说了。使用电话的人很少知道电话机的原理。电话也罢，火车也罢，活字印刷、飞机也罢，人们都认为是理所当然的事物，正像我们的祖父对福音书上记载的奇迹从不怀疑一样，人们对日常事务既不深究，也不理解。仿佛是每个人都只活动在一个小小的圈子里，他所熟悉的也只是限于这个小圈子里的东西。日常工作之外的知识，大多数人都看作是华而不实的装饰品。尽管这样，无知还是经常刺激了我们，叫我们有所反应。我们有时候会悚然一惊，开始对某一事物思索起来。对不论是什么事进行思索，都会使我们心醉神驰。我们思考的可能是死后的归宿，也可能是一个据说曾经叫亚里士多德为难的问题："为什么从中午到午夜打喷嚏是件好事，而从午夜到正午打喷嚏却预兆着不幸？"我们所知道的人生最大乐趣之一，就是这样逃遁到无知中去寻找知识。无知的乐趣，归根结底，就在于探索问题的答案。一个人如果失去了这种乐趣，或者以武断的乐趣取代了它，也就是说，以能解答问题而沾沾自喜，他也就开始僵化了。像乔义特①这种充满好奇心的人是很令人羡慕的，他在六十多岁的时候还坐下来孜孜研究动物生理学。我们大多数人早在他那个岁数之前就已失去无知的感觉了，甚至还为我们那点儿少得可怜的知识自鸣得意，认为年纪增长本身就意味着饱学博识。我们忘记了一件事：苏格拉底之所以被看作是个智者，并不是因为他什么都知道，而是因为他在七十岁的时候领悟到他还什么都不知道。

---

① 本杰明·乔义特（1817—1893），英国古典学者。

女人爱虚荣。男人呢？从来不！

〔德国〕库尔特·图霍尔斯基/文
蔡鸿君/译

原载《世界文学》1992年第2期

库尔特·图霍尔斯基
（1890—1935）

德国作家，写评论、诗歌、散文，发表于报刊，也写小说。其作品往往以幽默辛辣的笔触，嘲讽和抨击社会中的种种丑恶现象。

那是在汉堡，任何安排合理的旅程都应该在这里终止，因为汉堡是德国最美丽的城市。事情发生在一面由三块镜片组成的镜子前面。这面镜子挂在阿尔斯特湖畔的一家旅馆里。一个男人正在照镜子。时针正好指着九点二十五分。

这个人穿衣服仅仅出于自我意识。这是假期里的一天。他悠闲自得地在穿衣服，慢慢腾腾地，从箱子里取出的无数多余物品摊了一屋子。他把它们重新放进箱子，又数点手绢的数目，行为举止真像一个病得不太严重的精神病人。这是一种无事忙，因为现在是度假时间。这个人正在照镜子。

男人不爱虚荣，那是女人们的事，所有的女人都爱虚荣。这个人之所以照镜子，只是因为这是一种三面镜，而他自己家里没有这种镜子。现在他看着自己，大腹便便的安提努斯正映在三面镜子里，他转动身体，想看看自己的侧影，并且进行一番他的自我爱慕心所能允许的评判……其实……他把身体挺直了一些，其实他在镜子里显得挺帅，怎么样？他交叉双臂，抚摸着自己的皮肤，就像洗澡的人那样……在证实了这一点之后，他的左眼偶然朝绿色窗帘外望了一眼。那里立着什么东西。

这是一条很窄的偏僻小巷，在对面高度相同的楼层，有一个女人正站在窗前，看上去上了点年纪，她把窗帘轻轻地撩向一侧，胳膊支在窄小的窗台上，出神地、目不转睛地、直愣愣地凝视着这个男人倒映在镜子里的肚子。上帝啊！

最初的冲动使这个男人从镜前退回到屋里从外面看不见的地方。这个女人啊。不过，这倒也是一种恭维，这是不可否认的。即使这个女人总是喜欢这么做，这也是一种恭维。“对美的恭维”。这是无可置疑的。于是，这个男人大胆地向前跨了三步。真的，她还站在那里，朝这边张望。人活在世上就是为了做好事……我们也可能会天天看得见——朝镜子里又望上一眼证实了这一点——到镜子前面去，到窗户前面去。

不行，这太难堪了……这个男人像小姑娘似的蹦着跳着进了浴室，用一把新刀片刮了脸。新刀片就像湿毛巾轻悠地从皮肤上滑过，这是一种快乐。冲洗，（“使劲擦吗？”他问自己，并且做了肯定的回答。）使劲擦洗，然后扑粉……这一切花了他整整十分钟。回去，出于好奇想再看一看……

她真的还一直站在那里，连站的地方都没变。窗帘轻盈地撩在一侧，胳膊支撑在窗台上，一动不动地望着这边。这倒真是……那好吧，我倒要来看看。

这个人现在一步也不离开镜子。他装作在那里忙东忙西，就像舞台上打杂的。他梳理头发，将梳子从小桌子的右侧放到左侧，他修剪指甲，仔细擦干耳朵背后，他用审视的目光端详自己，从侧面，从前面，也……斜眼偷看一眼街对面的那个女人、那位女士、那位姑娘——她始终站在那里。

这个人对他的男性的胜利者的力量充满了自信，他像一名古罗马的斗士在屋子里走来走去。他装作窗户根本就不存在似的，他好像毫不理睬他的那个观众，而他的所作所为全是为了那个观众。他做了一个侧手翻，整个身体几乎都在发出嘎吱嘎啦的响声。然后，他颇感遗憾地穿上了衣服。

现在站在这里的是一位穿着得体的先生——那个女人还一直站在那里——他撩起窗帘，面带微笑地打开窗户，朝对面望去。

那个女人根本就不是女人。

他花了半个小时在她面前展示自己男性裸体的那个女人，原来是一个挂着一件大衣的木质衣架，一棵室内棕榈树和一把深色的椅子。正像人们夜里在树林里往往会把树叶和树枝当成人脸，他看见的那个女观众不过是木头、材料和一棵室内棕榈树罢了。这个男人沮丧地关上窗户。女人爱虚荣。男人呢？男人从来不爱虚荣。

懒惰哲学趣话

〔德国〕海因利希·伯尔/文
韩耀成/译

原载《世界文学》1986年第4期

海因利希·伯尔
（1918—1985）

德国作家。《懒惰哲学趣话》中关于什么是幸福的话题，包含十分深刻的寓意。每个人都是贪图幸福的，但幸福的价值体现在什么地方，却是各人有各人的标准。

欧洲西海岸的某港口泊着一条渔船，一个衣衫寒碜的人正躺在船里打盹儿。一位穿着入时的旅游者赶忙往相机里装上彩色胶卷，以便拍下这幅田园式的画面：湛蓝的天，碧绿的海翻滚着雪白的浪花，黝黑的船，红色的渔夫帽。“咔嚓”，再来一张“咔嚓”，好事成三嘛，当然，那就来个第三张。这清脆的、几乎怀着敌意的声音把正在打盹儿的渔夫弄醒了，他慢吞吞地支支腰，慢吞吞地伸手去摸香烟盒。烟还没有摸着，这位热情的游客就已将香烟递到了他的面前，虽说没有把烟塞进他嘴里，却放在了他的手里。随着第四次“咔嚓”声，打火机打着了，真是客气之至，殷勤至极。这一连串过分殷勤客气的举动，真有点莫名其妙，使人颇感困窘，不知如何是好。好在这位游客精通该国语言，于是便试着通过谈话来克服这尴尬的场面。

“您今天一定会打到很多鱼的。”

渔夫摇摇头。

“听说今天天气很好呀。”

渔夫点点头。

“您不出海捕鱼？”

渔夫摇摇头，这时游客心里则感到有点郁悒了。

毫无疑问，对于这位衣衫寒碜的渔夫他是颇为关注的，并为渔夫耽误了这次出海捕鱼的机会感到十分惋惜。

“噢，您觉得不太舒服？”

这时渔夫终于不再打哑语，而开始真正说话了。“我身体特棒，”他说，“我还从来没有感到像现在这么精神过。”他站起来，伸展一下四肢，仿佛要显示一下他的体格多么像运动员。“我的身体棒极了。”

游客的表情显得越来越迷惑不解，他再也抑制不住那个像是要炸开他心脏的问题了：“那么您为什么不出去打鱼呢？”

回答是不假思索的，简短的。“因为今天一早已经出去打过鱼了。”

“打得多吗？”

“收获大极了，所以用不着再出去了。我的筐里有四只龙虾，还捕到二十几条青花鱼……”

渔夫这时完全醒了，话匣子也打开了，并且宽慰地拍拍游客的肩膀。他觉得，游客脸上忧心忡忡的神情虽然有点儿不合时宜，却说明他是在为自己担忧呀。

“我甚至连明天和后天的鱼都打够了，”他用这句话来宽慰这位外国人的心，“您抽支我的烟吗？”

“好，谢谢。”

两人嘴里都叼着烟卷，随即响起第五次“咔嚓”声。外国人摇着头，在船沿上坐下，放下手里的照相机，因为他现在要腾出两只手来强调他说的话。

“当然，我并不想干预您的私事，”他说，“但请您想一想，要是您今天出海两次、三次，甚至四次，那您就可以捕到三十几条、四十多条、五六十条，甚至一百多条青花鱼……请您想一想。”

渔夫点点头。

“要是您不只是今天，”游客继续说，“而且明天、后天、每个好天气都出去捕两三次，或许四次——您知道，那情况将会是怎么样？”

渔夫摇摇头。

“不出一年您就可以买辆摩托，两年就可再买一条船，三四年说不定就有了渔轮；有了两条船或者那条渔轮，您当然就可以捕到更多的鱼——有朝一日您会拥有两条渔轮，您就可以……”他兴奋得一时间连话也说不出来了，“您就可以建一座小冷库，也许可以盖一座熏鱼厂，随后再开一个生产各种渍汁鱼的罐头厂，您可以坐着直升机飞来飞去找鱼群，用无线电指挥您的渔轮作业。您可以取得大马哈鱼的捕捞权，开一家活鱼饭店，无须通过中间商就直接把龙虾运往巴黎——然后……”外国人兴奋得又说不出话了。他摇摇头，内心感到无比忧虑，度假的乐趣几乎已经无影无踪。他凝视着滚滚而来的排浪，浪里鱼儿在欢快地蹦跳。“然后……”他说，但是由于激动他又语塞了。

渔夫拍拍他的背，像是拍着一个吃呛了的孩子。“然后怎么样？”他轻声地问。

“然后嘛，”外国人以兴奋心情说，“然后您就可以逍遥自在地坐在这里的港口，在太阳下打盹儿——还可以眺览美丽的大海。”

“我现在就这样做了，”渔夫说，“我正悠然自得地坐在港口打盹儿，只是您的‘咔嚓’声把我打搅了。”

这位旅游者受到这番开导，便从那里走开了，心里思绪万千，浮想联翩，因为从前他也以为，他只要好好干一阵，有朝一日就可以不用再干活了；对于这位衣衫寒碜的渔夫的同情，此刻在他心里已经烟消云散，剩下的只是一丝羡慕。

辑五

最好的书

论艺术

[奥地利]莱纳·马利亚·里尔克/文
绿原/译

原载《世界文学》1999年第4期

莱纳·马利亚·里尔克
（1875—1926）

奥地利诗人。代表作有《杜伊诺哀歌》《致奥尔弗斯的十四行诗》等。《论艺术》是一篇评论性的散文，里尔克在文中强调对艺术的本质进行研究，认为艺术是一种人生观。

（一）

列夫·托尔斯泰伯爵在他最后一本旁征博引的著作《何谓艺术？》中，在提出他自己的答案之前，先摆出了一系列各个时代的定义。从鲍姆加滕到霍尔姆霍尔茨，沙夫茨伯里到奈特，库赞到扎尔·帕拉丹，足够容纳了种种极端和矛盾。

托尔斯泰所罗列的这一切艺术见解，只有一点是共同的，即都不看重艺术的本质，因此不如说是从其作用来阐释它的。

这就无异于说，太阳是使果实成熟，使草地发热，使洗了的衣物变干的那个东西。人们忘记了，最后一种作用，每座火炉都能做到。

尽管我们现代人远远不可能拿这些定义来帮助别人或者帮助自己，也许我们却比学者们更无成见，更真诚，更有一点点创作时刻的记忆，它能以热情弥补我们的语言在历史尊严和责任心方面的不足。艺术可以显示为一种人生见解，大概宗教、科学和社会主义也是这样。前者区别于其他见解之处在于，它不是由时间引起的，似乎显得是到达终点的世界观。按照一种图解法来描述，试把个别人生见解的线条向平坦的未来伸延开去，那么它便是最长的一根线，也许是一根圆周线的一节，这节线所以显得是直线，只因半径是无限的。

如果世界在脚下瓦解，艺术仍会作为创造物而独立存在，并可能为新世界和新时代做出筹谋。

所以，把艺术作为其人生观的人，即艺术家，也就是年轻地活过一百年、身后没有任何过去的到达终点的那个人。别人来来去去，而他持续着。别人把神作为记忆放在身后。对于创作者，神是最后的、最深刻的实现。如果虔诚者说“他在”，悲伤者说“他曾在”，艺术家便微笑着说“他将在”。而且他的信仰不只是信仰，因为他亲自建造了这个神。他以每种观察，每种认识，每种细微的喜悦，给神增添一股威力和一个名称，以便神终于在后来一个曾孙身上完成自己，以一切威力和一切名称来装饰自己。

这就是艺术家的职责。

但是，因为他是作为孤独者在今天创造艺术，他的双手有时便在某些地方同时代相碰撞。倒不是时代怀有敌意。但它却是犹豫的、怀疑的、不信任的。它是阻力。正是从当前潮流和艺术家不合时宜的人生观之间的这种矛盾中产生了一系列小小的解放，艺术家看得见的事实就是艺术品。不是从他的天真的爱好中产生的。它永远是对于今天的一个回答。

艺术品可以这样来解释：它是一种内心深处的表白，却以一件回忆、一次经验或者一场事故为借口，并能脱离它的创作者而独立存在。

艺术品的这种独立自主性就是美。随着每件艺术品的诞生，又有一件新的东西来到世界上。

人们会发现，按照这个定义，一切都有表现的余地：从博斯地区的哥特式大教堂直到年轻的凡·德·费尔德的一件家具——以效果为基础的艺术阐释包含更多的内容。其结论甚至必然是不谈美而谈趣味，也就是不谈神而谈祈祷。于是它们变得毫无信仰，以致糟得不知伊于胡底。

我们必须宣称，美的本质不在于生效，而在于存在。否则，花卉展览和绿化设施必定比一座在任何地方独自开放着而不为任何人所知的荒芜园圃要更美丽。

（二）

我把艺术作为一种人生观，就是认为它绝非虚构。人生观在这里是这个意思：要成为艺术。那么，绝不可为某种目的而约束和限制自己，而应当信任一个确切的目标，无忧无虑地放松自己。无须谨慎从事，而应有一种明智的盲目性，无所畏惧地跟随一位钟爱的导游者。不是要获得一笔平稳地缓慢增长的财产，而是要持续挥霍一切可变价值。人们认识到，成为这种艺术，带有几分天真幼稚和不由自主，近乎那个无意识的时刻，其最佳标志乃是一种可喜的信任：童年。童年是伟大正义和深沉爱情的王国。没有什么东西比儿童手中的另一样东西更重要。他在玩一根金胸针或者一朵白色的野花。他玩腻了，便漫不经心地扔掉并忘掉这二者，正如二者在他喜悦的眼光中显得灿烂辉煌一样。他没有失落的顾虑，世界对他是一个美丽的外壳，什么东西在里面都不会失落。而且，他一度见过、感觉过或者听见过的一切，他都觉得是他的财产——他一度遇见过的一切。它不强迫事物定居。一群黝黑的游牧者穿过他神圣的双手，仿佛穿过一道凯旋门。它们在他的爱情中亮了一会，随后又暗淡下来；但它们一定都通过了这种爱情。而一度在爱情中亮过了的一切，便留在图像之中，再也不会消失了。图像便是财产。所以，儿童们是如此富有。

可是，他们的财富是粗糙的黄金，不是流行的货币。而且，教育越是获得势力，这种财富似乎越是贬值，因为教育拿流传下来的、在历史中形成的概念取代了最初的、不由自主的、完全个别的印象，并按照传统把事物打上印记，分为有价值的和无所谓的、值得争取的和一文不值的。这是决定的时刻。或者那些丰满的图像原封不动地留在闯进来的新知识后面，或者古老的爱情像一座垂死的城市沉默在这场未曾料及的火山的灰雨中。新事物或者变成维护一片童心的堤坝，或者变成将它无情冲毁的洪水。这就是说，儿童或者按照小市民的想法变得老成懂事，成为一个合法公民的萌芽，进入他的时代的教团，并接受他们的圣职；或者干脆安安静静地继续从内心深处，从他所特有的童心中成熟起来，也就是说，成为一个具有一切时代的精神的人：艺术家。

正是在这个深处，而不是在日常教育经验中，才扩张开艺术家气质的根。它们活在这片更温暖的土壤里，活在对时代尺度一无所知的，秘密发育不受任何干扰的寂静里。也可能另有一些树干，从教育、从更冷漠的为外表变化所影响的土地汲取力量，在天空中生长得比这样一株深入土壤的艺术家之树更高些。艺术家之树并不将它短暂的、只活春秋两季的枝丫伸向神，那永恒的陌生者：它安静地扩展它的根，那些根环绕着事物后面的神，那里十分温暖而又昏暗。

正因为艺术家不断向下，伸进了一切生物的热能，他们身上另一种体液便涌现出来而成为水果。他们是沿着轨道不断增添新生命的进一步的循环，他们是在别人有问题却掩盖起来的地方，唯一人能够进行坦白的。没有人能认识他们生存的世界。

可以把他们比作不可测量的水井。各个时代站在它们的边沿，把它们的判断和知识像扔石头一样扔进未经探测的深处，然后倾听。几千年来，石头不断掉下去，还没有一个时代听见了井底的声音。

（三）

历史是来得太早者的花名册。人群中一再会有一个人苏醒过来，他在这群人中没有任何起因可言，他的出现以更广阔的准则为基础。他带来一些异样的习惯，并为放肆的举止要求空间。于是从他身上生长出一种暴力和一种跨过恐惧与敬畏如同跨过砖石的意志。未来肆无忌惮地通过他来说话；他的时代不知道该怎样来评价他，并在这种迟疑不决中错过了他。他也就毁于它的优柔寡断。他死得像一个被离弃的统帅，或者像来去匆匆的春日，懒散的大地并不理解它的紧迫。几百年过去了，人们便不再给他的立像献花环，他的坟墓也被忘却了，不知在哪长满绿草，然后他又一次醒来，走近他的子孙后代，并在精神上成为他们的同代人。

我们感到许多人就这样复活了；王侯和哲学家，首相和国君，母亲和烈士，他们的时代对于他们曾经是空想和阻力，现在他们温柔地生活在我们身边，微笑着把他们古老的思想递给我们，再没有人觉得它们是嘈杂的和亵渎的。他们在我们身边走到尽头，疲倦地结束他们的不朽生涯，把我们列入他们永恒的继承人中间，并接受常规的死亡。然后，他们的纪念像再没有灵魂，他们的历史变成多余，因为我们占有了他们的本质如同一件自己的经历。于是，过去便像在既成的建筑物面前倒塌的脚手架；但我们知道，每件成就又会变成脚手架，而为上百次倒塌所掩盖，最后建筑物便建立起来，它将成为钟楼和庙宇，还有房屋和家园。

如果这座纪念碑上要盖一个穹顶，就该轮到艺术家——来当那位完成者的同代人了。因为他们作为最未来者已经经历过许多时日，而我们还没有把他们中间最少几位当兄弟来认识过。他们也许以他们的思想来亲近我们，他们以任何一件作品来感动我们，他们倾向我们，于是我们刹那间记住了他们的形象；只是我们不能设想他们今天还活着，也不能设想他们死了。我们宁愿双手有力地拔树，也不肯关闭这些死者之一的观察万物的眼睛。

连我们时代的创作者们也不能邀请那些将成为他们家园的伟人们来做客；因为他们自己并不在家，是等待者和寂寞的未来者和性急的寂寞者。他们长翅的心到处撞在时代的墙壁上。如果他们像智者那样，爱上他们的小室和用窗格有如用网捕获的一小片天空，和一只充分信任地把小巢悬在不幸之上的燕子，那么他也会是不愿老守着摺起的布料和堆起的衣箱等待的渴望者。他们经常急于把纸品摊开，好让那些由织工虚构而被中断的图形和色彩在被人瞧见和加以联系之前获得意义，他们想从黑暗的财产中搬出容器和黄金，充斥他们的店铺，拿到明处加以使用。

但是，他们都是来得太早者。他们在生活中摆脱不了的，将成为他们的作品。他们亲如兄弟般地把它放在永久事物中间，未被体验者的悲伤就是它之上的神秘的美。这种美使他们即子孙和继承人们得以净化。

于是，沿着创作过程，保持住尚未出生的一代，去等待他们的时代。

因此，艺术家永远是这种人：一个舞蹈者，他的动作破灭于他小室的逼仄。他的步伐和他的手臂被限制得挥舞无从表现的一切，使得他的嘴唇疲惫不堪，或者他还得用受伤的手指在墙壁上刻画出他的身体未曾体验过的线条。

笔记

〔意大利〕列奥纳多·达·芬奇／文
朱光潜／译

原载《世界文学》1961年第8期

列奥纳多·达·芬奇
（1452—1519）

意大利著名艺术家，在绘画、雕刻、建筑和科学研究上都卓有成果。他在这篇《笔记》中发表了有关绘画的论述，甚至比他的《画论》中还要详细。

能创造发明的和在自然与人类之间做翻译的人，比起那些只会背诵旁人的书本而大肆吹嘘的人，就如同一件对着镜子的东西比起它在镜子里所生的印象，一个本身是一件实在的东西，而另一个只是空幻的。那些人从自然那里得到的好处很少，只是碰巧具有人形，如果不是因为这一点，他们就可以归入畜生一类。

许多人认为他们有理由责备我，说我的结论和某些人的权威是对立的，而这些人之得到尊敬却是由于他们缺乏经验根据的判断。他们从来不考虑到我是由简单明白的经验得到我的结论的，而经验才是真正的教师。

爱好者受到所爱好的对象的吸引，正如感官受到所感觉的对象的吸引，两者结合，就变成一体。这种结合的头一胎婴儿便是作品。如果所爱好的对象是卑鄙的，它的爱好者也就变成卑鄙的。如果结合的双方和谐一致，结果就是喜悦、愉快和心满意足。当爱好者和所爱好的对象结合为一体，他就能在那对象上得到安息；好比在哪里放下重担，就在那里得到安息。这种对象是凭我们的智力认识出来的。

我们的一切认识都发源于感觉。

欣赏——这就是为着一件事物本身而爱好它，不为旁的理由。

瞧一瞧光，注意它的美。眨一眨眼再去看它，这时你所见到的原先并不在那里，而原先在那里的已经见不到了。

人有很强的说话的能力，但是大部分话是空洞的、骗人的。动物只有一点点说话的能力，但是那一点点却是有用的、真实的。宁可少一点、准确一点，也不要大量的虚伪。

对作品进行简化的人对认识和爱好都有害处，因为对一件东西的爱好是由认识产生的，认识愈准确，爱好也就愈强烈。要达到这准确，就须对所应爱好的事物组成的每一个部分都有透彻的认识。

眼睛被称作心灵的窗子，它是知解力用来最完满最大量地欣赏自然的无限的作品的主要工具；耳朵处在其次，它就眼睛所见到的东西来听一遍，它的重要性也就在此。历史家、诗人或是数学家如果没有用眼睛去看过事物，就很难描写它们。诗人啊，如果你用笔去描述一个故事，画家用画笔把它画出来，就会更能令人满意而且也不那么难懂。你如果把绘画叫作“哑巴诗”，画家也就可以把诗人的艺术叫作“盲人画”。究竟哪个更倒霉，是盲人还是聋人呢？虽然在选材上诗人也有和画家一样广阔的范围，诗人的作品却比不上绘画那样使人满意，因为诗企图用文字来再现形状、动作和景致，画家却直接用这些事物的准确的形象来再造它们。试想一想，究竟哪一个对人是更基本的，他的名字还是他的形象呢？名字随国家而变迁，形象是除死亡之外不会变迁的。

如果诗人通过耳朵来服务于知解力，画家就是通过眼睛来服务于知解力，而眼睛是更高贵的感官。

举个例子来说明这一点：如果一个有才能的画家和一个诗人都用一场激烈的战斗做题材，试把这两位的作品向公众展出，且看谁的作品吸引最多的观众，引起最多的讨论，博得最高的赞赏，产生更大的快感。毫无疑问，绘画在效用和美方面都远远胜过诗，在所产生的快感方面也是如此。试把上帝的名字写在一个地方，把他的图像就放在对面，你就会看出是名字还是图像引起更高的虔敬！

在艺术里我们可以说是上帝的孙子。如果诗所处理的是精神哲学，绘画所处理的就是自然哲学；如果诗描述心的活动，绘画就是研究身体的运动对心所产生的影响；如果诗借地狱的虚构来使人惊惧，绘画就是展示同样事物在行动中，来使人惊惧。假定诗人要和画家竞赛描绘美、恐惧、穷凶极恶或是怪物的形象，假定他可以在他的范围之内任意改变事物的形状，结果更圆满的不还是画家吗？难道我们没有见过一些绘画酷似实人实物，以至人和兽都信以为真吗？

如果你会描写各种形状的外表，画家却会使这些形状在光和影的配合之下显得活灵活现，光和影把面孔的表情都渲染出来了。在这一点上你就不能用笔去达到画家用画笔所达到的效果。

画家的心应该像一面镜子，永远把它所反映事物的色彩摄进来，前面摆着多少事物，就摄取多少形象。除非你有运用你的艺术对自然所造出的一切形状都能描绘（如果你不看它们，不把它们记在心里，你就办不到这一点）的那种全能，就不配做一个好画师，所以你应谨记在心，每逢到田野里去，须用心去看各种事物，细心看完这一件再去看另一件，把比较有价值的事物选择出来，把这些不同的事物捆在一起。

绘画涉及视觉的十个方面：明与暗、实体与色彩、形状与位置、远与近、动与静。我的这本小书就是由这十个方面交织成的，要提醒画家应该根据哪些规则，用什么方法，凭他的艺术去模仿自然所造出的装饰这个世界的一切事物。

如果你想检查你的作品的效果是否符合事物在自然中的实际效果，你最好取一面镜子去照实物，再拿镜子里的映像和你的画比较比较，细心检查那个实物和镜子里的形象与画里的形象是否都一致，特别要研究那面镜子。应该把镜子看作向导，我说的是平面的镜子，在这种镜面范围之内，实物显得有许多类似绘画的地方，例如事物在画的平面上显得很立体，在镜子里也是如此。

一个人在画一幅画，一定要倾听任何人的意见。因为我们知道得很清楚，一个人尽管不是一个画家，他对旁人的形状还是可以有正确的看法，可以正确地判断他是否驼背或是有一边肩膀太高或太低，他的嘴或鼻是否太大，或是有没有其他的缺点。

首先你应该致力于素描，把你原来在心里构思的目的和意图变成可以眼见的形式，接着就素描斟酌加减，直到你自己满意为止；然后把一些人作为模特儿安排停当，穿着衣服或是裸体，都按照你打算把他们怎样放在作品里的计划；要使比例和大小尺寸符合透视。这样办，你的作品就不会有哪一部分不是根据理性和自然效果而创作的。

我认为一个画家能使他所画的人物都有一副悦人的样子，这个本领并不算小。生来没有这个本领的人也可以抓住机会勤学苦练，学得这个本领，方法如下：经常留心从许多美的面孔上选出最好的部分，判断这些面孔的美，须根据公论而不是单凭你个人的私见，因为你很容易自欺，只选和你自己的面孔有些类似的面孔，这种类似往往使你高兴；如果你丑，你就不会甄别美的面孔，而会选出一些丑的面孔，许多画家往往都是如此，他们所画的典型人物就像他们自己。所以我劝你选些美的面孔，把它们牢记在心。

画家如果拿旁人的作品做自己的标准或典范，他画出来的画就没有什么价值；如果努力向自然事物学习，他就会得到很好的结果。罗马时代以后画家的情况就是如此，他们继续不断地在互相模仿，他们的艺术就迅速地衰颓下去，一代不如一代。

接着佛罗伦萨人乔托起来了。他是在只有山羊和其他野兽居住的寂静的山区里生长起来的，直接从自然转向艺术，开始在岩石上画他所看管的山羊的运动，画乡间可以见到的一切动物的形状，经过辛苦钻研，他不仅超过了当代的画师，并且超过了前几百年所有的画师。乔托之后，艺术又衰颓下去，因为大家全都模仿现成的作品。艺术继续衰颓了几百年，一直到佛罗伦萨人托马索出来用他的完美的艺术证明了这个事实：凡是抛开自然，这个一切大画师的最高向导，而到另外地方去找标准或典范的人们都是在白费心血。对于这些数学上的问题，我也要照样说，凡是只研究权威而不研究自然作品的人在艺术上都只配做自然的孙子，不配做自然的儿子，因为自然是一切可靠权威的最高向导。

那些指责从自然中学习，而不指责也是从自然中学习的那些权威的人是极端愚蠢的。

我说画家第一步就应该研究四肢是如何运用的，完成这种知识的学习以后，他第二步就应该研究人们在所处的不同情境中的动作，第三步就是做人物构图，这种构图的研究应该根据所遇情境中的自然的动作；他在街道上、广场上或是田野里应该到处留心，当场快速用线条代表身体各部，创作出一些简略的画稿，例如头可以用圆圈，胳膊可以用直线或曲线来代表，身躯和两腿可以由此类推。等回到家里以后，就根据这些记录加工，画出完整的图样。

反对我的人说，为得到经验，为学会怎样说要画就动手画，学习的第一阶段最好是用来临摹各家大师在纸上或墙壁上所画的作品，这样才能学会画得快，并且学到好的方法。对这种说法可以这样反驳：方法要是好，它就须根据勤勉的画师的构图很好的作品；而这种画师是不多见的，所以较稳妥的办法是直接去请教自然的作品，而不去请教那些本身也是模仿自然蓝本但比蓝本却大为逊色的作品，如果采取后一条路径，就会学到一种坏方法。谁能到泉源去汲水，谁就不会从水罐里取点水喝。

女人的小说

[加拿大] 玛格丽特·阿特伍德/文
黄灿然/译

原载《世界文学》1997年第1期

玛格丽特·阿特伍德
（1939年— ）

加拿大小说家、诗人、文学评论家。曾获卡夫卡文学奖、德国书业和平奖和英国布克奖等，代表作有《使女的故事》《盲刺客》《羚羊与秧鸡》等。

I

男人的小说是关于男人的。女人的小说也是关于男人的，但观点不一样。男人的小说里可以没有女人，除了可能有女房东或马；但女人的小说里却不能没有男人。有时候男人把女人放在男人的小说里，她们一些部分被删掉了，例如头或手。女人的小说也删掉男人的一些部分，有时候是肚子至膝盖那一段，有时候是幽默感。穿大氅，起大风，在荒野上是很难有什么幽默感的。

女人通常不写男人喜欢的那种小说，但男人是以写女人喜欢的小说而闻名的。有人觉得这不可思议。

II

我喜欢读这种小说：女主角的服装在她的乳房上面谨慎地沙沙响着；或者谨慎的乳房在她的服装下面沙沙响着——总之必须有一套服装，一些乳房，一些沙沙响，还有就是要处处谨慎。要处处谨慎，像一片雾，一片只能隐约看到事物轮廓的毒气。幽暗中闪现的倩影，呼吸的声音，滑到地板上的缎子，露出什么？我认为无关紧要。一点也无关紧要。

III

男人喜欢强硬的男主角：对男人强，对女人硬。有时候男主角对某个女人心软了，但这永远是一个错误。女人不喜欢强硬的女主角，而是要又强又软。这就导致了语言学上的困难。上次我们细看，单音节词都是男性的，仍然占主导地位但正在迅速下沉，缠在唇音多音节词章鱼状的怀中，用蜘蛛网状的温雅低语着：亲爱的，亲爱的。

IV

男人的小说是关于如何获得权力的。比如杀人之类，或者取胜之类。

女人的小说也是这样，但方法不同。在男人的小说里，获得女人或众多女人是与获得权力相伴随的。那是赏钱，而非财产。在女人的小说里，你是通过获得男人来获得权力的。男人即权力。但性是不够的，他还必须爱你。你对穿着旧时的裙子跑在波斯地毯上有什么看法？或者起码说一说。当其他方面全都欠缺，用语言表达也就够了。爱。那你可以站起来了，这并没有要你的命，不是吗？

V

我再也不想读任何伤心的东西。任何暴力的，任何不安的，任何诸如此类的东西。结局不要有葬礼，不过中间还可以接受。如果非得有死亡，那么也要有复活，起码也该有个天堂，好让我们知道我们在那儿。消沉和贫困适合那些二十五岁以下的人，他们能承担，他们甚至喜欢，他们有的是时间。但是真实生活对你来说是糟糕的，你用手握住它一段时间，你就会有疙瘩，变得意志薄弱。你会变得盲目。

我想得到幸福，有保障，处处欢乐，连同保姆或新娘，聪明但不要太聪明的女孩，有整齐的牙齿和健全的精神，两个乳房尺码要一样，面部不能有多余的毛发，一个可以让你不用操心绷带在哪里的人，她要能够把男主角——那个潜在的浪子或杀人犯，变成一个打扮得整整齐齐的乡村绅士，指甲剔净，用词准确。他要说“始终”和“永远”。我再也不想读结尾没有“永远”这个词的书。我要在两眼之间受到抚摩，唯一一种方式。

VI

有人认为一部女人的小说绝不会包含政治。有人认为全是各种关系的纠缠。有人认为全是些不会向你提供我们现时代的全景的东西。至于我嘛，我只想要一些你可以放心留在咖啡桌上，不必太担忧孩子们会去拿的东西。你认为这不是说真心话？你错了。

VII

“她有野鸟般摄人心魄的眼睛”，这种句子使我疯狂。但愿我能够写出这种句子而不尴尬。但愿我能够念出这种句子而不感到难堪。要是我能够做这两件简单的事，我想我就可以像一颗珍珠包在丝绒里那样在这个地球上度过我的那份时光。

“她有野鸟般摄人心魄的眼睛”。啊，但是哪一只？也许是一只尖叫的猫头鹰，或者是一只杜鹃？那可很不一样。我们不需要更多钻想象力牛角尖的人。他们读到一具像瞪羚那样的躯体时不能不想到肠内的寄生虫、动物园和气味。

“她有野生动物那种凶悍的目光”，我读着。我不情愿地放下书，拇指仍然紧扣着那个激动的时刻。他就要把她搂扁在他的怀抱里，把他那炽烈、贪婪、生硬、强求的嘴巴压上她的，她的双乳则被挤出衣服，但我无法想下去了。隐喻揪着我的鼻子把我领进迷宫，突然间整个伊甸园展开在我面前。豪猪、鼬鼠、疣猪和臭鼬，它们凶悍的目光满含恶意或温柔或呆滞或贪心或羞赧。痛苦，眼睁睁看着那浪漫的frisson[1]在刚好够不着的地方颤抖着，黑翼蝴蝶缠住一个过熟的桃子，无法吞，也无法吐。哪一只？我向毫无反应的空气低语着。哪一只？

---

① frisson，法语，意指“颤抖”。

最好的书

〔德国〕弗兰茨·卡尔·魏斯柯普夫/文
上林/译

原载《世界文学》1959年第12期

弗兰茨·卡尔·魏斯柯普夫
（1900—1955）

德国作家。这一篇《最好的书》中，问者说的“书”，跟答者说的“书”，实在是风马牛不相及的。

这则逸闻我曾经听好些人叙述过，逸闻的形式则随事情发生的地点而变，然而我相信任何其他说法都不能跟这儿记录下来的相比，因为这儿记录下来的这则逸闻像一面小镜子那样，它所集中反映的那一部分现实，比镜面本身要大得多。

有一位纽约交易所的经纪人，由于做既冒险又有厚利可图的卖空投机，而忘了及时给他的第三任太太物色礼物。这位太太是他在一年之前的今天娶来的，她是一笔颇为可观的财产的未来继承人。经纪人进退两难地问他的女秘书，他在赶回家去之前还能买些什么。

“一只新式白金手表怎么样？”女秘书建议道。

经纪人惋惜地摇摇头：“不行。过圣诞节的时候已经给她了。”

“那么送一只金的打火机吧。”

“真糟糕！她也已经有了。”这是他的忧虑重重的回答。

“或者送一本书吧？”

“一本书？”精明能干的投机商犹豫不决地说，这时候他的目光透过窗户投向对面的摩天大楼，这是制造商托拉斯公司的希腊神庙式的银行。摩天大楼的墙上有一块用一人高的字母拼成的广告牌，它向人宣扬这样一个简单明了的哲理：“最好的书——你的银行存折！”

“一本书？真该死，她也已经有了！”

写给让-保罗·萨特的情书

〔法国〕弗朗索瓦兹·萨冈/文
王海燕/译

原载《世界文学》2002年第4期

弗朗索瓦兹·萨冈
（1935—2004）

法国当代女作家。主要作品有长篇小说《你好，忧愁》（1953）、《某种微笑》（1956）、《一月后，一年后》（1957）、《你喜欢勃拉姆斯吗？》（1959）等。
这是一封为公开发表而写的“情书”。叫“情书”是因为作者所表达的除去对于自己的前辈的仰慕，对一个伟大人物的敬重，还有很多别的什么，属于一个女人对一个男人的，丝丝缕缕难以说清的感受。

亲爱的先生，

我称您“亲爱的先生”，是想到了这个词在字典中的幼稚解释：“任何一位男士”。我不会叫您“亲爱的让-保罗·萨特”，这太像记者采访的口气；也不称您“亲爱的大师”，那是您最厌恶的称呼；也不会把您称作“亲爱的同人”，那过于委屈您。很多年以前我就很想给您写这封信，差不多三十年了，也就是自从我开始读您的作品，特别是十一二年以来，可笑最终可钦慕的人已变得很稀少，以致人们几乎要庆幸自己的可笑。也许是我自己变老了或变年轻了，以致今日可以不再在乎这可笑，而对此您却胸怀大将风度，从未放在心上。

我本想让您六月二十一日这一天收到这封信。这是法国的一个吉日，相隔几年多，诞生了您和我，再过些年又诞生了普拉蒂尼，三位优秀人物，因过分的荣誉或他们不予解释的不体面行为而被捧至辉煌或遭野蛮践踏的优秀人物——感谢上帝，您和我只是受到引申义上的践踏。但是，夏季短暂，动荡，凋谢而去，我最终放弃了这首生日颂。然而我要说的话还得向您说，也好证明这充满情调的标题并非随便说说而已。

一九五〇年我开始读书，什么都读。从此，只有上帝或文学知道我喜爱或钦佩过多少法国或别国的作家，尤其是活着的作家。以后我结识了一些作家，也关注了一些人的写作生涯。今天，如果说，作为作家，仍然有很多人让我佩服；作为人，让我继续仰慕的唯有您一人。十五岁是聪明并且严肃的年龄，一个没有明确目标因而也毫不让步的年龄。您在我十五岁时所做的所有承诺，您都履行了。您写了您这一代人最聪慧、最诚实的书，您甚至写出了法国文学中最才华横溢的一本书：《词语》。同时，您又始终义无反顾地去帮助弱者和受欺侮的人。您相信人们，相信事业，相信口号；您有时做错事，像所有人一样，但每一次您都承认（这一点却与所有人相反）。您固执地拒绝了给予您成就的一切荣誉桂冠和物质回报，在什么都短缺的情况下您却拒绝了人称无上光荣的诺贝尔奖。阿尔及利亚战争期间，您的住所三次被炸，流落街头却连眉头都不皱一下；您强迫剧团编导安排您喜欢的女性出演她们并不一定适合的角色。如此，您傲然表明，对于您来说，爱，可以相反是“对荣耀的光彩夺目的埋葬”。简言之，在拒绝人们所赠予您的一切，即重要性的同时，您爱了，写了，分享了，奉献了您该奉献的一切，那是重要之本。

您是一位作家，更是一个人，您从未宣称作为作家的才华可辩解作为人的缺点，也不认为只要能体验创作的幸福便可以藐视或忽视亲友和其他人，其他所有人。您甚至没有首肯这样的说法，只要有才华有诚意，即便做错了事也是有理的。实际上，您没有躲在才华后，在人所皆知的作家的这一脆弱点和双刃剑后边，您从未像那喀索斯那样自我陶醉，而那喀索斯，还有小主人和大仆人，却是我们这个时代留给作家的仅有的三个角色。相反，这把所谓的双刃剑远没有把您像许多人那样美妙而喧哗地戳透，您称它在您手上轻巧、有效、伶俐；您珍爱它，您使用它，您把它交给了受害者，您眼中真正的受害者，那些不会写作，不会解释，不会抗争，有时甚至不会抱怨的受害者。

您不责难公正，因为您不愿评判；您不谈论荣誉，因为您不愿受封；您甚至不提宽厚，因为您不知您自己就是宽厚的化身。您是我们这个时代唯一的公正之人，荣誉之人，宽厚之人。鞠躬尽瘁，把自己的一切都奉献给他人；生活不奢侈亦不克俭，无忌讳亦无放纵，唯一纵情挥洒的是文字；做爱并献爱，吸引人也乐意被吸引，才思敏捷，才智过人，总是把朋友甩在身后，又总是返回来让他们感觉不到。您常常宁肯被利用被玩弄也不愿无动于衷；宁肯失望也不放弃希望。一个从来不愿做典范的人，过的是怎样典范的人生！

听说，您现在失去了双眼，不能写作了，而且肯定有时候非常痛苦。所以，也许您会高兴地知道，二十年来，我所到之处，日本、美国、挪威，外省或巴黎，都能听到人们谈论您，男女老少都怀着这封信里所倾吐的那种钦佩、信任和感激之情。

这个世纪疯狂，没人性，腐败。您却一直清醒，温柔，一尘不染。

愿上天保佑您。

*

我是一九八〇年写的这封信，并在尼古尔·维斯尼科那份美观而任性的报纸《自私者》上发表。当然事先托人征得了萨特的同意。那时我们已有二十年没见面了。以前见面似乎也只是与西蒙娜·德·波伏娃及我的第一个丈夫一起吃过几次应酬饭；几次下午在惬意的不正当地方的滑稽相遇，我和萨特都装作没看到对方；一次与一个似乎看上了我的不乏魅力的实业家共进午餐，那位实业家提出很乐意出资让萨特主持一份左翼期刊（不过待他在吃奶酪和喝咖啡之间去更换停车牌时，萨特便泄了气，觉得好玩，忍不住大笑起来；反正戴高乐最后上了台，也就彻底给这无望实现的计划画上了句号）。

这几次简短的接触之后，我们就再也没见面。二十年过去了，我始终想告诉他我对他的感激。

萨特已失明，便让人给他念了这封信并要求见我，与我单独进晚餐。我去爱德加-基内大街找到他，现在每次走过这里我都会感到一阵揪心。我们去丁香苑餐馆。我搀扶着他，以免他摔倒，心里紧张得说话直结巴。我想我们组成了法国文坛上最奇特的一对搭档，餐馆服务员在我们面前飞来飞去，像受了惊吓的乌鸦。

那是他去世的前一年，是一长串晚餐中的第一次，不过我当时并不知道这一切，以为他请我只是出于好心，我还以为他会死在我之后。

那以后，我们几乎每隔十来天就一起进晚餐。我去找他，他穿着那件带风帽的呢外套在门口等着我，然后我们像小偷似的溜走，无论当时有什么人。我得承认，与他亲友的叙述及他们对他最后那些日子的回忆相反，我从未对他吃东西的方式感到可怕或受不了。当然叉子上的东西总是有点七扭八歪，但只是因为他是盲人，而不是因为他老朽了。我对那些在文章或书中以无奈和蔑视的口吻抱怨这些晚餐的人很不满意，他们如果视觉如此娇嫩，就应该闭上眼睛听，听他快乐、勇敢和充满阳刚之气的嗓音，感受他话语中的自由。

他告诉我，我们之间让他喜欢的，是我们从不谈论别人和我们都认识的人：我们就像火车站台上的旅客那样交谈……我好想他。我喜欢牵着他的手，喜欢他牵着我的思维；我喜欢做他要我做的事，我不在乎他因看不见而出的差错，我钦佩他挺过了中断文学激情的痛苦关口。我喜欢乘他的电梯，开车带他兜风，为他切盘里的肉，想办法让我们的两三个小时时光快乐些，给他沏茶，悄悄地给他拿胶条，与他一起听音乐；而我最喜欢的就是听他讲话。离开的时候，看着他站在门口，两眼朝着我离开的方向，表情伤悲的样子，我很难过。尽管每次都约好了下次会面的时间，可每次我都觉得我们不再见面了；他厌烦了这个"调皮的莉莉"——就是我——和我的前言不搭后语。我害怕他或我发生什么意外。当然，最后一次见他的时候，他最后一次站在门口同我一起等电梯的时候，我感到特别的心安，我想他有点依恋我了，可却没想到不久他就得那样依恋生命。

我还记得我们在十四区那些不起眼的小餐馆里吃的奇怪的、不知是否可称为美食的晚餐。刚开始时有一次他对我说："您知道，别人给我读了一遍您的情书，我非常喜欢。可是如何能再找人读一遍以享受您所有的恭维呢？人家会说我像个妄想狂！"于是我给他录下了我自己的表白——因结巴得厉害，我用了六个小时——并在磁带上贴了一块胶布好让他一摸就知道是哪盒。他后来说，有时晚上忧郁就独自听——不过那肯定是说给我听让我高兴的。他还说："您给我切牛排开始切得块儿大了。是不是尊敬降低了？"听我费力地在他盘子里埋头苦干，他笑起来。"您是个很和善的人，不是吗？这是好迹象。聪明人总是很和善。我只见过一个聪明而凶恶的家伙，但他是个同性恋者，而且住在沙漠里。”他对男人也腻烦了，那些原先的年轻人，那些男孩，那些原先视他为父辈的男孩儿们，他其实只喜欢女人的陪伴：“唉！他们真累人。广岛是我的错，斯大林是我的错，他们的妄想是我的错，他们的蠢事是我的错……”他对那些视他为父的假孤儿的所有把戏都报之一笑。萨特，父亲？多怪的想法！萨特，丈夫？也不行！情人？可能还可以。即使瞎了，而且半瘫痪，他在女人面前表现出的那种自在，那份热情仍然能说明问题。“您知道，当失明发生时，当我明白我不能再写作时（那时候，我每天伏案十个小时已有五十年了，那是我一生中最美好的时刻），当我明白这一切都结束了的时候，我很受打击，甚至想到自杀。”

我一句话不说，他感觉到我想到了他殉难时的恐惧情绪，便接着说道：“后来我连试也没试。您看我一辈子都这么幸福，我曾经是，在那以前一直是个那么天性快乐的人，一个人物，我总不能突然换角色吧。我继续快乐着，习惯使然。”而我，在他讲这番话时，听的是他没说出的话：为了不毁掉我的亲人，我的女眷们。为了不使他们悲伤。特别是那些女人，有时半夜十二点我们吃完晚饭回来时，或者下午我们喝完茶时，她们给他打电话，能感觉到她们对这位虚弱、失明、被剥夺了写作生涯的男人的占有欲和依赖性都如此之强。这些女人过分地重现了他的生活，他以前的生活，他那有许多女人的男人生活，拈花惹草，谎话连篇，怜香惜玉或逢场作戏。

随后，这最后一年他去度假了，分别跟三个女人友好地、听天由命地过了三个月。整个夏天我都以为有点失去了他。后来他回来，我们又见面了。这一次我可是，我那样想，“永久”的了，眼前有：永久的，我的汽车、他家的电梯、午后茶、磁带、那戏谑的有时很温柔的声音，那很可信赖的声音。不过另一种“永久”已经就绪，可惜，只对他一个人。

我去参加他的葬礼，但不相信那是事实。那次葬礼很隆重，三教九流好几千人也都喜爱他、尊敬他，送行几公里直至他最后的归宿地。那些人没遭受过认识他并见了他整整一年的倒霉差事，脑子里没有五六十个他那令人心碎的影子，不会每十天、每天都想他，我羡慕那些人，同时又可怜他们。

如果说，在那以后的时间里，我对他周围的几个人可耻地描述的一个老朽的萨特形象生了气，如果说，我不再读某些关于他的回忆录，我却没有忘记他的嗓音，他的笑声，他的聪慧，他的勇气和他的善心。他的死使我永远——我真的这样认为，永远也振作不起来了。有时，该怎么样做？怎样想？只有这位突然倒下的人可以告诉我。只有他的话我信。萨特生于一九〇五年六月二十一日，我生于一九三五年六月二十一日，不过我不认为——也不想那样——没有了他我还能在这个星球上再活三十年。

斯坦贝克书简一封

〔美国〕约翰·斯坦贝克/文
黄宝生/译

原载《世界文学》1981年第2期

约翰·斯坦贝克
（1902—1968）

美国小说家，曾获1962年诺贝尔文学奖。这一封信表达了作者在完成了一部作品后的心情，并以对话的形式嘲笑了编辑和出版商。

亲爱的帕特：

我已决定为我的这本《伊甸园以东》写篇小文，里面是献词、序言、梗概、道歉、后记，或许还有墓志铭，一应俱全。

献词是写给你的，满怀敬佩和挚爱之情，这份情怀是我们多年来纯洁交往的结晶。这部作品献给你，因为你参与了它的诞生和成长。

你知道，序言写在最后而放在最前，通常用来解释作品的缺陷，请求读者大人大量。但是，序言也是作家留给他的作品的诀别信。多年来，作家和他的作品朝夕相处——或是朋友，或是敌人，难分难解，只有相爱或争斗才会这样。

然后，这部作品突然完成了。它是一种死亡。这便是安魂曲。

米盖尔·塞万提斯创造了现代小说，他的《堂吉诃德》树立了一个光辉典范。在他的序言中，绝妙地表达了作家们的感觉——有喜又有忧。

塞万提斯写道："闲适的读者，这部书是我大脑的产品，我当然希望它最漂亮、最活泼、最聪明。可是自然界有它的规律，我也不能例外。"

帕特，我就是这样的。虽然有时感到手中握着火，用火光照亮了一页文字——但我从未挣脱过笨拙、无知和自卑的重负。

一部作品像一个人——聪明或愚笨，勇敢或懦弱，漂亮或丑陋。每一种奇思妙想，都会有一页文字像是一条湿漉漉的赖皮杂种狗；每一趟翻腾飞行，都会有一次翅膀的抖动，提醒你：太靠近太阳，蜂蜡就固定不住羽翼。唉——然后这部作品写成了。它别无长处了。作家想要大声呼喊——"拿回来！让我重新写一遍，或者最好——让我把它烧掉。别让它就那样出去受冷遇。"

你比谁都明白，帕特，作品并不是直接从作家到达读者那里。它首先到狮子那儿——编辑、出版商、批评家、营业部。它听凭他们踢它、砍它、掐它。而它狠心肠的父亲正是作者本人。

编辑　这部作品不协调。读者希望一样东西，而你给他另外一样东西。实际你写了两部作品，但将它们搅和在了一起。读者会看不懂的。

作家　不，先生。那是融合在一起。我写了一个家庭，而用另一个家庭的故事作为——哦，作为对照，作为休止，作为节奏和色彩的对照。

编辑　读者不会理解的。你所谓的对照只能拖慢这部作品的节奏。

作家　必须放慢节奏——否则，节奏一快，你怎么能看懂呢?

编辑　你已经打断了作品，去讨论天晓得的什么。

作家　是的，我是这样做了。我不知道为什么，只是我想这样做。

也许是我的问题。

营业部 这本书太厚了。成本涨了。我们不得不定价五元。人们不肯破费五元。他们不会买它的。

作家 我上一本书是薄的。你那时说人们不会去买一本薄薄的书。

校对 年代全是漏洞。语法不像是英语的。某某页上，你写一个人在《世界年鉴》上查轮船航速，那里面没有的。我核实过，你把中国农历新年搞错了。人物性格不统一。你把莉莎·汉密尔顿描绘成这种样子，而她的行为却是另一种样子。

编辑 你把卡西写得太坏，读者不可能认可她。你把萨姆·汉密尔顿写得太好，读者不可能认可他。没有一个爱尔兰人会说那样的话。

作家 我的祖父就是那样说话的。

编辑 谁会相信呢?

第二位编辑 没有一个孩子会那样说话的。

作家（发火，借以掩饰自己的绝望）该死的！这是我的作品。我想让孩子怎么说就怎么说。我的作品是关于善与恶。看上去这个主题已经获得实现。你们究竟想不想出版?

编辑们 让我们看看能不能让它更上一层楼。那不会太费事。难道你不希望它成为杰出的作品吗?例如，这个结尾，读者不会看懂的。

作家 你们懂吗?

编辑 懂，但是读者不会懂的。

校对 （翻到某某页）天哪，你这个分词用得太含混。

你瞧，帕特。你捧来一盒漂亮的礼物，却抱回一堆臭垃圾。

这次研讨中出现了一个新人物。他被叫作读者。

他如此愚蠢，压根儿不能信任他。

他如此聪明，能挑出你的最细微的差错。

他不会买薄的书。

他不会买厚的书。

他部分是白痴，部分是天才，部分是魔鬼。

他究竟识不识字，似乎还是个问题。

哎呀，天啊，帕特！他特别像我，一点儿也不陌生。他会从这本书里获得他给它的东西。大脑迟钝的人会获得愚笨，才智超群的人会从我的书中发现连我都不曾知晓的东西。

正如他像我，我也希望我的书也各个方面都像他，这样他会感到书的有趣、亲切和奇妙，正如同是他的朋友。

塞万提斯以一句妙语结束他的序言。我想借用一下，帕特，然后放笔。

他对读者说：

“愿上帝保佑你健康，同时也别忘了照顾我。”

与塞缪尔·贝克特的相见

〔法国〕夏尔·朱立叶/文
李诺/译

原载《世界文学》2021年第1期

夏尔·朱立叶

（1934— ）

法国作家、诗人，已出版五十余部诗歌、小说、随笔、日记、戏剧等作品。曾获2013年龚古尔诗歌奖和2017年法兰西学士院大奖。

朱立叶与布列·凡·维尔德、贾科梅蒂、贝克特等艺术家、作家建立了友谊，并创作了以与他们的交往或评传为题材的作品。朱立叶在本篇中以朴实凝练的语言记叙了自己与贝克特在20世纪60年代到70年代之间四次见面的情况。

当沉默的碰撞代替了言语的往来，让我们一窥，两个同样质朴的求真之人在谈论艺术的凝神中，如何以一种独特的方式彼此映照。

在那黑暗与光明并存之地，有我们无法解释的离奇。

——塞缪尔·贝克特

1968年10月24日

我按响了对讲机，他请我上楼。走出电梯时，我差点撞到了他身上——他正站在电梯口等我。我们一同走进了他的办公室。我在他办公桌对面的小沙发上落了座，他坐在我斜前方的矮凳上。不工作时，他习惯以这样的姿势坐着：一条腿搭在另一条腿上，手托着下巴，弓着背，眼睛盯着地面。

我们两人都没有说话，我知道这将是一片难以打破的沉默。真是个古怪的主意，我想，我竟然来访问一个本身就在向世界发问的人。他的目光在躲闪，当我感觉到他的目光试图落在我身上时，我便立刻转移视线。他的作品曾带给我无尽的启发，我在静默中早已与他进行了无数次对话，而如今，我就这样置身于他的面前。出于这些原因，我感觉他就像我的一位朋友，而我又不得不承认，于他而言，我不过是个陌生人。在整个访谈过程中，我始终难以将这两种全然冲突的身份背景统一起来。

沉默还在继续，气氛几近凝固。我突然心头一紧，想起莫里斯·纳多对我说过，贝克特可能会在与人见面的一两小时之内一言不发，然后离开。

我悄悄地观察着他。他的神色深沉而忧郁，眉头紧皱，目光极其锐利。我有些慌乱，即使不敢说话，我也要逼迫自己开口。我开始用极轻的声音向他解释，我在二十二岁时试着读过《莫洛瓦》，虽然完全没有读懂，但我毫不怀疑这部作品具有重要价值。我说，后来尽管我没有阅读的打算，却鬼使神差一般收集了他出版的所有作品。我说，一九六五年春天，我碰巧读到了《故事和无意义的片段》中的一段文字。我说，这本书让我爱不释手，我急不可耐地读完了它。我说，我从此沉浸在他的作品中，得到了巨大的启发。我说，他的每一部作品我都一读再读。我说，那种笼罩着《故事和无意义的片段》的奇妙的沉默是最令我感动的，只有当一个人达到极端孤独的境地时，方能企及这种沉默，他抛弃了一切，遗忘了一切，只剩听觉，在万物寂静的时刻，捕捉呢喃细语。是了，就是这样奇妙的沉默，在朴素的言语下延展。这种语言不加修辞，不求文雅，一点巧妙的文法仅用于表意，而不至破坏质朴的风格本身。

“是的，”他用低沉的声音应答着，“当我们去听自己的声音时，听到的可不是文学性的语言。”

我知道这几个月以来，他病得很重。正因如此，我们原本定在五月三日的初次访谈才拖到了现在。前一天晚上，他去参加了海登的开幕展，夜里便受到了病痛的折磨。贝克特夫人之前接待了我，她说贝克特先生染上了流感，我们一致认为约好的访谈不必取消，只需要推迟几天就好。不过后来，我迟迟没有等来他们的电话通知。

四个月过后我才知道，他得了肺脓肿。我立刻想到，这会不会是他在二战爆发前一天被街上的流浪汉无故刺伤留下的病根。

于是我询问了他的身体情况，他回答了我。然后，我们就谈到了老年生活。

“我一直希望能活力满满地度过充实的老年生活……只要身体还在劳动，灵魂就始终是火热的……我经常想到叶芝……他最出色的诗歌都是在六十岁以后写就的……”

他在回答我的问题时，提到了他从都柏林大学辞职后的日子，那是一段极其黯淡的岁月。他先是去了伦敦居住，后来搬到巴黎。他放弃了前途无量的学术生涯，但也没有想过成为作家。他住在蒙帕纳斯一家旅馆的小房间里，陷入迷茫和困顿，整日浑浑噩噩。每天中午起床后，他要用尽浑身力气才能走到最近的咖啡馆去吃一顿早餐。他什么事都做不了，甚至无法读书。

“我接受了自己成为奥勃洛莫夫[①]的事实……”他用低沉无力的声音接着说道：

“我还有妻子……很困难……”

我还问了其他问题，但很多事他都记不清了，那段岁月令人不忍回看。他讲了受到追捕的经历和自己经受过的精神压抑……然后说：

“我始终感觉，我的身上背负着一个被谋杀的灵魂。他是在我出生前

---

① 奥勃洛莫夫是俄国作家冈察洛夫出版于 1859 的长篇小说《奥勃洛莫夫》的主人公，他虽然对现实不满，却耽于幻想，无所作为。

被杀死的，我要找回他，重新赋予他生命……有一次，我去听了一场荣格的讲座……他讲述了一个亲戚的故事，那是一个很年轻的女孩……讲座结束后，听众纷纷离场，荣格还留在那里一言不发。他好像明白了什么，在震惊之余，自言自语似的补充道：

'她根本从未出生。'

我始终觉得我也是这样，我从未出生。"

广播剧《失落的一切》其中一集的创作灵感就来自这场讲座的散场时分：

鲁尼太太：我记得有一天，我去听了一位新派心理专家的讲座，我不记得那种职业的准确术语是什么了。他说……

鲁尼先生：精神病学家？

鲁尼太太：不是不是，就是研究心理悲痛的。我当时希望能学到点东西，治一治我那害怕马屁股的老毛病。

鲁尼先生：兽医？

鲁尼太太：不是不是，就是研究心理危机的，晚上我就能想起来它叫什么了。他讲了一个特别奇怪又不幸的小女孩的故事，那个女孩的病多年都没有治好，最后只能放弃治疗。他没有发现那个女孩的身体有任何问题，他说，一切都很正常。他发现的唯一不对劲的地方，就是她正在趋近死亡。他放手之后，女孩的确没过多久就死了。

鲁尼先生：这样啊，那这个故事的特别之处在哪里？

鲁尼太太：没有什么特别之处，只是他讲述的某些内容和他讲述的方式，一直让我难忘。

鲁尼先生：你在夜里就是想着这件事，在床上像只虫子似的辗转反侧，没法合眼。

鲁尼太太：也会想其他的……恐怖的事。（停顿）他讲完这个小女孩的故事之后，在桌前弓着背坐了好一会儿，至少有两分钟，然后他猛地抬起头，就好像顿悟了似的，大喊道，她从未真正出生，这就是她的问题所在！（停顿）他讲话时全程没有看稿。（停顿）我在讲座结束前离开了。一九四五年，他回爱尔兰看望母亲，自从战争爆发以来，他们母子就再没见过面。

一九四六年，他再次回去看她，就是在这趟旅途中，他猛然顿悟了。

“我明白不能再这样下去了。”

他向我讲述了他在都柏林的堤坝上度过的那个风雨交加的夜晚，和他在《克拉普最后的录音带》中写的内容一样：

那一年，直到三月那难忘的一晚之前，我的精神状态始终无比阴郁。我永远忘不了，在堤坝的尽头，在狂风之中，我眼前的一切突然清晰了。终于，我看清了。我突然看到了指引了我的一生的信仰，那就是——面对眼前的巨型花岗岩石、在灯塔的照射下闪闪发光的泡沫、像螺旋桨一样旋转的风速计，我终于明白，我一直以来拼命驱逐的黑暗，实际上正是我最宝贵的东西——暴风雨和黑夜与知性的光明和火焰的结合。直至我生命的最后一刻，这种结合永远牢不可破。

“要拒绝一切毒药……（他说的毒药大概是指知识分子的尊严、知识、个人的信念、掌控人生的需要……）找到恰当的语言……我在写下《莫洛瓦》的第一句话时，并不知道故事会朝何处发展。写完第一部分时，我也不知道下文将如何继续。一切都是这样自然而然地出现的。我从不修改，从不酝酿，从不构思。”

他起身从抽屉里拿出一本封面已经褪色的厚笔记本，递到我手上。这是《等待戈多》的手稿。这是一本带小字格的本子，纸张是战时生产的，粗糙发灰，质量很差。他只在右页上写了字，字体很小而且倾斜，难以辨识。我激动地翻页浏览，看到最后一部分时，发现左页也被利用了起来，不过要把本子倒转过来才能读。的确，文中没有任何修改的痕迹。当我试图辨读其中几行台词时，他低声说：

“手写稿，别人不太容易读。”

不，他没读过东方哲学家和思想家的手稿。

“他们指了一条出路，但我感觉根本不存在所谓的出路。唯一的解决办法，就是死亡。”

我问他现在是否还写作，是否还能够继续写作，他答道：

“过去的工作阻止了我现在继续工作。当然，我可以写《死人头》这样的短篇，但我不想写了。我不久前才扔了一部剧本。每次，都应该前进一步。”

长久的沉默。

“写作让我走向沉默。”

长久的沉默。

“但是，我必须继续……我面前是悬崖，而我必须向前走。这是不可能做到的，对吧。不过，我可以向前走。再前进可怜的几毫米……”

医生给他开的药方有严格的服药时间，这时候他该吃药了。他说了声抱歉，不得不将访谈中断了片刻。

我之前给他写信提出采访请求时，提到过我认识布列·凡·维尔德[1]。

他们俩是老朋友，不过布列·凡·维尔德住在日内瓦而且从来不写

---

① 布·凡·维尔德（1895—1981），荷兰野兽派、抽象派画家。

信，所以两人几乎断了联系。

他问我这位老友近况如何。

布列·凡·维尔德的一幅油画挂在他的书桌对面，我知道它此刻就在我身后。

这是一幅神秘玄妙的作品，创作于战前的过渡时期。

我知道贝克特有多么喜爱这幅油画，不过我不禁猜想，他买下这幅画时，大概也是希望为一位贫困潦倒的画家雪中送炭。

我刚才站着的时候望了一眼窗外，在秋末灰蒙蒙的天地间，我隐约瞥见了桑德监狱①的屋顶和墙壁。

从他谈起布列·凡·维尔德时的语气中，我能感觉到，他对这位老友的感情十分深厚。

“太可怕了，”他继续讲道，“他的生活悲惨极了。他独自住在工作室里，陪伴他的是他那些从未示人的油画。他不久前还失去了妻子，悲痛不已……”他允许我靠近了他一点。我要找到一种恰当的语言，试着与他沟通。

然后他问了我的个人情况和经历。

我又提出了一些关于他的工作和作品的问题。

不，他不知道自己的作品中蕴含着怎样的能量，也想象不到自己的作品对读者而言意味着什么。

“我像一只鼹鼠洞里的鼹鼠。”

自从他开始写作，他就完全不再阅读了，这两种活动在他看来是互不兼容的。

他认为自己写普鲁斯特的评论文章充满了学究气，不同意将其翻译成法语。

---

① 桑德监狱始建于 1861 年，位于巴黎十四区。

他之所以选择用法语写作，是因为这门语言对他而言是崭新的，散发着异域的芬芳，能够让他免受母语的惯性影响。

当他开始写《莫洛瓦》时，他都是在下午进行写作的。而每当黑夜降临，他总是难以入眠，所以他后来不得不把写作时间改到上午。

他认为，自己的作品存在许多不足。他坦言，自己并不喜欢某些人物，觉得这些人物“说不过去”。

“有些不足是无法避免的，但也有些问题让我不能原谅自己。”

我问他平日里都做什么，以及他所完成的事情能否真正将他从摇摆和迷茫中拯救出来。

“最近，疾病帮了我很多。”

他起身取了一本自己的书，坐在桌前为我题字留念。在这时，我的目光在他的身上久久流连。

他的俊朗，他的庄严，他的专注，他那异于常人的腼腆，频繁的沉默，还有让不可见之物得以存在的强力。

我想，他之所以会给人留下如此深刻的印象，不仅是因为外表，或许更是因为他那极致的单纯。这种单纯体现在他的行为、思想和表达中。无疑，他在本质上是一个不同寻常的人，一个更高一等的人。我的意思是，他以最低的姿态，在内心深处对事物的根本发出了永恒的叩问。我突然明白，贝克特是一个无法得到安慰的人……

我们在电梯口又交谈了好一会儿。他向我解释道，他仍然十分疲惫，很抱歉不能留我吃晚饭。不过，我们约好来年春天再会，他向我保证，到那时我们一定共进晚餐。

他关切地问我，接下来的假期将如何安排。我回答道，我没有任何计划，我来到巴黎唯一的目的就是和他见面。

“不行，不行。从里昂远道而来，不能只是为了见我。”

1973年10月29日

为什么我隔了五年之久才再见到他？一九六九年春天，我没能去巴黎。到了秋天，我正准备给他写信时，他就获得了诺贝尔奖。众多仰慕者、学者、旧相识、高中和大学的老同学、亲人，从法国、英国、爱尔兰甚至美国蜂拥而至。贝克特被淹没了，有一天他甚至在私下对布列说，他的公寓变成了“名副其实的菜市场”。因此在这之后的几年里，我决定暂时不去找他。

我们约在丁香园咖啡馆见面。之前我从未来过这里，等待他的时候，我不禁想起了乔伊斯、海明威、超现实主义诗人等将这家咖啡馆变成了传奇之地的著名作家。晚上七点整，在我们约定的时间，我远远望见了他高大的身影。他戴着深色玻璃眼镜，穿着羊皮外套，围着包住半张脸的淡红色长围巾，围巾的颜色格外细腻好看。

我迎着他走过去，做了自我介绍。他静静地看了我几秒钟的时间，握着我的手一直没有松开。他摘下了眼镜，和我走进了咖啡馆。

他脱下了外套，让我坐在软垫长椅的位置，自己则坐在一把椅子上，而且他十分果断地把椅子摆在了我的斜对面，这样我们就不必面对面了。他穿着一条微有磨损的深色丝绒裤子，一件蓝灰色的高领毛衣。

他卷起了袖子，露出古铜色的皮肤，神色轻松地对我微微一笑。然后他就沉浸在了自己的世界里，沉默像一件厚实的斗篷一样笼罩在我们身上。

该如何开启对话呢？谈些无关紧要的事，或者开门见山地提出我准备好的问题，似乎都不太可行。他身上有一种沉重感，以静压抑了一切动的可能，这种沉重感将人往地心的方向拉扯，让人猛然陷入比沉睡更沉的境地。

良久的沉默过后，我终于得以开口。

他刚刚在摩洛哥度过了五周的假期。他租了一辆车游览这个国度，在海边游泳，在市场散步，在沙滩上睡觉……

在假期里，他有没有做一点工作呢？

“没有。度假更像是从工作中逃离，而不是将工作延续。”

我们谈了很久关于布列的事。他问我布列近况如何，是否还在工作，画些什么，是否仍旧喜欢散步，是否仍然沉默寡言。他很遗憾没有再和布列见过面，我说我可以向他保证，无法见面也不妨碍布列时常想念他。

他和我谈起了布列的妹妹雅克芭，她在阿姆斯特丹艰难度日，与一位比她年轻的残疾朋友生活在一起。他问我布列是否知情，而不等我回答，他便满是关切地微笑着继续说道：

“不，这些他都不知道。”

他说话的声音很低沉，总是用短句，有时因为环境太嘈杂，我难以从断断续续的词句中听出他要表达什么。

他最近导演了好几出戏，主要是在德国，我问他是否对此感兴趣。

“感兴趣，不过这是消遣的一部分。”

他抱怨道，在科隆演出《剧终》时，他们忽略了舞台指示，竟在一家养老院上演，简直把这出戏变成了滑稽剧。

我谈到他的作品《瓦特》和《莫洛瓦》曾十几次被出版商拒绝的事，他承认自己曾一度放弃了出版的计划。

“是我太太苏珊娜一直在坚持，她找到了午夜出版社的林顿。”

我试着分析他在寻求出版的道路上一直碰壁的原因，他概括道：

“对，有些不体面……自然是不体面的……”

我提起翻译的问题，他解释说，翻译是由他本人完成的。如果让别人来翻译，他需要逐字校对，工作量更大而且也更困难。

那他如何看待那些研究他的各类论文呢？我向他坦言，我常常无法理解这些像是无用的活体解剖一样的分析研究。他的手在空中摆了一下，似乎是想赶走什么纠缠着他不放的东西。

“这种学术疯狂……”

他就衰老的话题和我谈了许久。他说，听力比视力更有用，从此以后，眼睛越来越不重要了。

不，他不在散步时写作。不，他不再失眠。

他很惊讶，我竟然知道他的戏剧《失败的人们》系列，他说要给我邮寄最新一部剧本。新剧在伦敦、德国都上演过，即将由玛德莱娜·雷诺出演，她在台上将只是扮演一张嘴。

最近，他要重读《莫洛瓦》和续篇，准备再版。

“您这次阅读感受如何？”

他低下头，眼神放空，我察觉到这个问题对他而言不易回答。突然，他的目光和脸庞如同石像一般定住了，我能看出他的神思已经飘远，他忘记了一切，完全不知自己身处何时何地。多么令人着迷的情景。我距离他不到一米远，感到十分恍惚，但我确信，他没有看到，我正在望着他，我正在贪婪地观察着他。

我在那一刻忘记了他有多么优雅，多么出类拔萃。无论是从正面还是从侧面看，他的面容都同样俊朗，令人从中读出极端的敏感和活力。他的眼神像是能够通灵一般，目光极其锐利。他的额头上刻着深深的皱纹，鼻子的形状像鹰钩。眉毛未经修剪，蓬松而杂乱。两颊凹陷，留有胡茬。嘴巴很大，嘴唇很薄。一头浓密的灰发十分蓬乱。

漫长的两三分钟就这样过去了。这尊石像活了起来，而我挪开了目光。又是一段长久的沉默。我想上一个问题早已烟消云散了，正准备提出另一个问题，他却在这时说道：

“我感觉不到自己了。”

这种在一瞬间全神贯注地沉浸在某种思绪中的能力，我确信自己早在阅读他的作品时，就已经有所领会。

他会接二连三地设置新奇之处，让读者急切地去发现，然后大吃一惊，他会运用意象、暗喻乃至最出乎意料的方式引出令人惊奇的情节，从这些独特的手法中可以看出，他在每个字词里都倾注了全部的活力、专注力和创造力，也正因如此，他能完全沉浸在他迫切需要做的事情之中。

我用十分谨慎的语气提出，在我看来，如果没有严苛的道德要求，艺术家的工作是无法完成的。

长久的沉默。

“您说的是合理的。但道德是不可及的东西，我们也无法对它进行定义。要定义道德，就需要进行价值判断，而这是不可能的。所以我从来都不赞同荒诞派戏剧这一概念，因为这个概念中含有价值判断。我们甚至无法谈论，究竟何为真实。这是一种不幸。不过，艺术家可以通过形式找到某种出路，将形式赋予无形。或许只有在这一层次上，才有某种隐蔽的可以确认的东西。”

我询问了他的人生经历，我问他如何看待那些已经发生的事情。

当他还是个少年时，他没有想过成为一名作家。他在完成学业后开始在大学任教，起初是在都柏林大学担任法语教师。一年后，由于无法继续忍受那种生活，他从都柏林逃到了德国，辞职信也是在德国寄出的。

“我那时的做法很不妥。”

后来他来到了法国，身上既没有钱，也没有身份证件。那时，总统保罗·杜美刚刚遇刺不久（那是在一九三二年），外国人都被置于密切的监视下。

他此前为一家美国杂志翻译了《醉舟》，赚到了一些钱。为了不被驱逐，他回到了伦敦。他梦想着有朝一日成为文学批评家。抱着这样的想法，他接触了多家报社，但是都未能如愿。他回到了父母家，他的父亲崩溃了。

贝克特的父亲在十五岁时就被迫辍学了，他大概很难理解儿子的决定。

二十六岁的贝克特将自己视为失败者。一九三三年，父亲的去世给他带来了沉重的打击。继承了一小笔遗产后，他在伦敦租了一间带家具的公寓，日子过得穷困潦倒。

一九三六年，这段漫长的艰难岁月结束后，他去了德国旅行，有时乘火车，有时步行。

一九三七年夏天，他到巴黎定居了，他与布列·凡·维尔德和格尔·凡·维尔德[①]两兄弟成为了朋友，还常常和贾科梅蒂[②]、杜尚来往。

之后便爆发了战争。一九四二年，他与妻子差一点没从盖世太保手中逃脱，最终到了沃克吕兹省的鲁西永避难。

一九四五年，他去都柏林看望母亲，然后去法国的圣洛生活了几个月。在法国生活期间，他在爱尔兰红十字会在当地建的一家医院里担任仓库保管员和翻译。

一九四六年，他回到了爱尔兰，正是在这趟旅途中发生的那场巨变，彻底改变了他的写作方法和思路。

“这种改变是循序渐进地发生的，还是电光火石般出现的？”

他谈到了危机，还有那些醍醐灌顶的时刻。

“在那之前，我以为我可以信任知识，我应当在知识层面武装自己。而在那一天，一切都崩塌了。”

我一下子说出了他曾经说过的话：

“我在知晓了自己的愚蠢的那一天，写下了《莫洛瓦》和续篇。我当时写下的都是我感受到的东西。”

---

① 格·凡·维尔德（1898—1977），荷兰画家。

② 阿尔贝托·贾科梅蒂（1901—1966），瑞士超现实主义雕塑家。

他笑着点了点头。

那是一个夜晚。他和往常一样在独自徘徊，不知不觉走到了遭受暴风雨击打的海堤尽头。一切似乎都清晰了起来：多年的怀疑、探寻、疑问、失败（再过几天，他就要满四十岁了），突然都有了意义，他也看清了自己在将来应当做到的事。

“我隐约看到了那个我需要创造的世界，那个能够让我喘息的世界。”

他在母亲家里动笔开始写《莫洛瓦》，又先后去了巴黎和芒通继续写作，在芒通时，他借住在一位爱尔兰朋友的房子里。可当他完成了第一部分时，却不知该如何继续。

尽管他的处境比前些年穷困潦倒时好了一些，但生活还是很艰难。正因如此，他在《莫洛瓦》手稿的扉页上写道：

“孤注一掷。”

此后直到一九五〇年之前，他的创作力十分旺盛，写出了《莫洛瓦》《马龙之死》《等待戈多》《无名氏》《故事和无意义的片段》，只有这些作品是令他满意的。实际上，他仅仅将一九五〇年以后创作的作品视为一些尝试，可能只有戏剧中某些篇章的水平略高一筹。

他注意到自己写的东西已经失去了那种躁动不安的腔调，这种腔调曾出现在《故事和无意义的片段》以及《无名氏》中，给我留下了非常深刻的印象。他知道如今他要书写的内容越来越窄了，他感觉自己几乎能将它抓住，至少，他能更好地将它勾勒。

我们谈到了他刚刚写完的几篇文章，篇幅仅有几页而已。他提到了那些旨在提醒人们“勿忘人终有一死”的十七世纪荷兰油画，其中有一幅画的是圣哲罗姆凝视着一颗死人的头颅。他希望自己能像这些为我们留下了画作的画家一样，在一个极其狭窄的空间内谈论生与死。

他又与我谈起了衰老，不过语气中没有一丝苦涩，甚至有几分欢快。

突如其来的平和心态可以让他在写作时更加冷静，但他担心这会让作品沾染上某种形式主义的色彩。这些短文都经过了精雕细琢，改过好几稿。《枯萎的想象力想象吧》定稿前有过八个版本。总之，他一直在朝着精简的方向努力。

他即将发表一篇篇幅为一页半的意大利语文章，题目为《静》。

我问他，现在是否还会长时间保持沉默不动，聆听身边的声音，观察突然发生的事情。他重复道，比起眼睛，耳朵越来越重要。

他再度和我谈起衰老。这一次，他的语气中有几分逆来顺受的沮丧感。

我提醒他，在我们第一次见面时，他对我说过，他很欣赏叶芝老年的状态。

“对，叶芝和歌德……这些伟大的创造者度过了活跃而充实的老年生活。”

他与我谈起《碎片》，我的第一本书。

“作品中有很浓的忧伤。现在，好一些了吗？”

他询问了我的工作，我在里昂的生活。我顺势说到了我的《日记》，我对他说，这本书被出版商收下了，但没能发表。

“没发表也没有关系。我们写作，是为了自己能够呼吸。”

他请我寄几篇我的文章给他。我们在一九六八年见面之后，我在他急切的要求下寄去了三十几首诗。他回给我一封信，信上的内容我只记得这句话了：

“您要远离自己和我。”

我和他聊起了油画，谈到了马蒂斯、毕加索，还有我不久前刚看了其回顾展的杜布菲[①]。我说的一切，他都表示了赞同。

---

① 让·杜布菲（1901—1985），法国画家、雕塑家。

他很认真，保持着微笑，全神贯注。

随着时间慢慢过去，我越来越放松了，交谈了一小时以后，我感觉我们的距离是如此的近，似乎我所面对的是一位可以让我畅所欲言的老朋友。大概正因如此，我才鼓起勇气说出了他的作品对我的人生产生了多么重要的影响，我自己也很惊讶，我竟这样说了出来。

就在这样偶然的机会下，我开始了滔滔不绝的讲述。我对他说，是他帮助我拨云见日，教会我抓住本质。我说，他的语言是如此新颖和独特，我在阅读时感觉重新认识了语言和写作。我说，我曾经因为无法消化那些从少年时代起就在不停折磨我的古怪的东西而深深感到痛苦。我说，我很喜欢他那些用词新颖、简洁锐利的句子，不加修辞而且毫不卖弄。我说，我会花十几个小时阅读、思考、评论他的文章，我觉得在这些文章中听到了我自己的声音。我说，充斥在《故事和无意义的片段》中的沉默驱使我到达了此前我从来不敢探索的内心地带。我说，他的作品在某种意义上将我击溃了，但我同时又从中汲取了不可思议的能量。我说，他的所有作品连成了一道完美的弧线，我能感觉到其中的每一部都在回应一种迫切的需求。我说，我将他视作榜样，对他感到无比钦佩。我说，是他而且只有他，向世人揭示了现代人的本质，不像其他作家一样，过分忧虑地要陪伴现代人走过这个时代的每一步。我说，我很感谢他能站在局外，保持旁观者清的姿态和开阔宽广的眼界。我说，我很欣赏他的作品从不做出肯定，而是以否定来推进，再运用否定之否定，在两者之间抓住某种至关重要却无法言喻的东西，使之大放异彩。我说，我曾数十次思索，究竟是什么样的人写出了如此真实、如此本质的篇章，是谁在苦痛中前行得如此之远，在人类及其境遇之上投射了一道如此不可思议、如此凌厉的光芒。我说，我不知道自己是否还要继续尝试写作，那方我以为应当动土的土地，似乎已经被他挖掘殆尽。

这些话我是一口气讲完的，没有什么条理，可能甚至还有些激动。

突然，我的倾诉对象站起身来，对我说了声抱歉。

我猛然回过神来，看着他向后仰头，沉了沉肩，深吸了一口气。然后他走了几步，最终还是离开了，而留在原地的我目瞪口呆，既慌张又尴尬。

无比漫长的三四分钟过后，他回来了。

无休止的沉默，无法打破的沉默。最后我开口问他，接下来几天打算做什么。

“在这里，什么都做不了。我太经常被打扰了。我要到乡下去，在那边生活十几天。”

我向他坦言，之前我曾兴致勃勃地去看过他家的房子，在他家周围的田野和森林里散步。（走到临近的小村庄时，我碰到一位中年女士，于是我顺便问了她，是否知道一位叫塞缪尔·贝克特的作家的家在何处。因为她给我指了路，所以我感觉她是认识贝克特的。我没有确认这一直觉是否正确，直接对她说：

“我非常钦佩他，您是否愿意和我讲讲他的事呢？”

她有几分惊讶，然后用非常温柔的声音回答道：

“哦！贝克特先生……贝克特先生……您知道，他是一个很伟大的人……很伟大的人。”

我察觉到，她试图将自己对贝克特所有的了解和看法总结在这几个词中，于是我没有继续追问。）

在那里——我们共同的朋友这样告诉我——他写作，弹钢琴，跑步，做饭，长时间快走，花好几个小时什么都不做，一动不动，专注于某件事情。

“可是当什么事情都没有的时候，您做些什么呢？”

“总有可听的声音。”

1975年11月14日

我们又在丁香园咖啡馆见面了。

他一如既往的严肃、专注、内敛。他的容貌依旧俊朗，山根处有不少深深的皱纹，一头短发茂密又杂乱，经历过的痛苦和内在的张力共同雕刻出了他那张凹陷的面庞。但他又给人一种年轻且富有活力的印象。每次与他见面，最让我惊讶的就是，这些特质在他身上发生了奇妙的融合：沉默、平静、温柔、被动、放任、脆弱，以及通常被视为其反义词的、显而易见的非凡活力与力量。从这个角度来看，他着实令人印象深刻。

沉默已然降临，而我不知该如何开始对话。

不久前，我收到了一份玛格画廊刚刚出版的布列·凡·维尔德的个人作品集，我问他是否有兴趣翻阅。他接过了作品集，非常专注地看着印刷出的画作，有几页文字他读了三四遍。

我们谈了很久关于布列的事，他问了我好几个问题。

然后我询问了他的工作情况。

“我手上总是有几件事要做。可能要很久，但事情会越做越少的。”

他越来越不喜欢自己写的东西。

我问他，为了达到无欲无能的境界，是否曾经历过一些困难。

“对，一九四六年以前，我一直在追求‘懂得’，以便能够‘做到’。然后我发觉我走了一条错误的路。但或许，所有的路都是错误的。不过，人们要找到那条适合自己的糟糕的路。”

“您读过神秘主义的作品吗？”

“年轻时读过。但了解不深。”

然后他用沮丧的语气说：

“其实我没有深入了解过任何事。”

我掩饰了自己极度的惊讶。良久的沉默。

我又说道：

“在神秘主义的作品中，有很多语句和您作品中的语句很相似。您认为，如果我们撇开宗教信仰的问题不谈，您和他们之间是不是有许多共同点呢？”

“是的……或许我们是在以一种共同的方式来承受不可理解的事物。”

我们接着谈到了圣伯尔纳铎[①]。我说，我发现他的作品中的某些段落和《无名氏》最精彩的篇章有相同的节奏、气韵和锐度。

他笑着让我停下，坦率地对我说，他对圣伯尔纳铎有许多不满。

我知道他在影射什么，同他一起笑了。

话题又回到他的作品上来。他承认，自己在作品中的痕迹越来越淡了。

“最终，人们不知道是谁在说话。主体完全消失了。这就是身份危机的结果。”

他认为，艺术家作为个人，被要求从自己的作品中消失。

我又提起了《故事和无意义的片段》，复述了几个段落……“这饱满的虚无……”他微笑着说。

他谈起了乔伊斯和普鲁斯特，二者都追求创造一种圆满，将其变得无限丰富。他说，只需去读他们的手稿或者修改的校样就知道了，他们永远在增加内容，然后再增加内容。而他的做法完全相反，他是在朝着虚无的方向，不停地删减内容。

我提起了他的宇宙的“贫瘠”，这一特点不仅体现在语言上，也体现在写作手法上：他的人物、转折、探讨的问题都很少，可是他将所有的

---

① 圣伯尔纳铎（1090—1153），法国修士、批评家。

重要内容都以一种非常有力度、非常独特的方式讲了出来。

他微笑着承认，在某些地方，应该将这两种方式结合在一起。

“我经常会想，”我继续说道，“您是如何做到不使读者被羞愧感压垮的。”

他本要回答我，却又停下了。像上次一样，他完全沉浸在自己的世界里，仿佛整个人已经神游天外：他的目光无比锐利地盯着某处，但眼中其实空无一物，脸和身体都僵住了……

过了漫长的几分钟后，他恢复过来了。

又是一段长久的沉默。但我觉得我们的对话应当继续。我对他说，他能始终对写作和交流抱有信心，我很惊讶。

他说他也很惊讶，这可能是个谜团。

我又提到了他的作品的普世性。实际上，来自全世界各地的成千上万的人在读他的作品时，都发现了自己的内心世界，而这一内心世界是他们此前没有意识到的。

他点了点头。

“这也是个谜团。”

他继续说着，但他的声音很小，很多词我都没有听清。

然后我们就被X打断了，这位作家兼编辑希望贝克特在一份请愿书上签名。

X执意如此，惹得贝克特很心烦。当他离开时，我知道我们的这次见面结束了。

四五分钟的时间在沉默中过去了，我一直在等他给出离开的信号。

不过这回，他反而开始询问我的生活和工作情况。

为了避免在巴黎过节，他今年十二月要去摩洛哥。

我和他谈到了爱尔兰。一九六八年，由于亲人过世，他本应回爱尔兰住五天，但他决定不再回家。他如何看待这场战争？他说自己对战争不感兴趣。但片刻后，他又带着几分激动的情绪提起了战争。他引用了一句密特朗的话：“狂热，就是愚蠢。”

“在那边，不是有两种狂热，而是三种、四种、五种，而这些狂热本身又被其他的狂热撕裂开来。”

他告诉我，之所以人们力争将佛朗哥的性命留到十一月二十五日，是因为那一天，将由一名佛朗哥的支持者任命新的政府首脑，而在此之前，则是由其他阵营的人来任命。

“这样的事，就算是戈雅也想象不到。”

然后他讲起了他在乡下的家。他会在那边长住两三个星期，上午写作，下午在家做些修修补补的活，在草地上走走，或者开车到一些更加隐蔽的地方去散步。

“您不会觉得孤独难耐吗？”

他露出了惊讶的神色。

“不不，完全不会，恰恰相反。不过我要是更年轻些，大概会受不了。”

他十分激动地和我谈起了宁静的意义，以及他因为能够追随太阳从日出到日落的轨迹而感到的快乐。

联想到刚才X对他说的那番话，他又与我谈起了人们对文学成功的渴望，举了凡·高的例子……

“当我们想到，他一幅画都没有卖出去……”

“您很喜欢凡·高吗？”

他向我投来了锋利的目光，我明白我的问题切中肯綮了。

他努力了两三次，试图做出回答，但最终没有成功。沉默逐渐拉长。自从X打断我们的对话，我们之间的联结就已经断了，分别时，我难掩失望和沮丧。

1977年11月11日

将近中午时分，我在他家对面的一家大酒店的酒吧里等他。我过来时碰到了贝克特太太，她正要去采购日用品。

一些日本游客坐在邻桌，环境有些吵闹。我不禁想到贝克特所需要的宁静，那种我喜欢在他的言辞之间窥探的宁静。然后我想起了我从布列·凡·维尔德那里听来的一个故事，是贝克特之前讲给他的。

一位作家坐在书桌前，面前的窗户敞开着。突然，楼下门房的收音机的音量被推到最大，传来了震耳欲聋的声响。

过了好一阵子，作家实在无法忍受，冲到窗边喊道：

“我说，这是悲剧的前奏吗！”

门房太太用怯懦而恳切的语气回应道：

“可是先生，这台收音机，是我生活的全部啊。”

作家说：

“那，既然这样，就当我什么都没有说吧。”

贝克特到了。他的状态很放松，对话很轻松地开始了。

他询问了布列·凡·维尔德的身体、工作情况，还有他遭遇变故后的反应。他问我，布列是不是依旧喜欢散步，有没有再对我说一些中肯有力、暗含玄机的话，有没有因为弟弟格尔去世而深受打击。他很惊讶，自己与布列这么多年来都没有再见面。我尽量将布列的近况都告诉了他。

“难免，”他总结道。我从他的声音中听出了悲伤和怀疑。“难免……两兄弟……”

他最近几年都没有见到格尔，不过他一直很喜欢格尔的画作，还保留着两幅在战前得到的格尔的油画。

格尔的妻子前不久给他打来了电话。格尔在去世前本想联系贝克特的。

他刚刚结束了在乡下家里的三周假期。他在乡下常常散步，弹钢琴，还读了一点书。最近他沉浸在海涅的新诗里，他说，这些诗如泣如诉。不过他最喜欢的是什么都不做，花几个小时的时间静静地看着窗外。他尤其喜欢宁静。他还提起了装运甜菜的斗车开过时制造的噪音。

可他是如何熬过这些时间的呢?

“时间不会给我带来压迫感。我甚至觉得日子过得太快了。我对此也很惊讶。如果我再年轻些，大概无法忍受这么多天的独处。”

他微笑着继续说：

“有时候，我会在散步时记步数。”

“那最近，您在做什么工作？”

“昨晚，我失眠了许久才睡着，于是我构思了一出戏，时长大概一分钟。”

他突然动了起来，把椅子换了个位置，和我正对着，然后把我们的玻璃杯、他的打火机、装着小雪茄的金属烟盒都推开了。

“一个人孤零零地站着，不说话也不动。他的位置偏后，离天幕不远。（他把桌子当舞台，用手指出这个人的位置。）微弱的光洒在舞台上。另一个人上场，缓步向前走。他看到了那个一动不动的人，停下脚步，吓了一跳。

‘您在等人吗？’

那个人摇了摇头。

‘等什么东西吗？’

同样的回应。

几秒钟后，第二个人继续走自己的路。

第一个人说：

‘您去哪里？’

‘我不知道。’”

过了一会儿，贝克特微笑着总结道：

“这出戏或许可以呈现出来。”

我们谈到了他最新的剧本《步》，他向我讲述了人类在这片土地上留下的步伐的重要性。

“总是来来回回的……（他用手比画出狱中的囚徒、笼中的野兽来回走的动作）步伐带来的噪音，布列清楚得很……”

许多画面浮现在我脑海中，然后我开始与他谈他的作品、他的整体观。他最新的小说和剧本都特别简短，用几个词就表达了人类的整体境遇：等待，困苦，希望，爱，死亡……实际上，贝克特的存在感非常强，他抓住了最微小的细节，同时以高远的视角俯瞰全局。

“是的，”他表示赞同，“要身处这里，”他用食指指着桌子，“同时……”他的食指指向上方，“要身处数百万光年之外。”

长久的沉默。

“一片树叶的凋落和撒旦的跌落，是一样的。”

他满脸带着真诚的笑：

“很神奇，对吧？一样的……”

长久的沉默。

“但要怎么表达呢……没有代词……‘我’‘他’‘我们’，都不合适。”

长久的沉默。

“在这个可恶的世界上，一切都在激怒我们……在工作这方面……能说什么呢？……无话可说。”

我试图找出他的作品的独特性所在。我们看到，过去的四个世纪以来，人类似乎在努力地为自身树立一种令自己安心且满意的形象。而贝克特恰恰致力于撕毁这种形象。

他提醒我，这条路上早已有莱奥帕尔迪、叔本华等先行者。

我继续争辩。

“是的，”他让步了，“或许他们有希望给出回答或者解决方法。但我没有。”

我补充道，他放弃了肯定的表达方式，更喜欢将表述建立在否定的基础上。

他指责我道：

“否定是不可能的，肯定也一样。说某件事荒诞，本就是荒诞的事。这是在做价值判断。人们无法抗议，也无法表态。”

一段长久的沉默后，他说：

“要站在没有代词，没有解答，没有反应，没有任何立场的地方……就是这一点将这份工作变得无比困难。”

我问他，现在手头有什么工作。

他现在用英语写作，因为对他而言，英语如今变成了陌生的语言。他之后应该再将作品翻译成法语，可他主动省去了这道额外的工序：他不喜欢在写完一篇文章后再去看它。

由玛德莱娜·雷诺出演的《不是我》在日本大获成功，他不明白为什么自己的作品能在那边收获如此反响。

我们谈到了爱尔兰和他的家庭。

与他最为亲近的家人，是否了解他的作品？答案是否定的。他的父亲、母亲和哥哥（他曾指责过贝克特投身写作的行为）先后在一九三三年、一九五〇年、一九五四年去世，他们从未读过他的任何作品。

“您成功摆脱了宗教的影响吗？”

“从行为上来看，或许是的……但其他的……”

他询问了我的工作情况，我在回答之后，又反过来询问了他的工作情况。

他笑着告诉我，他刚刚写了一些短诗，都是格律诗，他将这些诗命名为“蹩脚诗”。我大胆地问他，是否愿意寄一篇给我的一位办杂志的朋友，他慷慨地同意了。

（几天后，这位朋友收到了这首短诗，正是“蹩脚诗”中的一首：

梭子边缘
微光闪现
进一步愈发黯淡
转回路闪耀如前

权当歇息
远离二者
己身无己
亦无他们

要读懂这些极其简洁的诗句，这次见面聊到的内容无疑给了我许多帮助。）

我们谈到了荷尔德林。贝克特尤其喜欢疯狂的诗歌，不过他承认长篇并不吸引他。八年前他去了斯图加特，在当地电视台工作了两年，在此期间去图宾根参观了荷尔德林塔，荷尔德林因精神失常而被困，在塔楼中度过了人生最后的三十多年岁月。

我又问了他阅读的情况。没错，他读过很多莎士比亚的作品，还读过很多《圣经》的内容，尤其是在他年轻时。他说自己生于一个新教家庭，又补充道，新教徒特别尊崇《旧约》。他有一本英文版的《圣经》，是一九一〇年的译本，译文中错漏很多，但语言十分优美。

我和他谈起了以赛亚、耶利米、阿摩司等先知。

他表示赞同，然后若有所思地低声念道：

“约伯……”

我提到了神秘主义者，圣十字若望、埃克哈特大师、瑞斯博克……我问他是否喜欢这些人的作品，有没有再读过。

“是的……我喜欢……我喜欢他们的……他们不合逻辑的特点……如此炽热……这火焰……这火焰……烧尽了愚蠢的逻辑。”

旧书店

[英国]格雷厄姆·格林/文
邹海仑/译

原载《世界文学》2001年第4期

格雷厄姆·格林
（1904—1991）

20世纪英国著名作家，主要作品有长篇小说《斯坦布尔列车》（1932）、《一支出卖的枪》（1936）、《布莱顿硬糖》（1938）、《权力与荣耀》（1940）、《问题的核心》（1948）、《一个自行发完病毒的病例》（1961）等二十余部。格林一生在进行长篇小说创作的同时也从不停止短篇小说和散文的写作。他的散文朴实无华，孕有真情，多有内心世界的流露。这篇《旧书店》选译自朱迪丝·亚当森编选的格林散文集《沉思集》。

我不知道弗洛伊德会对此怎么解释，反正有三十多年时间，我最幸福的梦都是关于旧书店的：一些我从前根本不认识的书店或者我正在光顾的熟悉的老书店。其实那些熟悉的书店肯定已经不存在了，我很不情愿地得出这个结论。在巴黎，离火车北站不远的一个地方，对于那里一条上山的长街尽头的一家书店，我有着非常生动鲜明的记忆。那是一家有着许多高高书架、门进很深的书店（我得用梯子才能够到那些书架的上头）。至少有两次我搜寻遍了它的每一个书架（我想我在那儿买到了阿波利奈尔的《法尼·西尔》的译本），但是在“二战”结束之后，我去那里寻找那家书店的努力却是归于徒然。当然，那家书店可能已经消失了，甚至那条街道本身也不在那儿了。此外在伦敦有一家书店，非常频繁地出现在我的梦中：我能够非常清楚地记得它的门面，但是却记不得它内部的情况了。它就坐落在你来尤斯顿路的路上，在夏洛特街后面的那个地区。我从来没有走进去过，但是我肯定如今那儿再也没有这么一家书店了。我总是带着一种幸福和期待感从这样的梦中醒来。

在我生活的各个不同时期，我一直坚持写关于我的梦的日记，在我今年（一九七二年）的日记里，在前七个月的日记里就包括有六个关于旧书店的梦。相当奇怪的是，第一次。它们都不是快乐的梦；也许这是因为我的一个亲爱伙伴在一九七一年底去世了吧，我曾经和此人一起去淘书，在“二战”刚刚结束之后，我和此人一起，开始去搜罗维多利亚时期的侦探小说。同样在今年的一些梦中，出现过一本我打算送给我的朋友约翰·苏特罗作圣诞礼物的有关铁路的旧书（他曾经在牛津创建了铁路俱乐部），当我从书架上把它抽出来的时候，书皮却已经掉了一半：甚至那些旧的红色纳尔逊七便士丛书（那么没道理地受到乔治·奥威尔的中伤，尽管它的初版太昂贵了，但我仍然很喜欢拥有它）结果都是不同版本的。在所有这些梦中，似乎没有什么好到值得一买的书。

我的朋友戴维·洛是一个书商，他的收藏品曾经使我的思想天马行空、放荡不羁，不只是通过一些梦，而是通过长达五十年的淘书中的无数的小小探险和在其中结下的友谊。（在十七岁时，我就变成了查林克罗斯路[①]上的一个漫游者，唉，现在我很少叨扰那里了。）

旧书商们在我以往认识的各种人物中，属于那种最友好又最古怪的人。如果我没有成为一个作家，那么他们的行当一定会成为我最喜欢选

① 查林克罗斯路，在伦敦市中心，是伦敦旧书店最集中的地方。

择的行当。在他们那儿有书籍发霉的气味儿，在那儿有寻宝探宝的感觉。由于这个缘故，我宁愿到码放得最混乱的书店，在那种地方，地形学和天文学的书籍混放在一起，神学和地质学的书籍混放在一起，一堆堆没有分类的书籍乱堆在楼梯间里，正对着一个标着“旅游图书”的房间，而在这个房间里可能包括一些我所喜欢的柯南道尔的侦探小说《失去的世界》或者《克罗斯科的悲剧》。我害怕走进马格斯书店或者夸里奇书店，因为我知道在那种地方不可能有什么个人的发现，在那儿书商不会犯任何错误。从戴维·洛的收藏中我意识到我害怕去威廉四世大街的巴恩斯书店是多么错误。但是现在来补救我的这个错误未免为时太晚了。

一个人要想真正进入这个充满机会和冒险的魔幻世界，就必须既是收藏家又是书商。我本来宁愿做一个书商的，但是由于二战我失去了机会。在德国人大规模空袭伦敦期间，我碰巧和戴维·洛（我已经和他很熟了）以及小科尔是隶属于同一个哨所的临时防空员，小科尔在那些日子是一个书“贩子”。我和科尔的第一次侦察任务是去搜寻一个伞投炸弹，有人说它挂在布鲁姆斯伯里一个广场的树上。我们根本没有找到它，就给自己放了假。科尔领着我去看了一趟他的房间：我记得破旧的书籍堆得到处都是，甚至床底下都堆着书，我们俩一致同意，如果有一天我们俩都能在战争中幸免于难，我们就一起经营旧书。后来我离开伦敦到西非干别的工作，我们失去了联系。我已经失去了成为旧书商的唯一一次机会。

要成为收藏家相对比较容易。你收藏什么并不重要，只要你有入门的钥匙。收藏并不重要。重要的是寻求的乐趣，是你遇见的那些人物，是你结交的朋友。我还是个十几岁的少年的时候，就初次尝到了购买收藏南极探险作品的滋味，我对北极不感兴趣。那些书籍都已经不在了。那些书现在会有一些价值，但是谁会在乎呢？在战前，我收集查理二世复辟时期的文学作品，因为我当时正在写一部罗切斯特[1]传记，这本书直到三十多年以后才得以出版。那些书并不是最早的版本（我当时买不起）；那些书也已经不在了：其中有些书是在德国人对伦敦大轰炸的时候遗失的，也有一些是在我离开英国的时候很遗憾地放弃的。

现在我依然在收藏维多利亚时期的侦探小说：在四十年代的弗伊尔斯书店，我曾经一次花半克朗找到多少书呀！虽然约翰·卡特在十年后推出了著名的斯科里布纳目录，它到处造就了无数收藏家。

对于收藏家来说，毫无疑问，比起那种寻找的兴奋，比起有时这种寻找把你带到的那些神奇陌生的地方来说，收藏品本身价值的重要性倒变得次要了。就在最近，我和我的兄弟休（他收藏的侦探小说的范围包括从维多利亚时期到一九一四年，所以我们经常结伴淘书）曾经在倾盆大雨中穿过坐落在一片废弃地区中的令人忧郁的利茨街周围，那地方简直就是格里尔逊[2]绝望的纪录片的一部分。我们寻找着一家书店，它曾被收入一本很可靠的指南。但是随着我们在那些废弃的工厂之间身上变得越来越湿淋淋的，我们对那本指南的信任也变得越来越少了。然而，当我们终于到达那家肯定曾经存在过的书店时，那里一扇挪了窝儿的门上挂着一个招牌"书店"，其中"书"字的前三个字母都不见了，所有的窗户都破碎了，地板上神秘地乱扔着一些孩子的靴子和鞋，还有一些好鞋。难道这是什么小孩黑手党的聚会地点吗？好像是在那类地方，发现了一些新酒吧和过去从来没有尝过的啤酒，倒也是对淘书者的某种奖赏。

这和皮卡迪利大街上那家年代久远的书店完全是不同的世界，那家

---

① 即罗切斯特二世伯爵（1647—1680），本名约翰·威尔莫特，17世纪著名英国诗人，查理二世的朋友。

② 格里尔逊（1898—1972），英国纪录片运动的创始人。拍有纪录片名片《漂网渔船》（1929），1948年至1950年任英国中央资料馆影片审计官。

书店有古籍旧书部，我最近还到那里去消磨过时间，如果偶然问起他们是否有威尔弗里德·斯科恩·布伦特[①]的什么著作，他们就会问“他写什么，先生？小说吗？”

我想戴维·洛对于这些昂贵的书店太宽厚仁慈了，但是我想，一个人如果干这行，他就不得不对那种头戴大礼帽身穿燕尾服、衣着讲究的坏蛋做出友好的姿态。我避开那些新开的大学书店，那儿都是红砖和玻璃，塞满了二手的学术书籍，那些书即使在它们初次问世的时候就很沉闷无聊。唉，至于迪伦小姐的书店，它躲过了扔在商店街周围的所有炸弹幸存下来，但是它今天也没有昔日的那种魅力了。有时候，戴维·洛在讲礼貌上做得过分了：对于那位邦珀斯书店的大名鼎鼎的威尔逊先生来说，“精”是一个褒义的形容词，我倒是宁愿说他“滑”。

不，比起查林克罗斯路来，伦敦西区现在再也不是我的魂牵梦萦之地了，但是感谢上帝！塞西尔短街依然保持着塞西尔短街的样子，即便是戴维·洛已经搬到牛津郡去了。

在一个开心的日子里，我从戴维那里买到一份奇怪的十八世纪的手稿，封面由白色皮纸制成，上面有一个手写的标题《赫尔顿尼亚纳》。它花了我五个畿尼[②]，在三十年代这是很大的一笔钱，但是在经过一些研究之后，我靠着在《旁观者》杂志上写的一篇文章，把这个书价挣回来了。文章谈到这样一个稀奇古怪的故事，一连串残酷的骗局使一个名叫赫尔顿的不得人心的商人大受其苦，很显然这个故事是他的敌人写的。我拥有这份手稿，一直到一封有趣的来信“插入进来”，信中谈到手稿里提到的一些十八世纪的伦敦商店名，信是由安布罗斯·希尔爵士写的。这使

---

① 威尔弗里德·斯科恩·布伦特（1840—1922），英国诗人，代表作诗集《海神情歌》，另有《我的日记》（1919，1920）两卷。

② 畿尼，英国旧金币单位，一畿尼等于二十一先令。

我很高兴，靠这种方法，在《赫尔顿尼亚纳》上面我除了付出了一点劳动之外什么钱也没花。

也许我最看重的是淘到了《复活节前一周的任务》，由沃尔特·柯卡姆·布朗特翻译，一六八七年出版，配有七张霍拉版画，封面是同时代压印的红色摩洛哥羊皮。它被献给英格兰女王。“英格兰的女王、王后们又称圣了，”布朗特写道，“结果无限伟大，于是人们发现通往天堂之路就是效忠宫廷之路。”他在一年后就不会写这些话了，因为荷兰的威廉[①]来到了。他将不得不在国外出版这本书，或者根本没有出版社的印刷，没有在坐落于海霍尔本羊羔街的马修·特纳书局公开出版。这本漂亮的书让我在克拉彭公地的盖洛普先生的书店里花了半个克朗，我在那儿买安东尼·伍德[②]作品。盖洛普先生的书店是“二战”的牺牲品之一，它在同一天里和两百码以外的我的房子一样“上天了”。

但愿戴维·洛的书中包括一个被炸弹和建筑师们毁掉的已亡书店名单。例如原坐落于威斯特本园林的那家消失了的我喜欢的旧书店，还有坐落在金克罗斯车站对面三角地的消失了的小书店，在那里我曾经买到《探险记》和《夏洛克·福尔摩斯回忆录》的首版本，花的是在那个时候看来过分的价格五英镑。那是淘书的令人难过的一面，与新书店的开张相比，更多得多的书店消失了。甚至布莱顿也不是它当年的样子了。

---

① 即大不列颠的威廉三世（1650—1702），初任尼德兰联省共和国执政（1672年起），后任英格兰、苏格兰和爱尔兰国王（1689年起）。

② 安东尼·伍德（1632—1695），英国古物收藏家、学者，著有《牛津大学历史及其人物》《牛津学苑》等。

辑六

在老去的光阴间隙里

梦

［法国］马塞尔·普鲁斯特/文
华青/译

原载《世界文学》1985年第4期

马塞尔·普鲁斯特
（1871—1922）

法国作家，巨著《追忆似水年华》的作者。在这篇短短的小文《梦》中，读者应该可以见到他后来追忆流逝的时光时的那种滔滔不绝的文字流和意识流。

“你为我哭泣，我的嘴唇啜饮你的泪水。”

——阿纳托尔·法朗士

我委实记不清星期六（四天前）我对多萝西·B夫人的评价。确切地说那天发生的是这么回事：大家正好在谈论她，我也直率地说我觉得她缺少魅力，也不风趣。我想她的年龄有二十二三岁吧。除此之外，有关她的情况我所知甚少。当我想起她时，没有任何栩栩如生的回忆出现在我的凝思中，映入我眼帘的唯有她姓名的字母。

星期六我睡得相当早。然而到了两点左右，风刮得紧了，我不得不起床把一扇没闩住的百叶窗关好，是它把我吵醒的。我稍稍回顾刚才睡着的那一小段时间；驱走了疲劳，没有不适，没有梦，我很欣喜。我刚刚重新躺下，便又马上入睡。过了一段难以估摸的时间，我渐渐地醒来，确切地说是渐渐醒在一个梦的世界里。起初，我无以区分这个梦幻世界与平时睡醒后才感觉到的真实世界，这个梦幻世界是那么的清晰。我躺在特鲁维尔的海滩上休息，这海滩同时又成了一个陌生的花园里的吊床，一个女人脉脉含情地看着我。她便是多罗西·B夫人。比起早晨醒来认出了自己的卧房，我并未感到更为惊讶。不过，那时我对梦中的同伴那神奇的魅力已没有更多的感受，她的出现曾激起过我的对其肉体和心灵的强烈渴慕也减弱了。当时，我俩神情狡黠地对视着，正在创造一个幸福和荣誉的奇迹，对此，我们心照不宣，她是这个奇迹的同谋，我对她充满了无限的感激。可她却对我说：

“真傻，谢我干什么，难道你没为我做同样的事吗？”

这一感觉（实实在在的），即我也为她做了同样的事，使我如痴如醉，仿佛这象征着最亲密的结合。她用手指做了个神秘的示意，并微笑着。我好像已经和她融为一体，明白她的意思：“你所有的敌人、所有的痛苦、所有的遗憾、所有的怯懦不是烟消云散了吗？”我尚未开口，她却听见我在回答：她轻而易举地成了胜利者，摧毁了一切，痛痛快快地吸引住了我痛苦的身心。她挨近我，双手抚摸着我的脖子，慢慢地撩起我的髭须，然后对我说：“现在我们去和其他人接触，让我们走进生活吧。”我心花怒放，精神抖擞地去履行这幸福的约会。她要送我一朵花，于是便从酥胸中央取出一朵黄里透红、羞闭着的玫瑰，将它插在我的衣服扣眼里。刹那间，我为一种新滋长的快感所陶醉。这朵插在我衣服扣眼里的玫瑰开始发出爱的芬芳，那香气直扑我的鼻孔。我发现我这种不为己知的兴奋扰乱了多罗西的神思。正当她的眼皮（我为神奇的意识所支配，竟能感觉到她身上的东西，我肯定）微微痉挛，泪水将夺眶而出之际，我的眼睛里却充满了眼泪。这是她的眼泪，我可以这么说。她靠近了我，仰起的头挨着我的脸颊，我能凝视着她的脸庞，尽情享受那神奇的恩泽和迷人的活力。她从鲜润含笑的嘴中伸出舌头舔去我眼角的泪水。继而，随着她嘴唇发出的轻咂声，她将眼泪咽了下去，我感到仿佛有一个陌生但更亲热、更撩人的吻直接印在我的脸上，我猛然醒来，认出了自己的卧房，就像临近地区暴风雨中紧跟在闪电之后的一声雷鸣，与其说是令人眩晕的幸福回忆接踵而至，不如说它已和确凿得让人震惊的虚幻和荒谬化为一体。不管我怎样苦苦思索，多罗西·B夫人对我来说已不再是前一天的那个女人了。我和她的几次接触所留在我记忆中的淡淡的痕迹几乎被抹去，就像汹涌的海潮退却后留下的陌生痕迹。我急不可耐地想再看到她，我出于本能想给她写信，但又犹豫不决。聊天时若提到她的名字，便会使我战栗，使我想起那天晚上之前她那并不出众的容貌——和上流社会任何一个平庸的女人一样，对我来说是无足轻重的——却比那些最高贵的太太或最使我兴奋的际遇具有更大的、不可抗拒的吸引力。我不该主动去看她，而若为另一个“她”，我会奉献出一切。每一个时辰都在一点一点冲淡在我的叙述里已经走样的这个梦的回忆。它越来越模糊，好比你坐在桌旁想继续看你的书，无奈天色渐暗，光线不够——夜幕开始降临。为了再做点回忆，我不得不让自己的思绪稍息片刻，就像在昏暗的光线下阅读，你想再看几个字得先闭一下眼睛。该抹去的都已抹去，尚存的还有我纷乱的思绪，那是回忆的航迹上的泡沫或是它那芬芳留下的快感。然而，这种纷乱的思绪会自行消失，见到B夫人，我不再会激动。何必去对她说那些不为她所知的事呢?

唉！爱情就像这梦一般，带着同一种变颜改容的神秘力量在我心中逝去。同样，知我所爱，但没有出现于我梦中的诸君，请不要给我什么劝慰，你们是无法理解我的。

乞丐

[埃及] 马赫穆德·台木尔/文
伊宏/译

原载《世界文学》1994年第1期

马赫穆德·台木尔
(1894—1973)

埃及作家，尤其以小说作品享誉阿拉伯世界。这一篇《乞丐》中，作者从一个默默无语的乞讨者身上看出了一个圣人的形象，别有意味。

好多年以前，我住在老希勒米亚区。那时我出门常常乘电车，上车的地方是穆罕默德·阿里大街一条胡同口附近，车站就在一家本地饭馆不远处。

在等车的时候，我总会看到一个乞丐，这已习以为常。他的两条腿被截去了，身上穿着一件破旧发黄的电车公司职员服装，头上戴着一顶红毡帽，上面还围着一块碎布。

他的样子令我同情，我每天总要给他半个基尔什。行路人和候车者看他谦卑地坐在那里，不向任何人强求施舍，认为他是一位沉浸在自己无尽思绪中的圣徒、好人。我已习惯于看到他在那个地方，位置、姿势毫无变化，仿佛成了他所倚靠的那堵墙的一部分。我长时间地望着他，在我的想象中，他是古埃及众多偶像中一个被遗弃的偶像，被抛在卢克索废墟中数千年，艺术的崇高和古老的尊严依然包围着他。

丢失的行李

〔美国〕阿特·布赫瓦尔德/文
屠珍/译

原载《世界文学》1986年第4期

阿特·布赫瓦尔德
（1925—2007）

美国有名的新闻记者和幽默作家，这一篇《丢失的行李》选自1981年在日本出版的《今日美国故事选》。

乘飞机旅行一个最恼人的问题就是到达终点站取回行李那档子事。如今由于某种原因，行李丢失的现象比以往任何时候都多了，这已经成为一桩令各家航空公司相当头痛的事——更甭提飞机上的旅客们啦。

尤其离奇的是，您要是跟太太一道旅行，不知怎的，航空公司总是想方设法单把她的行李弄丢，而且丢失的恰恰是她如果能安抵终点站就非用不可的那件行李。

没有哪位丈夫坐过飞机而没遇到过这种尴尬的处境。

您筋疲力尽地下了飞机，在提取行李处那儿等待。那个旋转盘一个劲儿转动着，输送出大家的行李。几分钟左右，您拿到了自己的各件行李。您太太的行李，除了那个装着她的全部服装、衣服饰物和内衣内裤的大箱子之外，也统统到手。您瞪着两眼盯视着那个旋转盘足有一个钟头之久，心中抱有一线希望，巴望从机舱里卸下来的下一件行李就是她那只箱子。此时此刻您不敢同太太交谈。可她终于向您开口："他们把我的衣箱弄丢了。"

"可能是这么回事吧。"

"你打算怎么办？"她说，噘起嘴唇，好像要尖叫一声似的。

"我马上去想想办法。"您说，可心里明明知道根本就没有什么法子可行。不过您还是得摆出一点男子汉的气概。您就走到一个身穿制服的人面前。"喂，先生，"您使用最严厉的声调说，"你们这帮家伙玩忽职守，竟把我太太的箱子弄丢了！"

那人露出惊讶的表情："对不起，我是飞机驾驶员。"

那边另有一个胸前别着徽章、官员模样的人。"先生，"您说，"你们这帮人犯了旅游业最严重的一桩罪行。你们弄丢了一位诚实的女人的箱子。限你们三十分钟之内找回我太太的箱子，否则的话，我就要到你们公司经理那里去告发你。"

"我是海关检查员。"那人答道，"去找航空公司的人谈谈吧。"

您的太太站在角落里拧着手绢，问道："他们怎么说？"

"我正在严加追查呢。"您说，"飞机驾驶员不知道你的箱子在哪儿，海关方面也不清楚。所以嘛，得去问问另外一个人。"

您给指引到一个柜台前，那儿有一个孤零零的小职员正在应付一大群怒气冲冲的丈夫。这里显然是失物问询处，因为一大帮女人都堆挤在附近，一边呜咽，一边撕扯着自己的衣服。

那位小职员，由于染有喜欢受虐的癖好而被雇用，正笑容可掬地在一张张很长的表格上填写那些遗失的行李的特征。

您走到那个柜台前，提出飞机旅客所能提出的最愚蠢不过的问题："我太太的箱子到哪儿去啦？"

那位喜爱受虐待的人微微一笑："新德里啦，巴厘啦，里约热内卢啦，不定在哪儿呢。"

"我真想狠狠揍你一顿。"您说。

"哦，那就请吧。"他说，"大多数人只是冲我大喊大叫，还很少有谁真动手打过我呢。"

"我可不想满足你的心愿。说真的，我们现在该怎么办？"

"干吗不去旅馆好好睡一觉呢？我们要是找到您的行李，就会送过去的。"

"要是永远找不到呢？"

"那您就再回到这儿来，我再另给您填张表格。"

您只好回到太太身边。"行了，"您说，"没问题啦。他们很清楚那只箱子的下落，明天一早你就可以拿到啦。"

在我们到达旅馆之前，一直靠这句话使她安稳下来。随后您可又犯了一个错误。她往被窝里钻的时候，您问了一句："你的睡衣呢？"

于是，她尖叫一声，声震云霄，全巴黎的住家都听得见。

权宜之计

〔加拿大〕皮埃皮·伯顿/文
郝亚兰/译

原载《世界文学》1988年第2期

皮埃皮·伯顿
（1920—2004）

加拿大作家。这篇《权宜之计》选自他的同名文集，作品借鉴传统结婚仪式的程序来想象离婚仪式，于荒谬和可笑中透出幽默的文笔。

本人诸多朋友近日好像都闹起离婚来了。十年前这些朋友都忙着结婚，我老是去充当招待员、男傧相、婚宴主持人什么的。可情形现在都变了，眼下我的友人中离婚的倒比结婚的多。这样做时兴着呢。

可是我总觉着人们办离婚没个正谱儿。我常常搞不清我的哪一对朋友在闹离婚，要不就是我听说他们闹离婚却不知道究竟是几时离的。有时两口子最终没离成，可我却对别人说他们离了，结果他们便不再理我了。

我的意思是说，离婚不像结婚要举行合乎体统的仪式，遵守合情合理的规范。对啦，干吗不举行呢？在祈祷书上干吗不可以订一条离婚仪式呢？这主意好处蛮多，应该对花商、百货店、电报局、报纸编辑、节目筹办人和礼服出租店都有吸引力。嘿，让离婚和结婚一样合乎体统吧！用宽大的信封发出印制讲究的请柬，既邀请朋友也邀请敌人！

依我看，离婚仪式应在教堂举行，只要可能，还应该由当初缔结这桩姻缘的同一位牧师来主持。当然也少不了引座的招待员，他们在衣服扣眼儿里插上白色的石竹花，领着男方的亲朋和女方的好友走过通道，不吉祥地让他们分坐两旁（请记住她是绝不能容忍他的朋友在场的）。

离婚本身先由罗伯特·辛普森公司新设的离婚案律师事务所办理。这一过程还颇有些麻烦。他曾发誓说，如果他非得穿礼服不可，还算什么离婚。她也跑去在一旁哭哭啼啼地说，如此多的条条款款她可受不了。然而他们最终还是忍让接受了。这不，他来了，在一位男凶相（有时称为男方陪傧）的陪同下从侧门进入教堂。这位男凶相的职责就是在适当的时候揪下小妇人手指上的结婚戒指，猛扔在地，用脚去踩。

接着，教堂的门开了，小妇人挽着父亲的胳膊走下通道。她父亲曾把她嫁出门户，而现在虽颇不情愿还得把她领回。“新娘”的队列里也包括一位陪娘（有时称作女方陪傧）和几个在“新娘”面前撒花的女孩（离婚夫妇的孩子，至于他们将由谁监护还是问题）。

仪式本身应当简单而庄重。当牧师问他或她是否不再承认对方是自己的终身伴侣，不再相近、相亲、相思、相爱，只消简答几个“是”字就行。接着是牧师惯例地发问：“在座诸君倘认为他们俩不应分离者，敬请明言。”人们不希望这时有谁出来啰唆饶舌，以便仪式很快进行下去。

现在该离婚夫妇到教堂侧室去划掉他们在结婚登记簿上的名字了。与此同时本地男高音唱起一支诸如《愁肠寸断》之类的悲曲。百货公司提供的服务应包括派来摄影师，拍照片不仅供报纸登载，而且还为充实离婚相册，作为这一重大时刻的永久纪念。离婚仪式不像结婚仪式，它需要两个摄影师，因为这对夫妇按惯例将由两个出口退去。这时来宾们抛撒五彩纸花和旧鞋子——这些鞋他曾乱丢在屋里，使她大为恼火。

接下来是招待会，穿过夹道相迎的人群，接受友人的祝贺，畅饮颇令人陶醉的混合甜饮料；当然，还有母亲为新离婚的女儿举杯祝贺，声称为自己的小心肝终于摆脱了那个恶魔而万分高兴。

前新郎也以几句得体的话回敬丈人、丈母。有人念了几封电报，主要是前新郎的旧情女友们发来的致意电，并邀请他周末晚上到家去用牛排大餐。

现在该切蛋糕了，摄影师在一边准备拍照。离婚蛋糕上竖立着两个小人，自然他俩的头各自扭向一方。也许会有一种倾向，这对幸福的人儿当中的她或他想切掉其中一个蛋糕人的头颅，可是这不应当受到鼓励。

切完蛋糕后（每位来宾都分得一块，好带回家放在枕头下面），该轮到女方抛扔花束了。少女们都一窝蜂跑去争抢，因为流传着这样一个动人的传说：谁抢到花束，下一个就该她到雷诺去了。

我还没说起结婚礼品的事吧？礼品全都展示在隔壁的房间里，每件礼品均标上“某某赠送”的字样。没错——这些礼品正等着退还给原赠送人。我担心有的礼品，像花瓶、陶瓷之类，早已带上残损伤痕，由于往日夫妇间那些导致离婚的尽情的吵闹纠葛。

以上是我设想的离婚仪式，随着这种想法日益为人接受，不用说，每个地区都会做出努力，不断予以丰富完善。

“嘿！你胡说些什么？”这篇文字根本不应该写？低级趣味？我竟敢嘲弄二十世纪里这最具有悲剧性的情景？

然而我绝无嘲弄之意，可爱的来自里奇蒙山的女士。（明天她很可能用悲哀而不是愤怒的腔调写信给我，末尾以“讨厌你的”字样签名。）夫人，我从未这样严肃正经。离婚仪式是一种进步，应该成为必需。这样一来，成千上万的人才会满足于他们的婚姻生活而不贸然去尝试离婚。

结婚仪式已变得如此繁杂，如果不是因为尚有简单易行的仪式可供选择，早就有不少青年男女心甘情愿地不娶不嫁、独善其身了。但离婚仪式绝不应当允许有任何变通，你若想离婚，就得照此办理——别无选择。

谁敢说这个想法比我们现行的做法更荒谬可笑?

笑的价值

[英国] 弗吉尼亚·伍尔夫/文
杨静远/译

原载《世界文学》1991年第3期

弗吉尼亚·伍尔夫
（1882—1941）

英国女作家。其小说创作被人认为注重描写内心对生活的瞬间感受，采用了意识流的手法。这一篇《笑的价值》体现了作者博学多才的一面。

有一种老观念，认为喜剧表现了人性的缺陷，而悲剧则把人描绘得比其本来面目更为崇高。要如实地写人，似乎就得在这两者之间取乎其中，其结果，便是某种说喜剧又太过严肃，说悲剧又不够完美的东西。这，我们可以管它叫幽默。据说，幽默这种东西，是妇女不可企及的。妇女要么是悲剧式的，要么是喜剧式的。而那造成一位幽默家的特殊合成，只有在男人身上才能找到。不过，进行实验总是要担风险的，男性体操健将为了获得幽默家的高瞻远瞩，登上他的姐妹们可望而不可即的塔尖，站在那儿保持平衡，却时常会丢人现眼地歪向一边，不是一头栽进小丑的滑稽表演，就是摔落到一本正经的平庸硬地上。那儿，说句公道话，才真是他悠闲自在、得其所哉的场所。或许，悲剧这种必不可少的要素，在莎士比亚的时代并不那么平庸，因此，现今人们必须拿出一种体面的替代物，它抛开了血和剑，而换成头戴高顶礼帽，身着长礼服，这时它才显得神采奕奕，仪态万方。这，我们可以称之为庄严精神。如果精神具有性别的话，那么这精神无疑是男性的。喜剧呢，它是属于风雅女神和文艺女神的性别。当那位庄严的绅士迈步上前致以问候时，她望他一眼，不禁哑然失笑，再望一眼，便笑得前仰后合，不能自已，于是只得跑开，一头钻到姐妹们怀里去藏起她的笑。可见，幽默来到世间，是十分难得的，为了获得幽默，喜剧需要做一番拼搏。单纯的笑，如我们在小孩子或痴女人嘴上听到的那种笑声，名声是糟糕的。人们把那看成傻气和轻佻的声音，既非出自见识，也非发自情感。它不携带信息，不提供知识；它是一种无词的发声，犹如狗吠或羊咩，因而，对于人这样一个发明了语言的物种来说，如此表达自己，是有失身份的。

然而，有一些事物，是在语言之外却又不亚于语言的，笑，便是其中之一。因为，笑尽管没有言词，却是除人以外任何动物都发不出来的。一只狗，躺卧在炉前地毯上，因痛苦而呜咽或因欢乐而吠叫，我们自会明了它的意思，而不觉有什么怪异之处；然而，设若它放声开怀大笑呢？设若，当你走进房间，它不是用摇尾吐舌来表示见到你时应有的欢愉，而是发出一串格格的笑声——咧着大嘴笑——笑得浑身直哆嗦，显出极度开心的种种神态呢？那样，你的反应必是惊惧和恐怖，如同听到禽兽口吐人言一般。高于我们人类的存在物发出笑声，我们也同样无法设想。笑声，似乎主要是而且纯然是属于男人和女人的。笑是我们内在的喜剧精神的流露，而喜剧精神则涉及怪癖、反常和偏离世所公认的常规的行径。喜剧精神通过突如其来的自发的笑加以评论，而这笑是因何而起。我们几乎莫名其妙，它何时发生，也难以说清。如果我们花点儿时间好好想一想，把喜剧精神打下的这种印记做一番剖析，我们无疑会发现，大凡表象为喜剧的事物，基本上是悲剧性的；当我们唇边露出微笑时，眼里却已热泪盈眶。这一点——这是班扬说过的话——原是世所公认的幽默的定义。但喜剧性的笑却不携有眼泪的重负。再说，和真正的幽默相比，喜剧性的笑虽功能较微，但它在生活和艺术中的价值却怎样估计都不为过。幽默是顶峰；只有最罕见的才智才能登上塔尖，鸟瞰整个人生的全景。而喜剧则徜徉于大街小巷，反映着琐细的偶发的事件——它那面明察秋毫的小镜子，映照出在它前面走过的人们身上无伤大雅的瑕疵和怪癖。笑这种东西，比其他任何东西都更能帮助我们保持平衡感；它时时都在提醒着：我们不过是人，而人，既不会是完美的英雄，也不会是十足的恶棍。一旦我们忘却了笑，看人看事就会不成比例，失去现实感。狗们不会笑，倒也是件幸事，因为，假如它们会笑，它们就会意识到，做一只狗，会受到多么严重的局限。男人和女人呢，在文明的水准上恰恰够一定的高度，有资格被委以理解自己的弱点的能力，并且被赋予嘲弄这些弱点的工具。然而我们，由于受到一大堆生硬笨重的知识的压迫，现正面临着丧失这种宝贵特权，或者把它从胸中挤出去的危险。

要做到能够嘲笑一个人，你首先必须就他的本来面目来看他。财富、地位、学识等这一切身外之物，都不过是一种浮面的积累所得，切不可让它们磨钝喜剧精神那快刀割肉的利刃。孩子们往往比成年人更具识人的慧眼，这已是惯见的事，而且我相信，妇女对人的性格的裁夺，就是到了末日审判那天也不致被否决。可见，妇女和儿童，是喜剧精神的主要执行官，这是因为，他们的眼睛没有被学识的云翳所遮蔽，他们的大脑也没有因塞满书本理论而窒息，因而人和事依旧保存着原有的清晰轮廓。我们现代生活中所有那些生长过速的丑恶的赘疣，那些华而不实的矫饰，世俗因袭的正统，枯燥乏味的虚套，最害怕不过的就是笑的闪光，它有如闪电，灼得它们干瘪蜷缩起来，露出了光森森的骨骸。正因为孩子们的笑具有这样的特性，那些自惭虚伪不实的人才惧怕孩子；或许也正是由于同样的原因，在以学识见长的行当里，妇女们才遭人白眼相待。她们之所以危险．是因为她们会嘲笑，就像汉斯·安徒生童话中那个孩子，当长辈们都朝着国王的那件并不存在的辉煌袍服顶礼膜拜时，他却直说国王是光着身子的。我们的大作家们以华美的辞章而扬名，我们的小作家们则堆砌辞藻，陶醉于多愁善感的缠绵情调，这便在下层人们中造成那些耸人听闻的招贴画和哭哭啼啼的通俗剧。我们热衷于参加葬礼，探望病人，远胜于参加婚礼和喜庆；我们头脑中总摆脱不掉一个信念，认为眼泪里含有某种美德，而黑色是最相宜的服色。真的，没有什么比笑更难做到，但也没有什么比笑更难能可贵的了。笑是一把刀，它既修剪，又整枝，它使我们的行为举止、言辞文笔合乎分寸，真挚诚恳。

论舒适

〔英国〕奥尔德斯·赫胥黎/文
周珏良/译

原载《世界文学》1979年第6期

奥尔德斯·赫胥黎
（1894—1963）

人称小赫胥黎，英国作家。其小说多写二十世纪二十年代伦敦上流社会和知识精英的生活。本篇选自他的散文集《论人生》。

一桩新鲜事物

法国的旅店老板们把它叫作“现代化的享受”，他们说得很好。讲舒服这件事确是近代才有的，比发现蒸汽要晚，发明电报时它刚刚开始，而比发明无线电也不过早个一二十年。使自己舒服，把追求舒适作为目的，这一人类能给自己提出的最有吸引力的事是现代的新鲜事物，在历史上自罗马帝国以来还从未有过。我们对于非常熟悉的事情总是认为理所当然，不假思索，好像鱼儿对待生活在里面的水一样，不觉奇特也不觉新鲜，更不会去想一想有什么重大意义。软椅子、弹簧床、沙发、暖气；经常能洗热水澡，这些和其他使人舒服的东西已经深入到不算太富裕的英国资产阶级家庭日常生活里，而在三百年前，就连最伟大的帝王可是做梦也想不到。这件事很有趣，值得查考一下、分析一下。

首先使我们注意到的是我们的祖先生活得不舒服基本上是出于自愿。有些使人们生活舒服的东西纯粹是现代才发明出来的；在没有发现南美洲和橡胶树之前，就无法给车子装上橡皮轮子。但就大多数人来说，使我们能过得舒服的物质基础里却并没有什么新鲜东西。在过去的三四千年里，任何时候人类都可以造出沙发、吸烟室里的软椅，也可以安装上浴室、暖气和卫生管道。实际上，在某些时代人们也确实有过这些享受。约在公元前两千年诺色斯地方的居民就知道用卫生管道。罗马人曾发明一种复杂的用热空气取暖的系统，而一座漂亮的罗马别墅里洗澡设备的奢华和完备更是现代人做梦也想不到的。那里有蒸汽浴室、按摩室、冷水池，和墙上画有不甚正经的壁画（如果我们可以相信西东尼斯·阿波里纳里斯的话）的不冷不热的晾干室，那里有舒服的床榻，你可以躺在上面和朋友聊天，等身上的汗落下去。至于公共澡堂，那就更是奢华到几乎难以想象了。罗马的哲人政治家塞涅卡说过："我们已经奢华到了在浴池里如果脚下踩不到宝石就不满意的地步了。"澡堂大小和设备的完善也不下于它奢华的程度。罗马皇帝戴克里先的澡堂里的一间浴室就曾被用来改成一座大教堂。

还可以引用许多例证来说明我们的祖先所拥有的有限手段是如何可以利用来使得生活舒服的。这些例证很清楚地说明，中古时代和现代早期的人们在生活上之所以既讲卫生又不会舒服，并不是缺少改变他们生活方式的能力，而是因为他们愿意那样，因为肮脏和不舒服适合于他们政治上、道德上和宗教上的原则和偏见。

舒适与精神生活

舒适和清洁与政治、道德、宗教又有什么关系呢？粗粗看上去，人们会说圈手椅和民主制度，沙发和家庭制度的松弛，热水澡和基督正统教义的衰亡之间既没有，也不可能有什么因果关系。但只要仔细看一下，你就会发现在现代生活中对舒适的要求的增长和现代思潮之间存在着极为密切的关系。我希望在本文里能说清这种关系，能阐明为什么艺术发达的十五世纪的意大利王公贵族，伊丽莎白女王时代的英国人，甚至全盛时代的法国国王路易十四都不可能（不是物质上而是心理上不可能）生活在罗马人会叫作像样的清洁卫生环境里，或者享受一下对我们是不可缺少的生活上的舒适。

先谈谈圈手椅和暖气。我准备说一下，这些事物只有在封建专制制度瓦解、旧式家庭和社会等级衰亡之后才可能出现。软椅子和沙发之所以存在，是为了使人们可以懒洋洋地靠在上面。在一张精致的现代圈手椅上你也只好靠着。而这种姿势是既不足显示尊严，又不能表达恭敬的。要打算显得神气或者训斥下属，我们总不能躺在软软的椅子里两脚蹬在壁炉架上，而必须坐直了，摆起架子才成。同样，要对一位夫人表示有礼貌或者对尊长表示敬意，我们也不能靠在那里，就是不站起来也得挺直腰板儿坐着。在过去的人类社会里有一套等级制度，每一个人都要对下显示尊严，对上表示恭敬。在这种社会里，斜靠地坐着是绝对不可能的。路易十四在他的朝臣面前不可能这样做，而他的朝臣在他们的皇上面前也不可能这样做。只有亲临议会时，法兰西皇帝才能当众倚在御榻上。在这种场合，他要斜倚在一张名为“正大光明”的榻上，王公们坐着，大臣们站着，其他的小家伙们都得跪着。讲舒服被宣布为帝王的特权。只有皇帝可以伸直了腿。我们也可以相信，这腿也会伸得非常有帝王气概。这样斜倚着，纯粹是礼仪上的需要，毫不丧失尊严。不错，在通常日子里皇帝是坐着的，但要庄严端坐；帝王的尊严是不能不保持的。（因为，说到底，帝王的尊严基本上也就是保持外表上尊严的问题。）同时朝臣们也要保持臣服的外表，或是站着，或者因为官高并是皇室近支，甚至在皇上面前也可坐在凳子上。朝廷上如此，贵族家庭里也如此。皇帝与朝臣的关系也就是绅士与他的家人、商人与他的学徒和仆人的关系。毫无例外，在上的要显示出尊严，在下的要表达出服从以分清上下；这样谁还能不坐直了呢？就是在亲密的家庭关系里也一样：父母像教皇和贵族一样以天赋的权力统治一切；儿女们就是臣民。我们的祖先对摩西十诫中第五诫是非常认真的——如何认真可从下一事例中看出。在伟大的加尔文以神权统治着日内瓦的时代，有一个孩子因为要打他的父母竟被当众枭首。孩子们在父母面前坐不正，也许不致有杀头之罪，但也会被认作大不敬，要遭到鞭笞、不许吃饭或关禁闭。为了没有举手到帽檐向他致敬这一件小事，意大利贵族维·岗扎加就把自己的独生子踢死；要是他的儿子竟当着他的面斜靠在椅子里会惹得他干出什么事来——这真叫人不敢想下去了。儿女不能在父母面前歪着靠着，同样，父母也不能在儿女面前歪着靠着，怕的是在有责任尊敬他们的儿女面前降低了自己的威严。因此，我们看到，在二三百年前的欧洲社会里从神圣罗马皇帝、法国国王到最穷的乞丐，从长须的尊长到儿童，任何人都不可能在人前不端端正正坐着。古代的家具就反映出使用它们的那个等级社会的生活习惯。中古和文艺复兴时代的工匠有能力造出圈手椅和沙发使人坐上去和今天的产品一样舒服，但社会既是那样，他们也就不去造它了。实际上，直到十六世纪，连椅子也是少见的。在那以前，椅子是权威的象征，现在委员会的委员们可以靠在椅子上，国会议员也坐得很舒服，但有权威的还是主席，或者叫作“坐在椅子上的人”（Chairman），权威还是产生于一张有象征性的椅子。中古时代只有大人物有椅子。他们旅行时要带着自己的椅子以便一刻也不离开他的外在的、看得见的权威标志。就是在今天，宝座还像皇冠一样是皇权的象征。中古时期，就是能坐下时，平民们也只能坐在长凳或长椅子上。在文艺复兴时期，随着富裕的独立资产阶级的兴起，使用椅子才随便起来。买得起的就能坐椅子，但要端坐受罪，因为十六世纪的椅子还是宝座式的，谁坐上去都不能不被迫采取令人受罪的有威严的姿势。直到十八世纪老的等级制度崩溃了，才有使人舒服的家具。但就是那时，也还不能在上面随意歪着靠着。可以在上面随意让人（先是男人，随后是妇女）歪着的圈手椅和沙发是直到民主制度巩固树立起来之后才出现的，是中产阶级发展壮大起来，老规矩不存在了，妇女解放了，家庭里的限制消失了之后才出现的。

暖气和封建制度

适当的房屋供暖是现代化享受的另一个组成部分，而这件事在古代社会的政治结构下也是不可能的，至少对当时的权势者是不可能的。在这一点上，市民比贵族强。住房较小，所以他们还能暖和些。但是王公贵族和皇帝却要住在和身份相称的宏伟壮观的殿堂里。为了证明比别人高贵些，他们不得不置身于超乎一般大小的环境里。他们在溜冰场大小的敞厅里接见客人；他们常由大群人簇拥着穿过像阿尔卑斯山隧道那样长而多风的走廊过道，又要在恰像尼罗河的瀑布给冻结成大理石那样的楼梯上走上走下。在那种时代里做一位大人物就要花许多时间安排豪华的芭蕾舞等表演，而这就要有宽敞的地方才能容得下演员和观众。皇宫和贵族的府邸甚至普通的乡绅住宅都要那么高大，这就是原因。他们就好像是巨人一样要住在十丈长、三丈高的屋子里，否则就不合身份了。真豪华，真宏伟，可又是多么冷飕飕的呀！在我们今天，靠自己的本事奋斗上来的大人物没有必要和那些天生的贵人比阔气来维持自己的地位，因之他们宁可少摆点架子而多图点舒服，住进了小一点但可以取暖的屋子。（过去大人物在他们闲暇的时间也是这么办的；大多数古老的宫殿都有些小套房间，宫廷上的大场面结束后，宫殿的主人就退居到那里去。但是大场面往往时间拖得很长，过去的不幸的王公贵族也就不得不摆起排场在冰冷的殿堂和冷飕飕的走廊过道里度过许多时间。）有一次在芝加哥的郊区开车，有人领我去看一所房子，房主据说是全城最阔和最有势力的人。那所房子中等大小，有十五到二十间不大的房间。这使我很诧异，并想起我本人在意大利住过的那些巨大的宫殿来（租金比在芝加哥存一辆福特汽车花的钱要少得多）。我还记得那大排大排的有通常舞厅大小的卧室，有火车站那么宽敞的客厅和宽得可以容两辆小卧车并排开过的楼梯。宏伟的宫殿，住在里面真觉得自己高人一等！可是一想起二月间从亚平宁山那边刮过来的怕人的风，我又觉得芝加哥那位阔人不去学另一个时代，在不同的国家和他同样的人那样把财富花费在排场上是有道理的了。

祭父书

[葡萄牙]若泽·路易斯·佩肖托/文
郎思达 游雨频/译

原载《世界文学》2020年第6期

若泽·路易斯·佩肖托
(1974—)

生于葡萄牙南部小村庄高维亚什。27岁时凭借小说《无睛之眼》脱颖而出，成为萨拉马戈文学奖历史上最年轻的获奖者。至今已出版多部长篇小说、短篇小说集、诗集和儿童文学作品，被翻译成26种语言，并荣获丹尼尔·法利亚诗歌奖、巴西“海洋”葡语文学奖、西班牙卡拉莫书店文学奖、日本年度最佳翻译作品等多个国内外奖项。
本篇是佩肖托的出道之作，写于1996年5月至1997年5月之间，作者目睹父亲经历痛苦的癌症治疗后去世，强忍丧父之痛，用文字收集整理了关于父亲、童年与现实的细碎片段，时空交错，回忆交叠，父子感情的至软至坚在词语中悄悄流露。

今天，我回到这片已然残酷的土地。我们的土地，父亲。一切仿佛仍在继续。眼前是扫净的街道，灰调子的阳光冲刷着房屋，漂洗着白墙；是过度悲伤的时间，是停滞的时间。时间的悲伤远胜于你离去时的眼睛。你的双眼清澈如雾霭，清新如远方的潮汐，把如今这已然残酷的光亮尽数淹没；你的双眼高声呼喊，好像整个世界只想活下去，别无所求。然而，一切仿佛仍在继续。沉默汩汩流淌，生活是残酷的，只因它是生活。就像在医院的时候。我说过永远不忘，我依然记得。我在绝望中绝望着，知道你注定离我而去，眼前所有的面容变得陌生而扭曲。就像在医院的时候。你肯定也没有忘记。我等待着母亲和姐姐，人们在我身旁走来走去——仿佛我这满腔的悲痛还不及海浪汹涌，还不够将他们也吞没。女人们在低声交谈，男人们吞云吐雾。和我一样，他们也在等待；等待的，不是死亡。我们多么天真啊，总在死亡来临时闭上眼睛，想当然地认为，只要我们看不见它，它便也看不见我们。他们还在等待。一辆汽车开得飞快，里面坐着我的母亲，痛失所爱的重量压得她直不起身，还有我的姐姐。我们上楼时，男人女人们依旧抽着烟，说着话。某个房间的某张床上，躺着你的身体；可那不是你的睡床，父亲。你像在很遥远的地方，目光凝滞在失去血色半睁半合的眼里，艰难地呼吸着。你在争取更多的氧气，它与你缠斗着，仍然缠斗着，在你嘶哑的喉咙里叫嚣。软管插在你的鼻腔里，维持着你的生命。母亲在床尾，沉默无言，痛失一切。姐姐和我，在床头。塑胶隔帘和折叠屏风把我们与其他病床隔开。我把双手放在你虚弱的肩膀上。所有力气都已从你的手臂和依然温热的皮肤褪尽。我骗了你。我说了那些连自己都不相信的话。迎着你苍白、恳切的目光，我说，你会好的，一切都会好的。我骗了你。我说，我们会回家的，爸；我们回家，小货车让我来开，爸；只是现在还不行，爸；现在你还没好，等以后，爸，等你……我骗了你。而你，笃信不疑，只有恳切的目光在说话，那目光让我一辈子都忘不了。父亲。时间到了，我们被请出了病房。离去时，我们好像沉船上死命挣扎的人，却最终被汹涌的白炽灯光淹没。

此刻，黄昏落在这片已然残酷的土地。我们的街道，我们的家。院门紧锁，似乎正在叫我打开它。我说过永远不忘，此刻我依然记得。我学着你，从衣兜里拿出你那串钥匙，学着你，全神贯注地拣出对的那把。我抚摸着每一把钥匙，每一把都让我无比骄傲。然后，我们打开门锁，大获全胜。一切顺理成章。生锈的铰链发出刺耳的摩擦声，像一声长叹，又像临终的呜咽。铝门擦着大理石地面转开，将桃树厚实的落叶扫出规整的白色圆弧。这是我儿时的庭院，你亲手搭建的庭院，父亲，它荒废了一整个冬天。郁郁寡欢的树枝上添了新花嫩叶，花圃里满是锦葵、苜蓿和野草，野草青青，一如儿时。那时，你走到我身边，教我做大人的活儿。你自己来吧，儿子。我自己来，爸。别担心。我知道怎么做，我也可以。我自己来，爸。别担心。这活儿难不倒我。爸，你歇着吧。树枝上添了新花嫩叶，花圃里满是锦葵、苜蓿和野草。野草青青，春色郁郁。

如果可以，我一定保护好你。你总是唤我的名字，唤我“儿子”。能听见你的声音唤我的名字，听见你那声炽热深情的“儿子”，对我而言已是莫大的触动。如果可以，我一定保护好你。总还有希望吧，父亲。你去医院接受治疗，三周一次，一连五个早上；我，你的儿子，每每看你去接受治疗，便会开始痛恨生命，痛恨这生命竟不愿在你身体里留驻；生命百般消磨着你，而你依然热爱它，生命无情摧残着你，而你依然热爱它。看病。你总说起它，嘴边挂着这个词，说我要去看病了。其实我们都心知肚明，难以磨灭的苦楚将我们淹没，烙刻在我们的骨肉深处。因为不愿意，你从没有迟到过。你总说，我要去医院看病了，总是催促着我，催促着母亲，好像真有什么东西可以把你治愈，好像真有什么东西可以带你回到从前的日子。在医院，候诊室僵滞在无用的时间里；母亲孤身一人坐着，离我们这儿远远的，离家远远的，局促不安，像个内向的小女孩。而你，慢慢走远了，像个胸有成竹的年轻人，像你希望我成为的样子；你慢慢走远了，穿着崭新的衬衫和长裤，还有你过生日时姐姐送你的毛衫，你慢慢走远了；沿着灯光惨淡的铅灰色走廊；你慢慢走远了，我战栗地感觉到，你再也不会回来了。

我走进家门。壁炉只余冰冷的灰烬，紧闭的窗户在暗处投下薄影。在寂然无声中，在光影交叠中，似乎有魂灵出没，那是回忆吗？不，那是还不愿成为回忆的人影，或是身躯与光影的混合体。我看见了你，我想到了你，我记起了你，还是坐在饭桌旁，坐在你常坐的那张椅子上。你还是坐在那张椅子上，我，母亲，姐姐，也都坐在你身旁。就像过去一样。很久以前，我们就在那里了。突然有一天，我们被遗忘，被抛弃，在我们简单纯粹的幸福中，周围的时间停住了。我们曾经那么满足，像是刚吃过饭，又像是等着上菜，像是家常便饭，又像是饕餮盛宴。那么幸福。哪怕没有任何旁白，我只是看一眼就全明白了，好像一切都显而易见，好像一切都理所当然。你自然是刚下班回家，今天一切都很顺利，你很高兴，工资都按时发了，挺好。姐姐在上中学，很聪明，成绩不是“优”就是“良”，总是开开心心的。我还在上一年级，心思根本没放在学习上，刚踢了球回来，赢了，不过就算输了也没什么。还有母亲，我们都是她的孩子，她看着我们笑，自己也笑得很开心。多么幸福。这张饭桌好像很远，远得听不见那个黑色冬天里的滂沱大雨，远得看不见你冰冷的身体。在烛光明灭中，你面色青灰，梳洗干净，衣装整洁，身上穿着参加姐姐婚礼时穿的西装——可你的身体是冰冷的。圣彼得教堂里挤满了人，他们走上来拥抱我，他们对我说可怜的孩子逝者已去节哀顺变，他们来找我拉住我拦下我和我说可怜的孩子逝者已去节哀顺变。父亲。我失去了你。我仿佛又听到了你嘴唇缄封的死寂。我们的影子融进黑暗，仿佛只是在等待这些回忆自生自灭。无人居住的时间，会被灰尘占据。灰尘覆上家具，填满家具之间的空隙。墙壁将这屋子与世隔绝，墙内是永恒的冬夜，墙外日出日落四季流转，都与我们无关，都离我们太远。有我在里面，房子更空了。寒冷渗了进来，在我心里凝成坚冰。所有的影子都是我的影子，它们动弹不得，在一具具身体间徘徊；因为所有这些身体，所有的身体，都是一样的黑暗，一样的冰冷。我推开窗。远方的落日蔓延成短暂庄严的曙光，在紧锁的屋内铺展开来，既感受不到我的恸悼，也察觉不到我真实的存在，父亲。我想，人不能像落日燃尽一样死去吗？就像这样，连鸣唱的鸟儿都不会被惊动，万物之上流光剔透，清凉怡人，轻柔的风抚动着树梢的细叶，世界岿然不动，或者说是平静地转动着。寂静自然而然地生长，那是如期而至的寂静，终于万物复归，终于不枉此生。

父亲。黄昏正在消散，从我们家背后融进大地。天空向着我们的脸，无声地叹了一口气。月，亮了起来。朦朦胧胧，将眼中灼灼睡意变为长眠。夜，缓缓沉淀。我说过永远不忘，我依然记得。那时入夜也很慢。每年到了这个时候，你总会一丝不苟地拉开喷水软管，严格按照程序，悉心灌溉后院里的每一棵树、每一株花。你会手把手地教我，一五一十地解释给我听。儿子，过来看。然后你会给我做示范。父亲。你把自己留存在这每一寸土地里。你的容颜和身影黯淡下去，在这个假装一切如旧的冷漠世界上交叠成伤痕。这个世界太小了，已无法将你容纳。如今，你是河流，是堤岸，是源泉；你是白昼，是白昼的黄昏，是黄昏的太阳；你是世界的骨与肉，是整个世界。父亲，你不曾老去，我却想看着你变老，看着你变成个老头子，在我们的院子里给树浇水，给花浇水。多希望你还能跟我说说话啊。你自己来，儿子。好。我自己来，爸。我还在这里。我就在这里。黄昏漫开在大地上。就是这片土地将你接纳，将你埋藏。茫茫白色，如泣如雨，洒在我的脸上。我听见了你说话的回声，却再也听不见你的声音。你永远沉默的声音。你像是睡着了，我看见你阖起眼皮。我知道那双眼睛再也不会睁开。你永远阖上的眼睛。然后，你彻底停止了呼吸。永远。永远停止了。父亲。在你死后活下来的一切，只让我痛苦。父亲。我永远不会忘记。

我看见的是你的脸庞。在我们面前一点点升上来的，是黎明，是白昼，是微光。我看着你的眼睛。是啊，我想让你知道，我无法逃避你，这不，万物之上，仍有光。全世界就只剩下了这微光，我这才惊觉缄封在你唇间庞然的寂静。父亲。我想让你知道，微光升起，我便成了微光下的阴影；它剪裁出我的轮廓，无非是一只孤影。我无法逃避你，你走之后，这一切都还在，这阴影，这寂静，这微光，如今都是你。

父亲。我，母亲。黎明。我们已身心俱疲，太阳漠不关心，自顾自升上了天空。然后，停住了。太阳停住了。我与她之间，时间不复存在。时间停住了。我眼中，是你那痛失所爱的妻子，你的遗孀。她眼中，是我。而在天空之上，在我们心里的，是你，是你的在场，是你的缺席。我们的目光紧紧相连，坚若磐石，她眼中是我，我眼中是她；目光汇成一束。她成了你的遗孀。她给了我小货车的钥匙，又给了我家门钥匙，叮嘱我，慢慢开，小心点，慢慢开。我们的目光没有分开。我们的距离越来越远。最后，她在姐姐家门口停下了。越来越远，越来，越远。她黑色的轮廓，几乎成了影子。

她眼底尽是疲惫，疲惫之余，只有殇，只有成年人悲痛中的力量。我们的身体渐行渐远，可你记忆的容貌，还有这个世界，早已将我们永远牵系。远远地，轻风贴面吹来。太阳自顾自升上了天空。

此刻，我坐在你的主驾位置上。想起曾经你教我的、我学会的东西。从前，我们沿石子路开着小货车，路上的大卡车和拖拉机，载着村民往来于田庄和山野。快到球场时，你把车停下，我们交换位置，从挡风玻璃那儿擦肩而过；你说，点火，我就踩下离合器，拧转钥匙，车发动了。在夏日漫长的白昼里，在黄昏的柔风中，我们缓缓前行。你教导着我。左手边，有麻雀从麦秸零落的田野上飞起，留下欢脱稚嫩的笑声。右手边，橡树给大地降下厚重的困意。车里，你说一句，我便依着做一步。在柔风中，我们缓缓前行。要是我哪里做错了，你就会说我开小差，然后假装生气；我不说话，只是听着，心里很自豪，因为你觉得我是学得会的，虽然老是心不在焉，但是学得会。你教导着我。你很严厉，教课嘛，本就该严厉一点。你用眼神给我指点着每个步骤，你说，挂一挡，握好方向盘，慢松离合。你的动作，你握着方向盘的手；我的手，方向盘，我的动作。过去的场景与现在的我重叠交织，又尽数远去。我出发了。我出发，去往你遗留下的一切，一切都是你离去的痕迹。我离开你，走在你走过的路上，我奔跑、我迷失，我在你的故事里找不到我自己，我出生，我死去，我离开你，我在你走后留下的黑暗中前行，我抵达，终于抵达你身边。父亲。我跟随黎明，再一次抵达你身边。这是第一个你无法看见的夜晚。这是一个没有月亮的夜晚，只有夜的黑色把我们填满。这凝固的巨大的庞然的夜晚，除去它的黑色和我们的黑色，别无其他。黑夜，浓重得几乎要绊住车身。雨势汹汹，织成厚重的帘幕，透明的雨水从暗淡无光的车窗上奔流而下。在黑夜里，黑色流淌着，苏醒成圆形的水渍。雨势沉沉，承载着水滴或是天空的全部重量，压弯了一棵棵树木，一个个脊背，把行人与一切都从我们的路上扫走了。雨，是湖泊，是瀑布，是大海，是大洋，是漫长的、永世的雨。又一次，又一段无可期待的旅程。你，无知无觉，无依无靠，静静熟睡。你的思绪与记忆被钉上了木板，裹上了清漆，放上了十字架。封进了棺木。大雨，黑夜。母亲和姐姐哭泣着，诉说着心绪和悲痛；她们哭泣着，诉说着绵绵不绝的心绪。记忆中那双温和柔软的手，眼前竟这般厚实粗糙，好像艺术品，交叠摆放。殡仪馆的人开着车，没看我们，他说着话，好像我们能听见似的。他们用沾了水的布擦拭过你的身体，将你穿戴得齐齐整整。只有大雨和黑夜，父亲。在我们身后，来路一公里一公里地延伸出去。而你，不再有来路。你迷失于来路，化作了悲痛，诉说，大雨，黑夜。你就这样不可思议地离去了。父亲。只有大雨。只有黑夜。

这个上午漫长得毫无道理，这个春天虚假得毫无道理，一如这微光。这个地方狭小逼仄，令人窒息，空气却还要假装可供呼吸，沼泽却还要假装广袤无垠。这个地方曾是整个世界，如今无非是虚无的空洞，竟还妄图自称“世界”。其实，一切都已停止了。一切仍妄图并拼命维持原样。大家似乎也都信了。你不在了，别人照样走着他们的路，照样遵循着从前的轨迹生活。而我知道，父亲。你不在了，你建立的规则就不在了。你带来的秩序也不在了。父亲。天空拖拽着几近透明的云霭，缓慢地迁徙。公路将世界从中间切开，一分为二，直直地伸向那条不存在的地平线，伸向天空。在我们身旁，橄榄树在奔跑，逃离，滑行，笔直的树干断续掠过，顶着纷乱的树冠，轮错，闪烁。黎明在生长，疲惫也在生长。阳光不肯离去，春天也不肯离去。引擎固执地发出昆虫般的长鸣，持续不断地从地底爬出，一寸一寸地钻进我的肋骨，在我胸膛的监牢里，低吼出声。我握紧了方向盘。黎明在生长，疲惫，也在生长。

我继续前行。我向前，再向前，然后归来。路一丈丈、一里里地驶来，日子一天天、一年年地过去。我向着我们的过去前行。我在路边的石头和旅途的微光里，找见一方天地，驶进去，加紧油门；在这里，向前开出一公里，便是倒退一个月。我在这条我们一起走过千百次的路上前行，历经四季流转：春冬秋夏春冬……我仿佛是失足跌了进来，就这样，在这里前行了不知多久。天旋地转。我纵身跳下这口深不见底的井。阳光那么耀眼。我们共度的千百个曾经，离了我们，却依然鲜活——它们将我们远远地甩在后面。我们曾千百次共同沐浴的阳光，如今既无法把你温暖，也无法把我温暖。父亲。我与这一切擦肩而过，它们也与我擦肩而过，弃我而去。我跌了进来。我前行。我归来。

公路两旁，发黄的灌木和干枯的蓟丛在广阔的麦田边蔓延，几根勇气可嘉的野草在其中格外扎眼，还有那如火如血的罂粟花，焰心舔舐出灿灿的金黄。茶色的麦浪燃烧着。金黄的毯子直卷上天空，穿越太阳奔涌而来。这快要过去了的上午，这炙灼的春天，晴朗得让人头晕目眩。我想避开这炫目的光，偏过头，便看见了小时候的我，很多年前还被安全带系在座椅上的我。我看见自己不耐烦地问着，还有多远呐？我把视线拉回到正前方。深呼吸。我让自己平静下来，然后说，快了，快到了。我直直地盯着地上时断时续的白线，却用余光凝视着一旁十岁出头的自己，凝视着眼角那一团光痕与斑影。还有多远呐？地上灰尘扬起，时间如燃料烧尽，年岁渐添。快了，快到了。我们驶过了一个白色的村庄，它荒凉得如同这条公路，空空荡荡，无人问津。我们驶过了一个村庄，离我们的村子已经很近了。这里全是白房子。你认得这里的人，这里的人也认得你。我们驶过了这个荒凉的村庄，这里已经没有人记得你。我翕动嘴唇，讲着本该从你口中讲出的话。那个你给我讲过的那个小故事，你熟记于心，我们都熟记于心。那个故事。我问你是不是真的，是不是真的发生过；你将细枝末节藏进高深莫测的眼睛，和丝绒般平滑生动的脸庞，只说了一句，这是个故事。然后，你结束了这段对话，我们也再没提起过。我看向自己，看见座椅上的自己，煞有其事地思考着什么，像个小大人，吃饱喝足，无忧无虑地成长。我感受到了做父亲的快乐，那是一种给予孩子我当初无法拥有的东西的心满意足；你很快乐，那是一种得偿所愿的心满意足。是的，父亲，你做到了。你什么都做到了。我的一切都是你给我的。你创造了我，创造了你亲手种下的希望。我最后一次看向自己，看见自己。孩子的脸庞，孩子的愿望。我追寻着年少的冲动，那是一种靠近又远离的忐忑。还有多远呐？我还在听。我突然回头，只看见空空的座椅和剧烈的沉默。那个声音消弭在每一道光束里，隐匿在这一大片阳光里。我自问自答，快了，快到了。

你果然没有骗我，父亲。我们已经离家很近了。我们就快到了。眼前的弯道、树木、田野，都开始变得熟悉。如果这儿坐的是你，我已经迫不及待地要下车了。我已经提前计划着，准备着，你也一样。父亲。我曾信誓旦旦地告诉你，我不会失去你的，然后，我失去了你。我失去了我的朋友。我多么想念你。亦父亦友的你。我们就快到了。阳光在万物之上铺洒，如同悲悼的冬天，在我失去你的夜晚蔓延。那一夜，我望着故乡的土地显现出轮廓，如同此刻呈现在我眼前的，这片如今已然残酷的土地。

我独自度过了一整夜。坐在冷下去的炉火旁，我恍惚觉得，你回来看我了。我恍惚看到，你用火钳夹起一排栗子，放在火上烤；然后，不等我向你要，你就把热腾腾的栗子一个一个剥开给我。我恍惚看到，炉火烧得正旺，你像从前一样，坐在这儿，穿着睡衣，抱着外孙女逗她玩儿。父亲，那天你挣扎着下了床，强忍病痛想和我们多待一会儿。天色渐暗，你把外孙女抱了过来，咱们一家人正聊得兴起，几乎忘了你还生着病。忽然，你笨拙地站起身，把孩子交给姐姐，说这小妮子尿了我一身。你浑然不察，伸长了胳膊，把孩子交给姐姐，可我们却看着鲜血在你的衣裤上洇开。父亲，我从没见过你这般脆弱，像个吓坏了的小孩子，惊惶失措地向我们求助。父亲啊，我的孩子。我们围在你身边，将你埋葬在那里的现实终究太过残酷，让你禁不住低声呻吟；我们围在你身边，惊慌的泪水毫无用处；我们围在你身边，帮你脱下被鲜血浸透的睡衣，母亲拿来一条白毛巾捂住你的肚子，毛巾立刻被染红了。时间在我们的脸上驻留了很久。我们一动不动地等血止住，像是在拥抱。我们，在一起。母亲专心照料着你，沾湿了毛巾一头，为你擦拭肚皮和伤口。父亲，今晚你在哪里？我在记忆里寻找你，在只有我们知道的秘密角落寻找你，可是我找不见你。我只看见黑暗，在无法照亮的黑暗角落里把你取而代之的黑暗。痛苦无边无际，难以名状。我在黑夜的角落里，寻找你。

我走进你的卧房，它现在由母亲独守。床是铺好的。礼拜天早上我会跳上去，摇着你们的肩膀，大喊天亮啦。旁边空着一块，从前放着舍不得扔的摇篮。你在床上昏睡了那么久，全赖药物和吗啡为你续命，助你入眠。你时常从梦中惊醒，闷哑地叫着：你没听见吗？也不知你在问谁：你没听见吗？我们疾步跑来，打开台灯，看见你被痛苦蚀刻得嶙峋的双颊。你想吃药，你说，快给我药，疼死了。我们看着你，说不出话。还得好几个钟头才能吃药呢，爸。我们一时没了从你那儿学来的坚强。就这样，这间卧房也患上了重病，关不住她，病痛泄漏出去，布满了整个家，染上了所有暴露在外的东西。从卧房里散发出的、阴森溃烂的、病痛的气味。时至今日，我仍能在这弃置的睡房里闻到这种气味。我打开五斗橱的抽屉，又打开衣柜门，寻找你。我抚摸着你再也不会穿起的衣服，想起它们穿在你身上的样子：你胸膛宽厚，臂膀敦实，一双腿却又白又细。那回去海边，我们笑话你说，这哪里是大男人的腿，那么细还那么白，像从没晒过太阳似的。我还看见了各色的领带，有我出生前你常戴的，还有你去产房看我时戴的。后来别人告诉我，那天你很开心，特别开心。你和我说话，用的就是那种和孩子说话的温柔语气，你轻轻地爱抚我，用的就是那双为了我们不辞辛劳日夜工作的手。我穿上了你的衣服。穿好了。不长不短，刚刚好。我穿上了你的衣服，看向那面摆在五斗橱上的镜子。我在镜子里，找到了你，看见你抬手粗粗捋了捋头发，扯了扯衬衫，正了正衣领。父亲，你从少年人的轮廓里，定定地望着我。然后你走了，去你要去的地方，你总是知道你的去处。我看见了像你一样的我自己，重叠在你坚定的身影里。你的脸很难描述：你的头发是自然卷曲的，在医院时又是稀疏短平、黯淡无光的；你的眉毛，由手指细细梳理着；你唇间微妙的时间，或微笑或大笑或煎熬；你的嘴，塞着药棉，好让你身体里的气味不会散发出来，父亲；你的脸颊，你亲吻我时扎脸的胡子，那天早晨你去做第一场手术前亲了亲我，又抱了抱我，像是在告别，你哭了，我们都哭了，你说，我的好儿子，你身上的气味氤氲在厨房暖黄的灯光里，你张开双臂把我拥进怀里，你转身离去留下我一个人；你的脸颊，我的吻落在上头，我能感觉到你死去的脸颊格外光滑，格外冰冷——我忘不了这感觉，忘不了这亲吻；你的双眼，若有所思地凝视着礼拜天的太阳和丰盛的午餐，又忧伤地看着那堆你托人做的或亲手做的东西，只可惜等不到它们完工了。父亲。我依然在寻找你。我打开你那边的床头柜抽屉。里面有你写的一笔笔账单，都是你生活过、坚持过、如今已毫无生气的痕迹。悬停片刻之后，我的手还是伸向了你的抽屉。里面是你的手表，你疲倦地将它留在了那里，而它还在等着你，还在走——一秒一秒又一秒——秒声重重叠叠，你走以后，依旧如此，表针与时间都是老样子，好像什么都打扰不了它们微不足道的工作，依旧纺着一根无穷无尽的细丝。时间好像无穷无尽，无比纤细，却不会在任何瞬间、任何一秒被剪断，它好像从未被剪断，一朝断裂，便再也无法接上，再也无法让我们重逢。我解开表带，将它扣在手腕上。汗渍还在，你还在。悬停片刻后，我的手还是伸向了你的抽屉。然后，在发票堆和写满加减乘除的稿纸里，我发现了一张小小的方形贺卡，上面贴着一颗亮闪闪、圆滚滚的爱心。打开后，是用尺子画出来的一根根横线，和我稚嫩的笔迹：我爱爸爸，/我爱我的老爸，/我没有什么能给你，我只能把我的爱给你。我哭了。

我独自度过了一整夜。与你一起。周围是最纯粹的寂静。曾经，黑暗并不存在，每个夜晚都在等待太阳升起的黎明。后来，生命从你的笑颜上褪去，在我们的面庞上停驻，绽开。现在，除了黑暗仍是黑暗。黑暗抗拒六月的黎明，抗拒春天。春天是从你目光中萃取出来的无尽微风，春天是你的答复你的教诲。如今春天不再，生命不再，暖阳不再，时间也不再需要我们，直教人精疲力竭；如今，春天是花环下你眼中的暴风雨，是凛冬，是寒风，是胸口滔天的洪水与黑暗。我们在黑暗里为你哭泣，趴在你身旁哭泣，仿佛泪水可以填补你留下的空洞。你无法再亲吻拥抱，无法再开口说话，无法再深深凝望——只有空洞。父亲，这间屋子就像今夜一般黑暗冷峻，不再有你给予我们的最坚强的守候。现在，只有恐惧。你已迈入英灵殿，回不来了，再也无法保护我了。我独自度过了一整夜，坐在炉火旁，等你。你再也回不来了，可是，我依然在等你，我爱你。

新的一天从万物中升起，万物也都长高了些。我推开窗户。花瓶里，花朵挺直腰身，充分享受着将其笼罩的微光。微光紧贴着大地，向前推进，像瘟疫疾驰蔓延，像海浪永不复返。渐渐地，低垂的树枝上有了动静。庭院里那面倒下的白墙后面，长起了一排橄榄树。接着，一大群麻雀飞向天空。时间就是这微光，父亲。你总会走进阳光，驱赶夜晚，带来晨曦。每到周六，你都会早早叫我起床去果园，我总是一面走，一面哈欠连天。我们会按照时令，采摘橙子或者桃子来吃。要是下雨天，我们就穿上橡胶靴，我跟着你，走在田埂上，走在泥土里，走在雨滴抑或说是雨的泪水濡湿的青草间。要是大晴天，我就跟你走到园里的高地，放开水闸，让池水沿沟渠流下。田里的水，凉爽清澈，我们将它分出几支，引向每一块干涸的土地，流向每一棵你种下的果树。水慢慢渗入孔隙，稍解土壤中炽烈的焦渴。脚下的土地正在燃烧，我们都能感受到。土地板结，焦炭一般。沿渠而下的水，像是最干净的血。我们把绕在胳膊上的喷水软管拉开几米长，直伸到你挖出的树坑里；静静地，每棵树下都汇聚起一汪小小的湖泊。父亲，你离去的这个冬天，连果园里的橙子都没人吃了。那天，我们把橡胶靴丢在锄头和种子旁边；现在，靴子还在原地，好像你随时会推门进来，将它再次穿起。我知道你不会了。仿佛只有我一个人知道这个可怕的秘密，而且不能告诉任何人。黎明漫向天际，笼住整个世界；而在黎明中，我的痛苦是座孤岛。这是你期盼已久的黎明，它终于到来，而你已不在。也是在这样的黎明中，我们去医院接你，你盼了那么久，终于可以出院了。父亲，看见麻雀吟游的歌声我就知道，看见新生的白昼我就知道，看见泥土里青草上干净的露珠我就知道。我知道，可我依然在等。

天亮了，我离开我们的家。合上窗，关上门，锁上黑暗；我将那些影子，都锁上了。我从衣兜里——它和你的衣兜一样宽大——摸出钥匙，它们过去是你的，现在仍是你的，只是你把它们留给了我们；插进锁眼，转了两圈，锁上了院门。我锁上了铺满地面的落叶，它们都为你飘零；我锁上了开满枝头的桃树叶，它们在春风的迫使下生长；我锁上了花草伸展的手臂，它们沉默不语紧贴着墙壁；我锁上了空空荡荡的鸡窝、兔笼、鸽棚；我锁上了浣衣池，橄榄树，还有柠檬树，树上再也结不出柠檬来供我们喝下午茶了。我锁上了院门，开着我们的小货车离去了。没有人贸然行走在我经过的街道上，唯有白墙、阳光与房屋还在老地方，就像我们往日看到的那样。我开得飞快，逃离着街道和房屋；我开得很快，与那个无眠的早晨不同，人群中我们只能慢慢地走，最后一次和你一起，慢慢地忍受这条迟缓的路，身后除了人还是人。父亲，这是我以前去上学的路，我背的书包，是你送我的黄色书包。这是我以前飙自行车的路，也不知是谁告诉你，我骑得太快了，我骑的自行车，是有一年我过生日时，你用卡车运来的蓝色自行车。自行车，和一只皮球。我没有忘记，父亲。我开得飞快，这条路我很熟悉，而且一定会永远熟记于心。它们铭刻在我真挚的记忆中。我开过了学校，然后在我们的土地开始与终结的地方，停下了。在这道每日紧锁、将我们分隔的铁门前，在这排厚重惨白的高墙前，我听见了钟鸣，轻轻地，回荡在微风与寂静中。白色的墓园，只有黑色与白色的轮廓。我抓住铁门的栅栏。铁门冰冷得如同残存下来并将我们分离的一切。它这副钢铁之躯，相比我们孱弱无力却战斗不息的血肉之躯，不知要坚硬多少。我走了进去。

我走了进去，上午已经过去了很久，太阳在清冷黯淡的光里失去颜色，仿若落日。我穿行于墓碑的长廊，青苔囚于大理石之上。你知道的，我心中的悲痛，无边无尽。你知道的。我跟在葬礼队列中一步一步走着，前方的教堂缓缓靠近。柏树低吟着悼词，连声不断。走着走着，我的身体好像跟不上我了。它掉队了。我的灵魂在地面上走着，独自背负着我过重的重量。就这样，我走近教堂，绕着它走进正门，终于开始看见你了，父亲。远远地，看见那张石床的轮廓，那是你最后的睡床，是你朴素的祭坛。我从墓石间的小路穿过，眼里一直望着你，没有低头看路，沿直线走着，只看见你。你在这么多睡着的人里依然耀眼。父亲。我离你越来越近，越过了在头顶盘桓的一只只乌鸦；越来越近，越过了映照出天空倦容的一片片云彩。越过了风中的一阵阵寂静。我来到这里，我知道你在，你留在了这里，你停在了这里；你在这里，在时间凝结成的钟声之下。时间不再流动，大理石一般。上面有你的名字，父亲。你的名字很重要，父亲。你的名字铭刻于此，直到永远，就像那些云彩，就像不死不灭的一切。瓷像上的你，深深地望着我。你很久没有见到我了。我们对望了许久，我知道你想和我说说话，想问问我。我给你讲你外孙女的新鲜事，她还想找你玩呢，而且已经会叫外公了。在你弯弯的眼睛里，我看到了笑容。父亲，你的名字下面写着你出生的日子，你离世的日子。你还记得我是什么时候将你带来这里的吗？沉寂，哀悼，那时我只想把你带走。汽车停了。空中的雨停了。那时我只想把你带走。你为我做了那么多，你创造了我，我却只能把你带来这里。我扛起棺木一角，你的重量告诉我，这就是父亲。我走过漫长的时间，将你放在墓坑的两根木条上，看着你被几条绳索吊放下去。泥土，你身上的泥土，落在你身上的泥土。落在你身上的重量，是没有十字架的墓石，是泥土，是每一个早晨。青黄的小草从你身旁长起，父亲。黝黑的柏树在你身旁挺立。我得走了，你知道探望时间的，爸，你明知道我要是再不走，护士就会过来，然后赶我走，冲我俩发脾气；我得走了，我说我能行的，爸，我一定会像你一样，用双手努力生活；我这双手就是你的，就是你的双手，父亲。我们再一次对望。好，我会回来的，爸，我会回来的。那天我转身离去时，你一直看着我。悲痛，无边无尽。我们都哭了。你知道的。

小货车陪伴着我，载我前行。父亲。春天还在。整个上午都在。上午还未过去，如同你久久凝望的目光，就像天地间的距离一样深长，与从前一样清新明亮，那不刺眼的光芒，静谧柔和得就像这整个上午都在的春天。啊，父亲，要是我也能像你一样，躺下休息这么久，该多好。在黑漆漆的地下，在黑夜里，潮湿的胸膛酣睡着。多少年多少个世纪，塑像深藏在供人饮用的甘泉中。永无倦容的天使，被鲜花、田野和平原簇拥。啊，父亲，要是我能躺在这里，该多好，替代你的瓷像，演绎你定格在大理石上的音容笑貌。父亲。这里，只有不眠的时间。现在，日光惩罚着干渴的土地。周遭的一切寡淡无味，毕竟已经发生过太多次。这条路陪伴着我，引我前行。这条路带我来找你，现在又让我离开你。阳光用它的手臂紧紧抓着我，不让我留下，就是不让我留下，把我推上阳光的道路。我会继续前行，父亲。我会继续，就好像我无欲无求。但你知道，我有。我继承了你的心愿。在这里，在周遭的冷漠中，我想起了我们紧锁的家门。好，我会回来的，爸，我会回来的。我一定会回来，一定会把庭院和果园打扫干净。在这里，在你如今生活的、巨大的、黑白的国度，我想起了你的脸庞。你的脸庞跟随着我，一点一点消失，又还依赖着我，终于消失在墓石的群岛中，没有消失的，只有伤痛与这个上午。父亲。你的声音在我心里，陪伴着我。我在听呢，父亲。就像那时你唤我过去，握着我的手，把它放在你肚皮上，里面都是肿瘤。那些小球。你那变了形的肚子。那些鼓包。你管它们叫“小球”“鼓包”，你告诉我，你感觉更糟了，可能好不了了。而我总是骗你，一直在骗你。我们相互看着，那么悲伤。父亲。就像在医院的时候，你管我们要什么美国饼干。你爱嚼那玩意儿，我只能整块儿包在嘴里，一点也不觉着好吃。我们到处去找饼干，别人都笑话我们呢，父亲。你要找的那种美国饼干，是你和母亲、叔伯一块儿在埃斯特雷莫斯集市上吃到的。父亲。你的声音，你呼吸时带出来的微弱呻吟，我和母亲，我们看着你，我们知道你的，得去屋里找你，我们知道你的，该扶你上厕所了。父亲，你已经连自己起身都做不到了，我们也知道，我们托着你的胳膊，把你扶起来。你声音里微弱的呻吟，你双腿无力的颤抖。我又想起了这一切，父亲，在你的声音里，在我的声音里。这一切都封印在了葬礼那天永恒的上午，紧抓着我不放，让我永远也忘不了。

曾在你目光中感受到的一切，我不想也不能忘记。父亲，你去拥抱冬天，而我留在它现时的寂静里。若不去想“青草”这个词从你口中说出时清新的气息，春天就不复存在；若不去想“太阳”这个词从你口中说出时温暖的感觉，夏天就不复存在；若不去想“死亡”这个词从你口中说出时深埋的遗忘，秋天就不复存在。所以啊，父亲，在空气中，你的沉默就是煎熬，它在流逝的时间里，在空气中，在已然凝滞的时间里。时间凝滞，依靠虚假琐事编织谎言维生，它们无非是改头换面，无非是亦步亦趋，无非是鸠占鹊巢，扯着谎，留下爪印，潜行于干瘪枯黄的灌木和茂密青葱的灌木，那小老鼠爪子踩出沙沙的声响——从昨天随你一同死去的落日中，又升起了新的太阳；微风以假充真，装作还能够轻抚你的脸庞；就连云彩和天穹也不再是原本的模样了：只有谎言，在凝滞的时间里，依然层出不穷。没了你，时间就没了引路人。没了你，被大雨拖行时，我们就没了你指引的目光。父亲，我在记忆中背负起你的记忆，就像背负一场复仇，就像背负一只大麻袋，里面装满了对这个世界的复仇，这个对我们降下惩罚的、残酷的世界，践踏着那个我们一同生活过的世界，那个我们引以为豪的世界，那个我们爱过就永远不会忘记的世界。

安歇吧，父亲，睡吧，我的小宝贝，我会将你的名字你的信仰你的梦想带去我的天地。安歇吧，我不会让你有事的。不要难过，父亲。我会在这片土地上坚强地站立。我可以的，我会努力，我会把曾经属于我们的世界重新带回这里。我一定会的，父亲。那个阳光万丈的世界。我会认出你的模样，因为我从未忘记。时间将是崭新的，生命也将是崭新的。你不在了，可你一直都在。你的声音在说，你自己来，儿子。你别担心，父亲。我自己来。父亲，你别担心我。我自己来。我继续前行。这条路在上午的残余中缓慢地向夜晚进发。阳光如雨，洒落在我目光可及之处。这辆大大的小货车，是你答应过的，盘算了好久，干了几个月的活儿才买下来。小货车正载我前行。父亲，你在哪里？为什么把我一个人留在这里呼喊“你在哪里”？我沉浸在苦痛之中，亟须听到你的声音，亟须握住你伸出的手。可你再也不会，再也不会了。父亲。睡吧，小宝贝，你曾是我的世界。我的胸膛被利箭穿透，因为我再也听不见你看不见你触不到你。父亲，不管你在哪里，睡吧。我的孩子。你曾是我小小的全部。安歇吧，父亲。你的笑容留下了，你的全部都留在了我心里，我没有忘记。父亲，我永远不会忘记。

在老去的光阴间隙里

〔日本〕鹫田清一/文
雷靖霄/译

原载《世界文学》2018年第2期

鹫田清一
（1949— ）

日本著名哲学家（临床哲学、伦理学）、思想家、随笔家。鹫田氏擅长从哲学家的视点透视分析时尚、流行等社会现象，对生命、家庭形态、人体自身等思考透彻、感悟独特，读他的随笔可以随时感受到哲学之美、思考之趣。他还喜欢以自己深邃的洞察与思考为现代社会的诸多问题开出哲学处方。

说起年末，令人联想到渐渐淡出日常生活的“岁末馈赠”①习俗。岁末寒暄的习俗早已成为过去，连岁末互相寄赠礼品的习俗也渐渐隐去。年复一年的延续以及在这循环中形成的世纪这样大的一束光阴，这样的线状时间段，也随着本该在每一年中错落有致的节日活动的渐趋平淡而给人以模糊的感觉。

① “岁末馈赠”，即在岁末向帮助过自己的人寄送礼物、表达谢意的习俗。起源于御魂祭，近些年来寄赠范围扩大到亲友。类似的做法夏天亦有一次，叫“御中元”。

导致这一结果的主要原因是，一年中节日活动赖以展开的文化背景发生了变化，比如家庭向心力减弱、地域生活凝聚力衰减等。

让我们用个人的人生阶段来对比每年例行的节日活动，则会不可思议地看到我们对时间的感受的变化。

按照落合惠美子[①]老师教我的方法，我在自己任教的大学以及任课的其他大学研究生院的课堂上，向学生们提出了这样的问题："你是大人还是孩子？"学生们的回答与落合惠美子老师预先告诉我的结果是那样的吻合，让我吃惊不已。也就是说，几乎所有的大一生和绝大部分研究生都回答："我是孩子。"与此相反，我学神经科医生香山 Rika[②]老师的做法，对学生们说："请认为自己已经不够年轻了的人举手！"结果几乎所有的人都举起了手。可见，年轻人在出现幼儿化倾向的同时，衰老的感觉也提前浸润着他们。于是我不禁产生疑问：人究竟是变得容易衰老了，还是不易衰老了？

老年期无疑是将人的一生依照时间序列的轴线划分而提出的，这是对生命的一种解释，但是否包含着衰老体验本身，则需要去做些思考。

人都有强烈地不愿意识到自己老了的心情。我们的社会对年龄的增长抱有一种负面的印象，将其视为人生下坡路的倾斜面，朝着衰减、衰弱、疲惫和弛缓的方向。从相反的角度看，活着，是被理解为充满创造力和紧张感的过程。

将存在的力量视为生产力、将时间的经过视为累进性的层面上的思考方式，往往被称为"生产主义"。富于效率且勤勉努力的行为被推崇，怠惰、轻率则因不能创造价值而被诟病。在此，衰老是负价值。

---

① 落合惠美子，日本当代社会学者，京都大学教授。

② 香山 Rika，日本当代精神科医生，立教大学教授。

但是，人们通常不会在连续的时间感觉中意识到衰老。前些天，我读了免疫学家多田富雄的题为《老化与免疫系统》的论文，在文中看到了令我有些意外的诗歌引用，这句引自能剧[1]剧本的诗是这样的：

在吾身渐渐化为故事的今日，怀恋那初尝衰老时的叹息。

这是迎来百岁、置身于老残之中的小野小町[2]的诗。多田对此诗作了这样的诠释："人总是在不断地面对新的衰老阶段。在衰老之波重叠后的今天，回首初老之时，连那刚刚发现自己衰老的震惊也显得亲切。"

衰老或许就是这样在时间的间隙、断裂中被忽然意识到的，衰老了，更加衰老了，比起历时性不如说是体现了共时性。曾经听一位人生的长者讲述过，人至晚年，关于人生中不同时点的各种记忆，并非呈现为一条线，而是如万花筒一样游移。或许这意味着在那时，人可能逸出以出生、成长、成熟、衰老、死亡为轴线的人生故事。

"任人生在模糊、朦胧中淡去的老耋状态最佳。意识特别清晰、轮廓格外鲜明的人生不适于去迎接死神……在完全进入黑暗之前有必要置身于微明之中。在那里，现实与梦境交织于一体，现实失去了原有的特征，不再浓重，不再血腥，开始思慕爱抚那忘却一切的死亡。"（引自森於菟《濒临老耋》）。

我想，可以那样落下帷幕该多好，无论人生，无论世纪。

---

① 能剧，日本独有的一种舞台艺术，为佩戴面具演出的古典歌舞剧。

② 小野小町，日本平安初期的女诗人，被列为平安时代初期六歌仙之一，有诗歌集《小町集》。